U0110004

認識大陸作家系列

南宋詞論的跨文化研究
——詩學的蘊意結構

段煉・著

專家評語

趙炎秋（湖南師範大學文學院教授、博導）

古代文論研究是一門顯學，但像本書這樣，通過具體文本研究提出一個有關文學認識論和批評方法論的觀點，卻不多見。作者在對張炎詞論的研究中，提煉出「蘊意結構」的理論，使個案研究具有相對普遍的意義。這不僅有助於我們對古代文論的認識，而且有利於我們在批評方法方面的嘗試。

葉舒憲（中國社會科學院文學研究所教授、博導）

這部文本研究的專著，能夠超越文本的局限，不僅縱向貫通詩大序和南宋以降的詞論，而且橫向輻射宋詞和宋代詩學，從而具有較強的歷史發展意識和互文性的語境感，實難能可貴。作者的理論闡發，也都建立在解讀具體作品的基礎上，其「細讀」和概括的能力，也令人稱道。

曹順慶（四川大學文學院教授、博導）

段煉這部專著，將西方當代學術與中國當代學術並置和穿插起來，並在這跨文化的研究中，引出他自己的立意和命題。作者不僅用當代批評理論來探討中國古代文論，而且從中國古典詩學的具體概念中，引申出具有某種普遍性的文學批評概念「蘊意結構」。我認為，這是這部專著的學術價值之所在。

David Pariser（Professor，Concordia University）

Lian Duan's most recent contribution to scholarship in the history of the Chinese literary arts is further proof of his wide-ranging interests and significant intellectual abilities. His earlier publications dealing with critical and textual issues in contemporary visual art and arts education in China and the West， are now complemented by an in-depth discussion of a key cultural movement in the long history of Chinese literature. He is to be congratulated on the multi-disciplinary and multi-cultural nature of his academic contributions.

鳴　謝

本書作者在開篇即要說明，拙著之立論，以當代海內外學者的張炎研究為邏輯起點。儘管在「研究綜述」裏，作者指出了其中一些研究的不足之處，以便提出自己的不同觀點並展開論述，但是，若無這些學者的研究，本書的寫作將無從談起。所以，本書作者首先要對這些學者表示敬意和謝意，正是因為研讀他們的著述，拙著才得以完成。

除了這些學者，本書作者還要特別感謝湖南師範大學文學院教授趙炎秋、凌宇、譚桂林三位先生。若無他們的勞作和幫助，本書也不會完成。

本書作者早年在國內求學期間，曾得到若干前輩的教誨。其中，山西師範大學中文系教授張欽堯先生和陝西師範大學中文系教授周駿章先生均已作古，我在此對他們表示敬意。曾任教于英國倫敦大學的著名文藝理論家彼德・福勒（Peter Fuller）先生，對我的文藝理論研究有特別的影響，並提供資助讓我到倫敦大學高爾斯密學院研習文化史和批評理論。他於 1990 年去世，我也在此對他表示敬意。

本書作者在加拿大學習期間，受業於康科迪亞大學美術學院著名文藝心理學家大衛・帕里斯（David Pariser）教授。在畢業離校後的十多年裏，一直與他保持了學術合作，並每每往返於美加兩國間，在合作之際，承續了師生情誼。我在此專門對他表示敬意和謝意。

本書作者學習西方二十世紀文論，特別是保羅・德曼和解構主義文論，得到了美國華盛頓大學文理學院院長、英文系教授葛瑞・威爾（Gary S. Wihl）逾期一年的指點，他是筆者在加拿大麥祺爾大學的博士導師之一。威爾教授早年在耶魯大學求學時，是保羅・德曼的學生和助教，後來出版有研究解構主義的專著。日本愛知大學松尾肇子教授將張炎《詞源》譯為日文，更著有相關論述若干，並以自己的著述相贈。本書作者在此向葛瑞・威爾和松尾肇子二位教授一併致謝。

本書附錄《在紐約追尋南宋山水畫》一文，既是對南宋文化語境的補充，也是在繪畫方面探討南宋藝術的風格，以便見出其與詞藝的呼應。是文先發表於北京《世界美術》雜誌，後收入《2007全國高等藝術院校學報優秀美術論文選》一書。作者願借此機會向《世界美術》主編、中央美術學院博導易英教授表示謝意。

本書之寫作，動筆於 2000 年前後，先以英文寫成，部分內容在美國「亞洲研究會紐約分會」之 2002 及 2003 年的年會上宣讀，隨後於 2004 及 2007 年以英文發表於 Comparative Literature: East and West 雜誌。拙著於 2006 年以中文重寫，做了全面改動，並增加了西方現當代文論的內容，部分章節於 2007 及 2008 年以中文發表於《中國文學研究》及《中外文化與文論》雜誌。為此，作者要對四川大學教授曹順慶、王曉路、吳興明三位早年同事表示感謝。

自2007年起，作者開始聯繫拙著的出版事宜，並於2009年初夏得書評作家朱航滿推薦，拙著方為臺北秀威出版社接受。因此，作者要感謝朱航滿兄，感謝秀威出版社主編，著名文史專家、散文作家蔡登山先生，感謝秀威出版社編輯胡珮蘭女士。若無他們的賞識和細緻的編輯工作，本書將難於面世。

本書提出的「蘊意結構」為一已之見或一家之說，謬誤之處在所難免，還請讀者提出批評。末了，作為本書「代後記」的兩篇隨筆，追溯了作者的心路歷程，記述了求學和治學的艱辛，權作本書作者擱筆時的一聲歎息。

作者，2009年秋，加拿大蒙特利爾

目　次

專家評語 ……………………………………………… i

鳴　謝 ……………………………………………… iii

第一章　導論 ……………………………………………… 1

第一節　論題與方法 ……………………………………………… 1

第二節　研究綜述 ……………………………………………… 12

第三節　章節與內容提要 ……………………………………………… 26

第二章　張炎詞論與清空概念 ……………………………………………… 31

第一節　張炎詞論的歷史與文化語境 ……………………………………………… 31

第二節　「清空」詞論的內在結構 ……………………………………………… 55

第三節　「蘊意結構」的理論基礎 ……………………………………………… 83

第三章　清空詞論的蘊意結構 ……………………………………………… 107

第一節　形式層次：虛字的功能 ……………………………………………… 107

第二節　修辭層次：再現的深化............................ 122

第三節　審美層次：詞境的創造............................ 143

第四節　觀念層次：意趣的內蘊............................ 171

第 四 章　雅化與清空詞論的歷史意識 193

第一節　詞史的雅化趨向.. 193

第二節　雅化的理論語境與影響............................ 210

第 五 章　尋求結論 225

附　　錄

在紐約追尋南宋山水畫.. 237

代 後 記

尋師天涯 253

人在旅途 263

參考書目 277

第一章　導論

第一節　論題與方法

一、選題與界説

本書之論題，乃中國古代詩學之詞論。本書整合西方當代文學批評理論、西方當代漢學研究、中國當代學術中的古代文論研究和文學史研究，從跨文化的比較和相互參照的視角出發，研究南宋詞人、詞論家張炎（1248-1320?）的詞論文本《詞源》。通過這一研究，本書提出兩個新觀點，一是重新闡釋張炎詞論，尤其是重新闡釋作為張炎詞論之核心的「清空」概念；二是在此基礎上提出「蘊意結構」之說。換言之，本書的研究，重在張炎的詞論文本《詞源》，同時又通過這一研究，提出並闡述本書作者關於批評理論的學術觀點，即詩學的「蘊意結構」觀。所謂「蘊意結構」，是本書對張炎詞論的獨特認識和闡釋，是對文藝批評之內在結構的認識，也是對批評方法的闡釋。

在中國古代詩學中，張炎詞論的重要性，一方面在於它是宋代詞論與批評的集大成者，並因此而影響了後世的詞論與詩學批評。另一方面，張炎詞論揭示了中國文學發展的某種歷史趨向，尤其是兩宋時期古典詩詞的「雅化」趨向。再者，在中國詩歌史上，張炎不僅提出了「清空」這一詩學和詞論概念，而且他在自己的詞作中，將這一概念引入寫作實踐。所以，後代學者據此而認為張炎詞作乃獨創一體，例如，清末著名學者陳廷焯（1853-1892）在談到十四種詞體時，專列張炎為一體[1]。這就是說，張炎在詩詞創作方面的重要性，也說明了他在詩學和詞論方面的重要性。

因此，本書之所以有此選題，緣故者三。其一，張炎詞論是中國古代詞論的代表作，其「清空」概念對後世的詞作和詞論，有重要影響。其二，後人對「清空」概念的闡說，有流於簡單化者，多缺乏理論深度，有的甚至人云亦云。其三，時下的古代詩學研究，每與當代文藝理論脫節。雖有用當代文論術語去解說古代詩學者，但通過古代詩學研究而提出當代文論之概念者，卻不多見。有鑒於此，本書既研究張炎《詞源》，也研究中外當代學者對張炎《詞源》的研究，尤其是對張炎詞論之核心概念「清空」的研究，並在此基礎上，闡述本書作者的「蘊意結構」觀。

在此，本書選題涉及到兩個相互關聯的術語，詩學與詞論。本書之謂詩學，泛指關於古代詩詞的文學批評理論，具有一般性的文論意義。本書之謂詞論，專指唐宋以來關於詞的理論，更指張炎的

---

1 陳廷焯《白雨齋詞話》，見唐圭章編《詞話叢編》（本書後略為《詞話叢編》），北京：中華書局，1993 年版，第四卷，第 3962 頁。

《詞源》及其觀點。所以在本書中，詩學比詞論寬泛，詞論從屬於詩學，是詩學中關於詞的專門部分。

本書選題處於中國古代詩學和中外當代文論的交叉點上，所謂跨文化研究，牽涉到歷史時代與空間地理兩個維度。就本書論題所專涉的歷史時代而言，「古代」指南宋末年，也涉及與論題相關的整個唐宋和元明清時期。至於「當代」，按西方學術界目前的通常解釋，就是最近二十年，但考慮到中國學術界的慣例，本書將「當代」的概念擴展到最近半個世紀。再者，「當代」一詞在今日學術語境中的更重要含義，是指理論的創新。對本書而言，這一創新，並不局限於對西方二十世紀文論思想的借鑒。

就本書論題所專涉的空間地理維度而言，所謂中國當代文論，包括大陸與臺灣的當代文論；所謂西方當代文論，主要指英語國家的當代漢學學者對中國文學的研究，尤其是美國和加拿大學者對中國古代詩學的研究，因為北美漢學當前處於西方漢學的學術前沿。北美的漢學學者，包括了北美的華裔學者。為具更廣的國際視野，本書也有限地涉及了日本學者對中國文學的研究，這是因為過去的西方漢學，由於歷史和政治的原因，不能直接與中國大陸的學術界溝通，因而不得不以日本漢學為仲介或橋樑。即便是在目前的西方學術界，研析日本漢學，仍然是漢學研究的要津。

此處需要專門說明的是，張炎《詞源》寫成於南宋滅亡二十多年之後，本書卻仍視其為南宋詞論，而非元代詞論，原因有二。一者，宋亡之時，張炎年屆 31 歲，已是成熟且有成就的詞作家，從文學史的角度說，無論其詞作詞論，都是南宋文學的最後遺響，而非元代文學的新聲。因此，後代學者一般都將張炎及其作品歸入南宋文學中，本書作者認同這一歷史劃歸。二者，從張炎個人的角度說，作為效忠前朝的南宋遺民，張炎並不認可元蒙統治，他在內心中仍然生活於前朝，他的文學活動，仍然是南宋文學的延續。他的詞作與詞論，其主題和意圖，都說明了這一點。所以，本書作者與其他學者一樣，視張炎為南宋詞家，視《詞源》為南宋詞論。

二、學術意義

本書選題的學術意義，不僅在於研究張炎詞論和中國古代詩學，不僅在於檢討和清理中國當代學術界以及西方當代漢學界對中國古代詩學和詞論的研究，而且還在於通過這些研究、檢討和清理，來提出本書作者關於中國古代詩學之「蘊意結構」的一己之見。通過這些研究、檢討和清理，我們應該瞭解，西方漢學界對中國當代學者有一種通常的批評，認為中國學者在文學研究中不善於對課題進行「觀念化」處理（conceptualization），也即不善於對文本研究進行理論提升；認為中國學者即使進行理論提升，也多流於缺乏邏輯的泛泛之論和感性空言。與此相對，我們也應該瞭解，中國當代學者在近十多年中對西方漢學和西方當代文論有了相當認識，對之也有一種通常的批評，認為西方學者見木不見林，長於冗繁而瑣碎的文字遊戲。

為了說明「蘊意結構」這一己之見的意義和價值，在此我且一述「觀念化」問題。西方漢學中的「觀念化」研究，可在西方學者對南宋文化的研究中得到見證。美國普林斯頓大學已故華裔教授劉子健（James T.C. Liu）在其專著《兩宋之際文化內向》中提出了一個「觀念化」的理論，他通過分析一些有代表性的宋代文化文本以及文學作品，認為南宋以前的中國文化是一種向外擴張的文化，但到兩宋之際，卻開始向內收縮，自此內斂成為中國文化的特徵。劉子健打比方說：

> 宋代中國看上去就像一株枝繁葉茂的老樹，生命力旺盛得驚人，它越長越高、越長越大，新枝嫩葉蓬蓬勃勃，地下老根龍鬚如盤。然而，暴風雨季節一來，老樹的內在生命力被消耗了，其殘存的活力轉化為一種保護性機制。雖然這株樹仍在生長，但它的大小和外形卻不再變化。

用我們的俗話說，這株樹不再向外長，而是向內長，以便保護內在的生命力，所以外面不見擴展，裏面卻漸趨精緻。劉子健接下去從這個比喻總結道：中國「十二世紀的精英文化更注重在全社會鞏固並貫徹自己的價值觀，比以往更注重回顧和內省，因而變得更加謹小慎微，有時甚至悲觀絕望。一句話，北宋之特徵為向外伸，南宋之實質乃向內轉」。他的觀點是：「從十二世紀起，中國文化轉向內傾。」[2]劉子健的「向內轉」之說，是一個學術觀念，是他對兩宋文化史之研究的理論提升。

實際上，美國漢學界早就有人提出過類似的觀點，只不過是針對某一具體的文化形態，如詩歌和繪畫，而非普遍意義上的南宋文

---

[2] James T.C. Liu. *China Turning Inward: Intelletucal-Political Changes in the Early Twelveth Century*. Cambridge: Concil on East Asian Studies, Harvard University Press, 1988, pp. 10-11.

化。例如，密西根大學的華裔學者林順夫（Shuen-fu Lin）教授在七十年代末討論南宋詞時，就姜夔的詠物詞而提出過「撤退」的觀點。更早在六十年代初，加州大學研究中國古代美術史的著名學者高居翰（James Cahill）教授，就曾談到過南宋軍事上的失利和北方遊牧民族的入侵，及其對中國文化的性格所產生的影響。高居翰寫道：「宋代不同於外向的唐代，宋代文化轉向內傾；……其唯一的養分來自內部，……一種特殊的擬古主義出現於北宋後期，並保留下來成為南宋藝術的主要成分；……藝術風格上重大的革新創造只屬於過去和未來；這一時期是一個內省和回顧的時期，是一個綜合和總結的時期。」他進一步說：「南宋文化的另一引人注目的傾向，是極度的唯美主義，也就是那時期對超級精緻的追求。」[3]林順夫通過對姜夔詞的研究，提出了南宋詞內向的「撤退」觀，高居翰則通過對南宋繪畫的研究，提出了南宋藝術轉向內在精緻的觀點。如果說這二位學者的「觀念化」還沒有超出詩詞和繪畫的話，那麼劉子健關於南宋的文化之樹向內生長的比喻，便超越了某一具體的文化形態，而具有普遍性或一般性的「觀念化」意義。

觀念化的價值，在於某種觀點來自某個或某些具體的個案研究，卻又可以將其應用到對其他個案的研究中，劉子健關於南宋文化向內轉的的觀點便是如此。例如，普遍意義上的南宋文化向內轉，造就了南宋文學內在的精緻，這可見於南宋詞的發展演進。李清照在南渡以後，其詞作所流露的家國之恨，已被悲傷的哀潮所淹沒，本色正宗的婉約詞派，幾乎望盡了天涯路。那時，辛棄疾繼承了北

[3] James Cahill. *The Art of Southern Sung China*. New York: Asian House, 1962, pp. 8-9.

宋蘇軾的豪放之氣，可是儘管他終身不悔，但在風横雨暴的歷史狂瀾裏，他惟有憔悴偃息。這樣，只有等到姜夔出現，落魄文人才如野雲孤飛，雖處身於困頓之世，內心中卻一派莊子式的逍遙，他們或一度梅邊吹笛，但聞清寒冷香，或幾回沙際歸路，只念橋邊紅藥。於是這就有了南宋的典雅詞派，或稱「姜張詞派」（姜夔與張炎）。正因為這典雅的內在精緻，南宋末的張炎，便在《詞源》中用「清空」一語來說姜夔，又用「古雅峭拔」和「意趣」來說「清空」。

在此，劉子健的文化內向這一觀念，可能會有助於我們對張炎詞論的研究，會使我們看到「清空」之內涵的豐富性。於是，我在本書中便有可能就我的選題而思考：「清空」會不會是中國文化「向內轉」在南宋詞與詞論中的反映，會不會是「清空」使內向的南宋姜張詞派的作品愈趨精緻？我的這一思考，力求可能的觀念化，即理論的昇華。

張炎《詞源》中有「清空」一節，用形象語言，說姜夔的詞清空、吳文英的詞不清空，但他並沒有告訴我們什麼是「清空」。張炎的門生陸輔之（1275-1349），在元初寫了《詞旨》鼓吹「清空」，據說這是其先生授意所為。儘管陸輔之說「清空」讓人一生受用不盡，而且用張炎的詞作來說法，但他仍然未講何為「清空」。到了清代，朱彝遵再倡「清空」，同樣語焉不詳。當代國內學者，不乏研究姜張和「清空」者，似乎都無意於界說清空一語，也更無令人滿意的闡釋。

在二十世紀後期美國漢學界的中國文學研究領域，密西根大學的林順夫和耶魯大學的孫康宜（Kang-i Sun Chang）二位學者都談及清空，但因著述的主題不同，他們沒有深入討論之。加拿大麥琪爾大學教授方秀潔（Grace S. Fong）在討論吳文英時，對張炎的清空和質實二說作了一番比較，並依張炎之說，將清空的一大特點，確定為善用虛詞。這當然是對清空的闡釋，但僅僅是一種形式層次上的膚淺而簡單的闡釋，只涉及了清空的一個方面。

談論清空較多者，當數臺灣學者黃瑞枝，她在專著《張炎詞及其詞學之研究》裏說：「清空中，又含著清幽之氣，遒健之骨，天籟之趣，空靈之境四種風神」。黃瑞枝的四種風神說，為闡釋清空之初步，可惜她沿襲了前人詞話的舊習，沒有從定義上告訴讀者清空是什麼，也沒有依邏輯而順勢發揮，作進一步的理論闡釋，我們仍只能憑感性理解去體會和猜測清空一語何指。最遺憾的是，黃瑞枝將清空僅僅看成是一個關於風格的術語。

檢討文學領域的學者們對張炎詞論的論述，我們發現中外學者對「清空」的闡釋多是平面的，它被當成了一個有關寫作技巧、評賞標準和風格流派的術語。可是，當我們整體地分析張炎的《詞源》、比較地解讀張炎所推崇的典範詞作時，我們發現清空並不是這樣一個淺薄的平面術語，而是一個有深度的立體概念，因為它關乎宋詞的審美理想，其內涵豐富而又深刻。之所以如此，也許是上述學者們沒有對張炎詞論進行必要的「觀念化」處理，沒有對自己的研究進行必要的理論提升。

正如張炎詞論本省所揭示的，清空涉及虛詞的應用，這是在語言形式的層次上討論清空；在《詞源》的文本整體中，張炎還談到了用事和描寫，這是在修辭的層次上進行討論；黃瑞枝所說的四種風神，是一種審美境界的層次；而《詞源》所倡導的意趣，涉及詩意的寄託，其寓意處於觀念的層次。正是通過這四個層次，清空和劉子健有關文化內向的概念，才有了關聯，這就是張炎主張的詞之雅化。本書把這四個平面的層次立體地貫通起來，將形式、修辭、審美、觀念這四個層次的貫通，看作是清空詞論之詩學概念的整體結構。在這個貫通的整體結構中，存在著從形式層次經修辭層次和審美層次而向觀念層次的次第上升，例如從敦煌曲子詞的俚語俗詞，向文人雅詞的上升。這個上升過程是宋詞發展演進的雅化過程，而張炎之清空詞論的審美理想，就是追求詞藝的雅化。

清空概念的雅化趨勢，應和了劉子健說的那株大樹，因暴風雨之故而不再向外生長，反是向內生長。在宋末元初，文人士大夫盡嚐國恥家恨，社會地位也一落千丈，故而對朱熹主張的修身齊家治國平天下，他們只能逆向而行，從平天下、治國，退回到齊家、修身。在詞壇，詞人的修身與美國學者高居翰所說的追求超級精緻的唯美主義傾向相對應。南宋詞的美學昇華，與詞人社會地位的下降，例如張炎從南宋的貴族公子破敗為元初的落魄文人，形成內外互動，這讓我們看到了清空概念同歷史和文化環境的依存關係。所以，我們對張炎清空概念的研究，不能將其當作一個孤立的術語來看待，而要將其放回到《詞源》的整個文本中來一體地看待，再進一步放回到南宋詩學和文化的大語境中去看待。如果從唐宋詞發展的歷史環境，和兩宋之際中國文化向內轉的文化環境來看清空，我們便有可能超越風格的局限，而看到清空概念的歷史和文化蘊意，從而將對清空的研究，從純文學研究，轉化為一種歷史文化的研究。

正是在這樣的學術條件下，本書才提出作者個人的「蘊意結構」觀。這種一己之見，首先是對文學作品和理論文本之本體的內部結構和存在形態的認識，即作品文本之構成，有形式、修辭、審美、觀念四個貫通一體的層次。其次，這種一己之見也是對批評方法的探討，即文學批評可以在形式、修辭、審美、觀念這四個層次上展開，從而打破了形式與內容的機械劃分，使作品得以還原為一個完整的有機存在，也使批評得以成為一個完整的有機行為，而非各不相干的瑣碎之談。

三、研究方法

從治學實踐的具體操作方面來說，本書的研究方法，既是對古代文論的考證與分析，也是對古代文論的闡釋與理論總結。關於考證與分析，本書作者對張炎詞論文本的研究，基本採用第一手材料，主要參閱美國哈佛大學燕京圖書館的善本文獻收藏。例如燕京圖書館所藏清代刊印之張炎《詞源》和《山中白雲詞》的早期版本，此二文本的序言為研究張炎詞論提供了重要的背景資料。關於闡釋與理論總結，本書重在以批評的眼光，來審視當代中外學者的張炎研究，以其研究的不足，來作為本書重新闡釋張炎詞論的邏輯起點，並由此而對張炎詞論進行理論總結，進而提出「蘊意結構」之說。

從批評理論的角度說，本書的研究方法，是借鑒西方現當代文論而對中國古代文論的重新闡釋。但是，本書並不局限於某一特定的西方理論觀點或批評方法，而是根據張炎詞論自身的內在特點和外在語境，來博採西方現當代文論的眾家之長，將現代文論的形式分析，同當代文論的觀念分析結合起來，取長補短。就形式批評而言，二十世紀中前期英美「新批評」的形式主義「細讀」方法，為本書對張炎《詞源》的文本分析，特別是分析這一文本用詞之可能的多重含義和潛在所指，提供了有益的示範。二十世紀中期西方學術界的結構主義方法，則為本書對張炎《詞源》文本的綜合歸納，提供了有益的示範，例如，結構主義的整體觀，使筆者得以在四個層次上闡釋張炎文本，並探討這四個層次的內在聯繫。就觀念批評而言，二十世紀後期西方學術界的文化批評，包括馬克思主義和新歷史主義批評，為本書的「觀念化」和「蘊意結構」概念的形成，提供了理論的前提和方法的支持。例如，本書之「蘊意結構」中的觀念層次，在一定程度上參閱了西方馬克思主義批評家哥爾德曼（Lucien Goldmann，1913-1970）的「有意味的結構」之觀點。哥爾德曼強調作者之「世界觀」在文學作品中的體現，認為文學作品的核心是隱藏於其中的作者的世界觀，正是這一世界觀賦予作品以意義。哥爾德曼的觀點，啟發了本書對張炎詞論之蘊意結構的探討和理論總結。新歷史主義的共時和橫向研究方法，在文化斷面的語境和政治環境的背景方面，豐富了本書作者的歷史意識，使本書得以用文學史和文論史之縱向發展的眼光來審視張炎詞論，同時也將張炎詞論置於當時橫向的社會、政治和文學語境中。

德國闡釋學派哲學家伽達莫爾（Hans-Georg Gadamer，1900-2002）的「視界融合」觀，對筆者有特別的啟發。伽達莫爾強調從不同視角去看作品，惟其如此，我們對作品的認識和闡釋，才有可能接近真理。作為方法論，伽達莫爾的視界融合觀啟發筆者去整合中外當代學者對張炎的研究，使筆者得以從形式、修辭、審美、觀念四個層次去解讀張炎詞論，並將這四個層次貫通起來，建構詩學和批評的「蘊意結構」。

本書作者對西方現當代文論的借鑒和吸收，不是從理論到理論的純粹邏輯推演，而是在研究和批評的具體過程中對理論的實踐。本書之「蘊意結構」觀的提出，是在對張炎詞論的研究實踐中提出的，也是在對中國當代文論和西方當代漢學研究的考察、比較和清理的批評實踐中，也即在探討中外當代學者對張炎《詞源》的研究過程中，通過理論總結而發展起來的。

第二節 研究綜述

西方學術界的治學慣例，首先是考察和梳理前輩及同代學者對某一課題的研究，然後探討這些研究的不足之處，並對這些不足表示不滿，最後因這種不滿而提出自己的見解。中國學術界的治學慣例，也有類似邏輯，但迴避了「不滿」之詞，而用委婉的「商榷」一語。本書作者在自己的研究課題上，通過對國內外研究現狀的敘述，也指出其不足，進而表達不滿並提出商榷。為了在這樣的邏輯前提下，進行自己的研究，提出自己的見解，並闡述其價值，本書便不會泛泛而論地比較中外當代學術界的詩學和詞論研究，而是將自己的研究建立在探討具體課題的基礎上，這就是對張炎《詞源》之「清空」概念的闡釋。

在此需要特別說明的是，本書對國內外學者的「不滿」，是一種學術探討，並不針對這些學者個人。相反，本書作者對這些學者充滿敬意，正是他們的研究，為本書的研究提供了學術基礎和理論起點。下面，本書按漸進的順序（不一定機械地按照發表的先後時序），從綜述到個案，從國內到國外，從專著到論文，敘述本課題的研究現狀，涉及當代中國大陸和臺灣學者對張炎《詞源》的研究，也涉及日本、美國和加拿大學者對這一課題的研究。當然，本書不可能在此討論關於這一課題的所有著述，而只能掛一漏萬，論及重要的和有代表性的著述。

一、國內與臺灣學術界的研究現狀

在二十世紀後半期的中國大陸學術界，有關南宋詞和詞論的一般性著述，可謂汗牛充棟，這些一般性的通論，對張炎的《詞源》和「清空」，通常僅點到為止，幾乎沒有深入討論。例如，艾治平的《婉約詞派的流變》（遼寧大學出版社，1994），有「張炎」一節，但以討論其詞作為主，僅用半頁篇幅，述其「清空」概念，且止於引述古人之說。吳熊和的名著《唐宋詞通論》（浙江古籍出版社，1995）、木齋的《唐宋詞流變》（京華出版社，1997）、劉揚忠的《唐宋詞流派史》（福建人民出版社，1999）等，大體上也屬此類，唯用稍多篇幅論述張炎而已。誠然，一般性通論因主題和體例所限，無法深入討論張炎及其詞論，對此我們不能求全責備。實際上，這類著述中有些對《詞源》和「清空」仍有闡述，其中由著名學者所著且在學術界有影響有代表性者，數陶爾夫和劉敬圻合著的《南宋詞史》（黑龍江人民出版社，1992）。兩位學者在其史著的「張炎」一節裏，對張炎其人其詞及其理論均有概略的敘述，並以四頁之篇幅來討論《詞源》與「清空」。然而，這一討論也以引述古人之說為主，一己之見不多，且又流於感性化的以詞作闡述詞論，缺乏應有的理論深度和邏輯思辨。

在當代學者對張炎詞論的研究中，既有一己之見又有一定理論深度者，當數方智範、鄧喬彬、周聖偉、高建中合著的《中國詞學批評史》（中國社會科學出版社，1994）。是著之「張炎」一節，將《詞源》的要義，歸為「雅化」理論，認為「清空」是張炎為「雅化」制定的風格和技巧標準[4]。較之其他學者，這四位學者對張炎的研究相對深入，但將「清空」說成是關於詞之雅化的風格和技巧標準，本書作者不能苟同。首先，這四位學者就事論事，未能更好地將張炎詞論置於其時代與文化的上下文或理論語境中進行比較考察，致使其論述有拘謹之嫌。其次，四位學者未能用歷史發展和文本一體的眼光去看張炎詞論，而是孤立地將「清空」當作一個關於風格和技巧的概念，沒有看到這一概念的其他方面，更未能將清空的方方面面統合起來，構建一個詞論或詩學的整體。與這四位學者的著述有相似之處的，還可舉出張毅的《宋代文學思想史》（中華書局，1995）等專著。雖然這些一般性的研究著述有這樣或那樣的欠缺，但其研究的基礎工作和開創性，卻具有毋庸置疑的學術價值，這為本書作者的進一步探討，提供了一個學術起點，亦為本書作者對張炎詞論和蘊意結構的研究，開拓了可能的空間。

---

4 方智範、鄧喬彬、周聖偉、高建中《中國詞學批評史》（本書後略為「方智範等，1994」），北京：中國社會科學出版社，1994，第98及99頁。

除上述一般性研究外，國內學者對張炎詞論也有進行專題研究者，如張惠民的《宋代詞學審美理想》（人民文學出版社，1995），其中有專章討論張炎的「清空」詞論。按照張惠民的說法，清空是一個關於風格的概念，但這位學者卻用相當篇幅來討論意境問題，也就是說，他實際上還將清空看成是一個關於意境的概念，只不過他沒有注意到風格與意境是兩個不同的美學範疇，因而在闡釋時有混淆不清之病。張惠民一如他人，以詞證論，用張炎所推崇的南宋詞人姜夔的詞作，來說明清空的意境。張惠民將清空意境追溯到莊子的逍遙之境，賦予張炎詞論以可能的哲學深度，在此，他有可能超越風格的局限。遺憾的是，張惠民未能再進一步，在哲學的意義上明確指出張炎詞論的觀念內含，而是回過頭去，用莊子的意境來強調清空的風格特徵。而且，張惠民也未能從南宋詞和詞論之歷史發展的角度，來闡述張炎之清空概念的理論價值。要之，這位學者既未從觀念的層次來看待清空的哲學內含，也未探討風格、意境、莊子哲學三者之間的關係，更未將這些關係同張炎所處的歷史時代和文化環境相聯繫。結果，這位學者對清空的闡釋，終未真正超越風格的局限。

對張炎進行專題研究者，主要有楊海明的《張炎詞研究》（齊魯書社，1989），此著前三章考察張炎的家世、生平和文藝素養，隨後九章考察張炎詞作，涉及其詞的文學淵源、發展過程、題材類型、思想內容、藝術特徵等方面，然後又有一章專門討論張炎詞論，且以清空為論題。楊著的最後一章探討張炎的影響，並給張炎以評價。

楊海明論張炎詞論，著重詞的雅化、清空的風格，以及文體、修辭和技巧等問題。楊海明認為雅化是張炎詞論的首要概念，他稱之為

「張炎論詞的總綱」[5]。然而，張炎在其唯一的詞論文本《詞源》中並未討論雅化問題，僅是提及之，所以，楊海明只得將詞的雅化同清空概念聯繫起來。這樣，在討論清空問題時，楊海明便特別談到了清空同雅詞的關係：「要達到『騷雅』，照張炎看來，還得力求於婉麗之同時求得『清空』。」[6]也就是說，只有既求婉麗又求清空，才會有詞的騷雅。在楊海明看來，婉麗和清空是同一事物的兩個方面，二者可互相闡釋，並在詞作中相輔相成，從而使詞作達於雅化。與此相聯，他認為清空是一個關於風格的概念，是張炎為詞作所設的「風格要求」，此風格反映了「隱逸超曠的生活情趣和藝術趣味」。[7]楊海明關於清空的風格之說，為本書的研究提供了極有價值的參考。不過，本書作者也注意到楊海明所使用的一些概念有含糊之虞，而且有些概念之間的關係也未理清。如其所言：「在張炎看來，『婉麗』是詞體的當然本色，是對詞風的一種基本要求；而比它更為高級的上乘風格則應是婉麗而兼高雅（或騷雅）。這樣，他的風格論又從一般的『婉麗』而向『清空』發展了」[8]。在此，楊海明關於婉麗與清空的關係之說，前後不一，先說二者相當，後說二者有高低之別。概念之間關係的含混，妨礙了楊海明對清空的闡釋，留下了邏輯的缺陷。

儘管楊海明注意到了張炎的個人生活經歷及其所處的宋末元初歷史環境對張炎詞論之風格說的影響，但他未能超出風格之論，

[5] 楊海明《張炎詞研究》（本書後略為「楊海明，1989」），濟南：齊魯書社，1989，第 187-188 頁。

[6] 同上，第 189 頁。

[7] 同上，第 191 頁。

[8] 同上。

未能用歷史變化的眼光去看風格的演進，忽略了張炎詞論所折射的宋亡元立的歷史巨變，忽略了張炎詞論因此而蘊含的可能的歷史意義。雖然有這些缺欠，但瑕不掩瑜，楊著對張炎研究這一課題所作出的貢獻，特別是在資料整理和基礎研究方面的貢獻，不僅為後學提供了方便，更為後學指出了方向。

除了以上通論和專題研究的著述外，在中國當代學術研究中還有大量的單篇論文探討張炎及其詞論。在此我們略涉兩篇較有代表性者，一泛論張炎詞論之美學，另一專論清空概念。孫立在〈張炎詞學理論的美學意義〉[9]一文中，對中國當代學術中的張炎研究，進行了概略的描述，從中總結出了當代學者對清空概念的兩種解說。其一，清空是對被描繪對象的內在把握，而非外在描摹；其二，清空是對自然與精緻之語言的追求。孫立認為這兩種解說都不完滿，他通過細讀張炎《詞源》，而提出了自己的解說：清空是張炎所主張的藝術境界。清空即境界一說，是中國當代學術界最普遍的觀點，是當代學術界對張炎詞論的最普遍解釋。境界之說，既是孫立在張炎這一具體課題上的學術貢獻，也是其問題所在：他雖超越了風格之說的局限，卻又確立了境界之說的藩籬。在這篇文章中，孫立還談到了清空與騷雅、質實、意趣等概念的關係。這一系列關係有助於我們對清空的認識和闡釋，但孫立在其短文中，未能鋪展開來對這些關係進行詳盡而深入的研究，更未能借此而超越境界之說。

---

9 孫立《張炎詞學理論的美學意義》，《南京師大學報》1992 年第 2 期，第 51-55 頁。

另一位當代學者韓經太在〈清空詞學觀與宋人詩文化心理〉[10]一文中，從心理學角度解說張炎詞論，仍然認為清空是一個關於境界的概念，但比孫立稍微深入和寬廣一點，他總結出關於清空的三種境界：清空是詩意的境界、清空是想像的境界，清空是語言與風格的境界。然而，韓經太也與孫立一樣，他對境界的闡述，仍然局限在境界概念之內，未能從更多的視角去看張炎詞論。

臺灣當代學術界的張炎研究，與大陸的情況大致相仿，只是著述的數量明顯偏少。在關於宋詞的通論性著述中，臺灣學者對張炎都或多或少地涉及，其方法也與大陸學者相仿，述多於論，例如劉少雄的〈南宋姜吳詞派相關詞學論題之探討〉。因此，我們在這裏不再敘述這些一般性的通論，而著眼於專題研究的著述。

臺灣當代學者對張炎的專題研究，首推黃瑞枝的專著《張炎詞及其詞學之研究》(宏仁出版社，1986)。除了討論張炎的生平和時代背景，黃著可大體劃分為兩部分，如其書名所示，這兩部分是張炎詞之研究和張炎詞論之研究。這兩部分之間的聯繫，是黃著既用張炎的詞論來解讀張炎詞，又用張炎詞來說明其詞論。在第一部分中，黃瑞枝認為張炎詞的風格特徵是清空、雅麗、高潔、沉鬱，認為張炎詞的主題和題材是愛情、友情、鄉情、閒情、羈旅、故國、詠物七者，認為張炎詞的寫作技巧是賦、比、興，其特點是音律、句法、意象、意趣之美。在第二部分中，黃著探討了張炎《詞源》的緣起和版本，以及張炎詞論的音樂觀、創作觀和批評觀，認為張炎詞論重在音律、清空和騷雅。黃瑞枝的研究比較全面，但卻流於

[10] 韓經太《清空詞學觀與宋人詩文化心理》，《江海學刊》1995 年第 5 期，第 163-169 頁。

表面化的分類描述，仍存在述多於論的通病。在討論清空概念時，黃瑞枝先敘述了張炎以後的詩人和學者對張炎的解說，然後指出，清空是一個關於批評標準的概念，這個概念關注詞的形式因素。雖然黃瑞枝也看到了清空與意趣概念的聯繫，但她幾乎沒有探討這一聯繫，而認為清空所涉及的形式因素，就是語言和用典二者。儘管如此，黃瑞枝對張炎詞論的研究，仍作出了相當貢獻，尤其是她對清空的討論。如前所述，通過對張炎詞的分析，黃瑞枝用「清幽之氣、遒健之骨、空靈之境、天籟之趣」四語來說清空。可是，在闡釋張炎詞論的這個關鍵之處，黃瑞枝卻與舊時的詞話作者一樣，沒有進行邏輯的分析，沒有進行理性的學術探討，而是用感性的語言來敘述自己的觀點，她對清空的四個說法，缺乏進一步深入的理論闡述，同樣止於以詞證論，難免簡單膚淺[11]。

臺灣學者徐信義的〈張炎詞源探究〉原是博士論文，後以單篇長文的形式於 1975 年發表，是二十世紀後半期中外學者研究張炎的第一部專論。徐信義主要探討了張炎詞論的三個問題，音律論、作法論、批評論，其中以詞的作法論為重，批評論為輕。徐信義按照張炎《詞源》的篇章，將詞的作法劃分為九個步驟或九個方面，即：審題、擇腔、命意、謀篇、選韻、協音、鍛句、煉字、用事。從字面看，這九個步驟或方面的相互關係，顯然有秩序顛倒、關係混亂之嫌。事實上，細讀徐信義的著述，也能看出他分析張炎《詞源》時，未能很好地清理出敘述的脈絡，於是便難以進行系統的綜合整理。對張炎的作法論，徐信義強調其設情雅正、意趣清新、立

---

[11] 黃瑞枝《張炎詞及其詞學之研究》（本書後略為「黃瑞枝，1986」），臺北：宏仁出版社，1986，第 113-117 頁。

意高遠，但這三項闡述，也較簡單和膚淺，均不足一頁之篇幅[12]。在討論張炎的批評論時，徐信義的論述更為簡單，篇幅也同樣不足，僅有一頁討論清空問題。不過，徐信義仍然強調了清空的重要性，並將其與音律和雅正一道，看成是張炎詞論的三個基石。在僅僅一頁的篇幅中，徐信義也試圖闡釋清空，卻未能自圓其說。他一方面將清空說成是與音律和雅正並列的三個基石之一，一方面又說清空即雅正自然。再者，這一頁篇幅，大半是引述前人，一己之言僅寥寥數行，甚至對所引之語也缺乏分析和評述。在談到張炎對他人詞作的批評時，徐信義與其他學者一樣，將清空看成是一個關於批評標準的概念。

在臺灣學術界，同樣有論述張炎的短篇論文發表，其論題較專門者，可以劉漢初 1997 年的學術會議論文〈清空與騷雅——張炎詞初論〉[13]為例。在這篇文章中，作者用張炎詞論來解讀張炎詞作，認為清空、騷雅和意趣是張炎詞論的三個主要觀點，其中清空更是關於語言風格和篇章結構的概念。會議的審稿人認為，劉漢初對清空的解釋有偏狹的局限，因為他未論及張炎對虛詞的使用。從劉漢初的論文和會議評審人的評語中，我們可以看到，儘管臺灣學術界近年對張炎詞學的研究有所發展，但學者們對清空概念的闡釋，仍停留在用詞、風格和結構的層面上。

---

[12] 徐信義〈張炎詞源探究〉，臺北《國文研究所集刊》1975 年第 15 卷，第 506-508 頁。

[13] 劉漢初《清空與騷雅——張炎詞初論》，新竹縣國立清華大學「先秦至南宋文學國際會議」，1997 年 4 月 19-20 日。

總結大陸和臺灣學者對張炎的研究，有三點需要指出。其一，學者們對張炎詞作的關注，多於對其詞論的關注；其二，雖然學者們注意到了清空概念同張炎詞論之其他概念的關係，卻未能對這些關係進行深入研究；其三，在探討究竟何為清空時，學者們通常認為清空是一個與語言和風格相關的關於寫作技巧和批評標準的概念，以及一個關於意境或境界的概念。統而言之，學者們未從宋末元初的時代巨變，以及與此相應的詞體發展的角度去審視清空概念，因而欠缺歷史和發展的意識。

二、海外漢學界的研究情況

日本的漢學研究十分發達，其當代漢學的成就，幾乎直追大陸與臺灣。本書作者通過北美學術資料庫瞭解日本當代漢學的研究情況，得知日本學術界不乏對張炎的專門研究，而有成就者，當推波多野太郎、村越貴代美、松尾肇子等學者。其中，松尾肇子是日本愛知大學的中文教授，她對張炎詞論素富研究，在 1985 年出版了譯著《詞源與樂府指迷》[14]，不僅翻譯了張炎《詞源》，而且對之作了詳盡的注釋和考證，並論述了清空與騷雅在張炎詞論中的重要性。後來，松尾肇子更在 2000 年發表了論文〈論張炎《詞源》之清空說〉[15]，既指出清空涉及虛詞的使用，又強調清空與意趣之間

[14] 松尾肇子《詞源與樂府指迷》，東京《日本中國學會報》，1985 年第 32 卷。

[15] 松尾肇子《論張炎〈詞源〉之清空說》，收入村上哲見《中國文人的思考與表現》，東京汲古書院，2000 年。

不可割裂的關係。筆者因研讀張炎詞論而同松尾肇子有通信交流，並獲其關於此課題的日文著述，更因此而得以進一步瞭解日本漢學界之張炎研究的近況。

西方當代漢學界對宋詞的研究既多且深，但對張炎的專門研究卻付諸缺如。不過，在關於宋詞的一般性通論和其他相關課題的專門研究中，不乏涉及張炎及其詞論者。關於一般性或通論式專著，本書之「參考書目」已經列出，可供參閱，此處僅舉出相關課題的一些專門研究，仍以論題之由遠而近的順序，來述及當代西方漢學的張炎研究。

美國學者瑪爾莎・瓦格納（Marsha L. Wagner，加州大學教授）的《蓮動荷舟：中國詞的起源與唐代通俗文化》（哥倫比亞大學出版社，1984），是一部從多種角度探討詞之起源的專著，主要討論了敦煌民歌和江南採蓮曲對詞之形成的直接影響。這部專著並未論及南宋詞，更未談到張炎詞論。但是，作者對江南採蓮曲的研究，尤其是深入實地進行第一手考察而獲得的原始材料，為宋詞在江南地區的發展，構建了一個歷史和文化的語境。儘管這是宋代以前的語境，但在歷史文化背景和研究方法兩方面，都為本書的研究提供了可資借鑒的範例。

美國學者孫康宜（耶魯大學教授）的《中國詞的演變：從晚唐到北宋》（普林斯頓大學出版社，1980）是一部詞史專著，介於通史與斷代史之間。但是，這不是一部泛泛而論的書，而是由點及面的專題研究，在每一個歷史時期，考察一個具體的詞人，如早期詞人溫庭筠和李煜，以及詞之發展高峰期的柳永和蘇軾。這部專著沒有討論南宋詞，但卻涉及了張炎的詞論，並在西方學術界首次使用了清空概念。孫康宜用英文「透明」(transparency)一詞翻譯清空,被西方學術界認可,後來的學者在涉及張炎詞論時,都沿用了這一譯法。此處需要說明的是,二十世紀西方形式主義文論中有transparency(透明)和 opaque(不透明)這樣一對涉及文本分析的概念範疇,但與張炎詞論毫無關係,僅僅是翻譯上的巧合而已,因此本書不會觸及這對範疇間的關係。

美國學者林順夫(密西根大學教授)的《中國抒情傳統的演變:姜夔及南宋詩詞》(普林斯頓大學出版社,1978),是對南宋詞之發展演變的專題研究,尤其是對姜張詞派的研究。在此著中,林順夫以姜夔詞為著眼點,將姜夔向「詠物詞」的「撤退」,同南宋時期中國文人的內向心理聯繫起來考察,以小見大,從詞的演變而見出了中國文化的演變。雖然林順夫討論的是姜夔和南宋詞,但他在這部專著的末尾,論及了張炎,蓋因張炎繼承了姜夔的傳統,並在《詞源》中大力推崇姜夔,是為後人所說之「姜張詞派」的出處。林順夫沒有討論清空,但以對姜夔的討論,而為張炎的詞和詞論,給出了歷史、文化和詩詞發展演變的背景。

美國學者奧芙蕾達・莫克(Alfreda Murck,哈佛大學教授)的《怨憤的妙藝:中國宋代的詩歌與繪畫》(哈佛大學出版社,2000),考察「瀟湘八景」之主題在南宋詩詞和繪畫中的表現,並以此而探討詩畫之美學特徵中的個人因素和政治因素。這部專著涉及到張炎的家學,尤其是張炎父輩在詩與畫方面的造詣,及其與南宋文化環境的關係。雖然這部專著沒有談及張炎詞論,但卻在家學承傳和歷史文化的背景方面,為本書的張炎研究提供了啟示。本書作者曾受其啟發而就瀟湘八景的詩畫關係問題,發表過兩篇論文,討論意境及其內含，這為筆者從審美意境的角度解讀張炎清空詞論提供了嘗試的先例[16]。

美國學者連信達（Xinda Lian，登尼遜大學教授）的專著《狂狷之心：辛棄疾詞中的自我表達》（紐約彼德朗出版社，1999），雖是對辛詞的研究，但卻以張炎詞論為觀照辛詞的一個視角。連信達所涉及的，是張炎詞論中的雅正或騷雅問題，他認為這是一個有關「言志」的問題。雖然連信達沒有論及清空，但因張炎詞論中清空與騷雅不可分，所以「言志」之說為我們解讀清空仍提供了有益的啟示。

較之以上數者，加拿大學者方秀潔（麥祺爾大學教授）對張炎有更多論述。在其專著《吳文英與南宋詞藝》（普林斯頓大學出版社，1987）中，她就張炎詞論的褒姜貶吳而提出不同意見，尤其不同意張炎說姜夔詞清空而吳文英詞不清空。既然涉及到清空概念，方秀潔便對清空作了一番分析和闡釋，認為清空就是善用虛詞。如前所述，其他學者也談到清空是善用虛詞，同時更談到清空還是關於結構、風格、意境和批評標準的概念，但方秀潔卻只說虛詞。當然，由於論題之故，方秀潔不必涉及清空的其他方面，但將清空僅僅解釋為善用虛詞，顯然比較片面。這片面，首先在於對張炎《詞源》的誤讀，方秀潔以為張炎談清空就只談虛詞。之所以有此誤讀，是因為這位作者有著褒獎吳文英的先入之見，因而將張炎對吳文英的微詞，看作是不當的批評。其次，這片面還在於作者眼界的狹隘，只關注虛詞之類語言形式，而未能關注形式之外的其他方面，未能

[16] 段煉《瀟湘八景與浮世春宮》，臺北《典藏古美術》2003 年第 1 期。段煉《紐約的「山市晴嵐」圖》，臺北《典藏古美術》2004 年第 8 期。

關注這些方面與語言形式之間的關係。當然，方著也有長處，這就是在對具體詞作的細讀和語言分析中，就虛詞的使用進行了深入研究，為我們在語言形式的層次上探討張炎的清空概念，提供了參考。

西方漢學界關於宋詞的論文，在數量上遠遠超過專著，其中較有影響者，當數加拿大學者葉嘉瑩、方秀潔和美國學者孫康宜等。葉嘉瑩專攻宋詞，其大量論文，後以文集形式在北美和中國大陸及港臺地區分別用英文和中文出版。由於葉嘉瑩的論文有中文版，於是方便了我們將其同中國學者之同題論文的比較。這種比較是學術觀念和治學方法上的，西方學者論文篇幅較長，論述較為深入和具體。葉嘉瑩有論文涉及張炎者，多是關於其詞作，而非專門探討其詞論。但是，葉嘉瑩對張炎詞的分析，卻注意到了從其詞論的角度解讀其詞作，這實為對詞論的附帶解說。孫康宜就南宋遺民詞人的詠物詞，寫有〈樂府補題的象徵與寄託〉[17]一文，其中談及張炎詞，認為張炎等遺民詞人借詠物而「言志」，其詞意之寄託，都隱含在物象的象徵中。孫康宜的這一說法，對我們解讀張炎詞論也有一定啟示。

總結國內外學術界的張炎研究現狀，尤其是總結學者們對清空詞論之研究的不足，本書認為有一些問題需要進一步探討。首先，張炎生活在宋末元初，儘管他被學者們歸為宋末詞人，但他的《詞源》卻完成於元初之際。那麼，王朝興廢和歷史巨變，尤其是異族入主，對張炎的生活、思想、著述有沒有影響？若有，會是什麼樣的影響？這也就是說，在張炎詞論的美學意義中，究竟有沒有歷史

---

[17] Kang-i Sun Chang. "Symbolic and Allegorical Meanings in the Yue-fu pu-'ti Poem-Series." *HJAS* 46 (1986): 353-387.

和政治的些許因素？對這樣一個重要問題，上述學者竟鮮有論及者，即便有，也屬蜻蜓點水。其次，張炎清空詞論的價值，是不是如上述學者所言，僅僅在於語言、風格、意境和批評標準等方面？若否，那麼張炎清空詞論的意義究竟何在？對此意義的探討，既然直接聯繫到對清空這一概念之含義的解讀，那麼，我們可否從文學發展的角度來解讀清空概念，並進而探討清空詞論的意義和價值？再者，清空是不是一個孤立的詞論概念，如果不是，那麼我們可否將其置於中國古代文論之發展的語境中，來比較地探討清空與其他相關概念的聯繫，進而解讀清空的可能含義，並探討其意義與價值？

基於對以上國內外學術研究的吸收與批評，基於對以上問題的思考，本書在研究張炎詞論、研究中外當代學術中的詩學批評的過程中，以及在參照中國當代學術與西方當代漢學研究的過程中，提出了自己對張炎清空詞論的見解，並進而提出了關於中國古代詩學的「蘊意結構」觀。這一己之見的價值，並不局限於對張炎詞論的具體闡釋，而更在於詩學理論和文學批評的普遍意義上。

第三節　章節與內容提要

本書共分五章。第一章「導論」分三節，首先述及本書之選題及其學術價值、本書的理論前提和研究方法，然後對海內外學術界就此課題進行的研究，作出綜述和分析、評價，並在此前提下提出自己的論題，最後略述本書各章的內容大要。

第二章「張炎《詞論》與清空概念」，是在分析和評價海內外研究現狀的邏輯前提下，對本書之課題的直接展開，在張炎所處的歷史文化環境中，討論張炎詞論。本章分三節，第一節「張炎《詞論》的歷史與文化語境」，述及南宋的歷史政治巨變和文化特徵，以及這一背景下張炎的生平與文學活動，尤其是《詞源》的產生。第二節「『清空』詞論的內在結構」，是在前述週邊研究的前提下，通過細讀《詞源》文本而對張炎詞論之內在結構的分析和闡述，指出「清空」概念是張炎詞論的中心，指出清空是一個關於形式、修辭、審美和觀念的詞論概念。第三節「『蘊意結構』的理論基礎」，從二十世紀西方文論和批評方法的角度，為提出「蘊意結構」的一家之說，提供理論支持。

第三章「張炎清空詞論的『蘊意結構』」是上一章的繼續，深入探討張炎詞論，並通過探討張炎詞論而對「蘊意結構」進行理論闡釋和批評實踐，要點在於論述文學作品的存在形態，說明其存在於形式、修辭、審美、觀念四個層次，它們相互貫通，形成作品的整體。與此相應，本章也力圖論說文學批評在這四個層次上展開的操作實踐，由此而對作品進行相對完整的把握。當然，本書之「蘊意結構」的觀點，既不是對文學作品之存在形態的唯一認識，也不是文學批評的唯一方法，而是本書作者的一己之見。本章分四節，分別闡述蘊意結構的四個層次，及其相互關係。第一節「形式層次：虛字的功能」，從張炎對虛字的使用，論及詩詞語言的形式因素，探討文學作品在這一層次上的存在形態，以及文學批評在這一層次上的具體操作。第二節「修辭層次：再現的深化」，從張炎在《詞源》中對描寫與用事的論述，擴展到文學的修辭特徵，進而探討文學作品在修辭層次上的存在形態和文學批評在這一層次上的具體操作。第三節「審美層次：詞境的創造」，主要探討意境問題，這也是本書的重點之一。本書借張炎詞論的「境」，以及中外當代學者對境、意境、境界的研究，而將中國傳統美學中關於「境」的概念，追溯到印度古代梵文佛典的「境」，並在詩與畫的相互參照中，探討文學作品在審美層次的存在形態及文學批評在此層次的運作實踐。第四節「觀念層次：意趣的內蘊」，通過對張炎詞論之「意趣」概念的探討，闡述清空詞論的觀念層次，探討文學作品在這一層次上的存在形態以及文學批評在這一層次上的運作實踐。

第四章「雅化與清空詞論的歷史意識」，旨在從詞史和批評兩方面討論張炎詞論的歷史意義。第一節「詞史的雅化趨向」通過探討張炎詞論中清空與騷雅二概念的關係，通過探討中外當代學者對這一問題的研究，而在南宋詞的發展與演變進程中，指出清空概念的歷史內含和歷史意義。本書導言的研究現狀部分，已經談到一些學者未能從歷史和發展的角度解讀張炎詞論，因而對清空概念的闡釋流於片面和膚淺。本章即是對這一學術欠缺的補救。第二節「雅化的理論語境與影響」從張炎詞論的理論語境、張炎詞論對後人的影響以及後人對張炎的評說，尤其是清代學者對張炎詞論的倡導與批評，來進一步闡述張炎清空詞論的歷史意義。

第五章「尋求結論」試圖說明，張炎清空詞論的「蘊意結構」的所蘊之意為雅化，是為張炎詞論的意向。在此，本書從當代文論的角度，來說明張炎清空詞論的「蘊意結構」，尤其是這一結構的意向性，而其意向的歷史意義，則是張炎詞論的價值所在。

本書的重點，是通過檢討中外當代文學學術，在分析張炎理論文本的基礎上，闡述其清空詞論的「蘊意結構」。與此相應，本書的創新之處，也在於提出並闡釋作者個人關於詩學和文論的「蘊意結構」觀。提出一己之見，自會有各種學術困難，本書的研究和寫作難點在於，「蘊意結構」是對文學本文的結構分析，而結構分析長於橫向研究，有失縱向的歷史意識。因此，本書特別注意這一問題，在最後的兩章中，著意強調清空詞論和蘊意結構的歷史意向，使結構分析能兼容意向研究，使蘊意結構成為一種意向結構。

本書作者身在海外，對中國國內最新的研究成果，不易及時瞭解。雖然互聯網可以提供有價值的資訊，但要讀到完整的新書或剛發表的相關論文，仍有一定困難。雖然本書作者力盡所能，通過任何可能的渠道，去獲取最新資訊，但本書之錯漏在所難免，誠懇希望得到各位師友的批評。

最後，本書作者要對上述「研究綜述」所提及的海內外所有學者表示敬意和感謝，沒有他們的研究成果，本書的論題便無從提出。

第二章　張炎詞論與清空概念

本章探討張炎詞論，先從週邊研究入手，在歷史文化的語境中，論及張炎的生平與文學活動，並由此進入對張炎詞論的內部研究。

第一節　張炎詞論的歷史與文化語境

張炎詞論的語境，是指《詞源》的上下文，這不僅是《詞源》文本之語義的狹義上下文，而且更是《詞源》之得以產生的社會時代和作者個人之生存狀況的廣義上下文。這種廣義的語境研究，乃《詞源》的週邊研究，首先是對南宋末期的政治和社會變遷的陳述與探討，本書稱之為歷史語境。其次，這一週邊研究也是對張炎處身於其中的文化和文學環境的陳述和探討，也就是對張炎之書寫處境的陳述和探討，本書稱之為文化語境。這些陳述和探討，旨在回答有關張炎詞論之緣起的這樣兩個重要問題：張炎為什麼要寫作《詞源》、張炎為什麼要倡導「清空」？

本書前一章所述及的南宋時期中國文化向內轉，是張炎詞論的歷史和文化語境。這語境的特徵在於張炎所處及其詞論文本所產生的那一特定時刻和特定環境的不可重複性，類似於二十世紀初期德國思想家瓦爾特・本雅明（Walter Benjamin，1892-1940）在談到機器複製時代之藝術作品時，所說的「光暈」（aura）[1]。這不可重複性，還表現在週邊語境與張炎的家庭背景和個人生活密不可分。惟其如此，張炎詞論才具有獨特之處，同時又體現甚至代表著時代精神。由於張炎特殊的家庭背景，他不可能在宋亡後求取仕途，他只能在內向的歷史文化環境中退而獨善其身、獨工其詞。張炎倡導清空，目的是為了復雅，即恢復宋代的雅正詞風。正是時代與社會的變遷，影響甚至決定了張炎的生活與文學活動。與此相應，張炎的文學書寫，無論是詞作還是詞論，都是他那個時代之歷史和文化語境中的產物，是他對自己的生活經歷和社會時代之變遷的個人化回應，也是在中國文學史的發展進程中，對詞之雅化演進的理論回應。

一、張炎的家世與生平

探討張炎詞論的語境，可從張炎的家庭背景和生平經歷入手，這是因為他的家世和生平，存在於特定的社會歷史環境中，我們既可以從社會歷史之環境的視角，來考察張炎的家世和生平，也可以從張炎的家世和生平，來反觀其社會歷史環境。雖然本書不是為張

[1] Walter Benjamin, “The Work of Art in the Age of Mechanical Reproduction, ” in Charles Harrison and Paul Wood, eds., *Art in Theory: 1900-1990 An Anthology of Changing Ideas* (Oxford and Cambridge: Blackwell), p. 512.

炎寫傳記，也不是考證張炎家世，但由於這一切都同宋末元初的歷史社會變遷緊密相關，因而是張炎詞論之語境的重要方面。

張炎，字叔夏，號樂笑翁，又名張玉田，1248 年生於臨安（杭州）一官僚大戶人家，其父輩數代均為南宋朝廷的軍中將領。張炎個人所處的時代背景，是宋末元初的歷史與社會巨變，只是張炎本人的生平事蹟，在官方正式的《宋史》與《元史》中，並無記載，所以後來的學者在重構張炎生平傳記與家庭情況時，說法不一[2]。

關於張炎家世與生平的文獻材料，十分有限，僅見於張炎詞集之各種版本的序言中，多為其同代或後世之編選者所撰。其中為今日學者所看重者，有張炎之同代人舒月祥（1219-1298）、鄭思肖（1241-1318）等撰寫的序言和按語[3]。張炎曾祖父張滋（1153-1211?）的詩集《南湖詩餘》（《南湖集》）、宋末詞人周密（1232-1298）的筆記《武林舊事》和《齊東野語》，以及當地地方誌《杭州府志》等，也為我們提供了一些背景材料。根據這些材料我們大致可知，張炎的六世祖張俊（1086-1154）是南宋朝廷的武將，因其軍功卓著而在去逝後被宋高宗（1127-1163 在位）追封為循王[4]。張炎的曾祖父張滋（生卒年不祥）為詩人，與張炎所推崇的南宋大詞人姜夔（1155?-1221?）為友，有詩集《南湖集》及詞集《玉照堂詞》行

2　關於張炎生平和家庭背景的不同見解，臺灣學者黃瑞枝有詳細記述，見黃瑞枝（1986），第 95-99 頁。

3　這類前言序文，多收於朱祖謀編《彊村從書》（本書後略為《彊村叢書》），1922 年上海重印版。舒月祥，寧海人，南宋學者、史學家、詩人，有詩集《朗風集》傳世。鄭思肖，福州人，南宋學者、詩人、畫家，有詩集《心史》傳世。

4　周密《齊東野語》，臺北：廣文書局，1969，第 2 卷，第 1-16 頁。

世。張炎祖父張濡（?-1276），字含，也是南宋軍中將領，並為江西安撫參議官，駐守於臨安西北的獨松關[5]。1275 年 3 月，時任蒙古將軍的伯顏（1237-1295），派廉希賢（1231-1280）和嚴忠範（?-1275）為使節，到臨安勸降南宋朝廷。他們在獨松關被張濡手下的宋兵所俘，嚴忠範斃命，廉希賢被押往臨安入獄。據《宋史》和《元史》所載，蒙古軍隊在 1276 年攻破臨安後，判處張濡死刑，張炎之父張樞（?-1276?）只得隱匿[6]，後不知所終。張濡雖為軍人，但深通詩詞與音樂，而張樞則是詩人，也深通音樂，並有詞集《寄閒集》傳世。

張炎的家庭，屬於南宋的上流社會，我們從其前輩的生活，可以管窺南宋滅亡以前之社會生活的一個方面。周密在《齊東野語》中寫到了上流社會的文化和社交活動，尤其寫到了張炎曾祖張滋的私家聚會和官場文人社交。按照周密的記述，張滋的家庭是當時臨安上流社會一個重要的社交中心，當張家舉行聚會時，高朋滿座，朝廷官員、地方名流、富商大賈、文人墨客齊會，歌女舞姬、美酒佳餚、燈光花影競豔。在這樣的社交場合，嘉賓多達上百人，其間詩人賦詩朗誦，詞人作詞交予歌女演唱，一片歡聲笑語、歌舞昇平。周密詳細寫到了這樣一次社交聚會的情景：

> 張滋功甫號約齋，循忠烈王諸孫。能詩，一時名士大夫莫不交遊。其園池，聲妓服玩之麗甲天下。……王簡卿侍郎嘗赴其牡丹會云：「眾賓既集，坐一虛堂。……命捲簾，則異香

[5] 獨松關位於今浙江省余杭縣與安吉縣交界處，為進出南宋都城的交通樞紐。
[6] 《宋史》第 47 卷，第 927-8 頁。

> 自內出，郁然滿座。群妓以酒肴絲竹，次第而至，別有名姬十輩，皆衣白，凡首飾衣領皆牡丹，首帶「照殿紅」一枝，執板奏歌侑觴，歌罷樂作乃退。復垂簾談論自如。良久，香起復捲簾如前，別十姬易服與花而出，大抵簪白花則衣紫，紫花則衣鵝黃，黃花則紅衣。如是十杯，花與衣凡十易，所謳者皆前輩牡丹名詞。酒竟，歌者樂者無慮百數十人，列行送客。燭光香霧，歌吹雜作，客皆恍然如仙遊也[7]。

儘管周密沒有說上述社交活動的具體日期，但我們從張滋的大致生卒年可以推算出，這是在十二世紀後期。那時，蒙古人在北方崛起，威脅了金國的安全，金人不得不停止南侵，從江南抽回兵力抵抗北方的蒙古鐵騎。於是，南宋朝廷得以在 1163 年同金人簽署和平協定，從而得到了一個相對和平的時期。在這個時期，南宋經濟得到長足發展，文化事業得以豐富。張滋家庭的文化社交活動，正是在這樣的背景下進行的。周密記述的是次社交集會，也反過來說明了當時社會生活的富足，以及上流社會的奢華。今日杭州著名仿古旅遊區的河坊街，原本即由張滋在當時興建。

美國學者奧弗蕾達・莫克（Alfreda Murk）在其研究南宋詩與畫的專著中，也談到了上流社會的奢華生活，她特別談到了張滋：

> 他將自己的大部分時間，用來侍弄花園，他也懂得怎樣欣賞和享受茶道、飲食、古玩、器物，他還訓練自己家養的歌妓，以表演樂舞供娛樂之用。張滋繼承了父輩的巨大財富，他在

7　周密《齊東野語》，臺北：廣文書局，1969，第 7 卷，第 112 頁。

> 杭州一帶修建了不少豪華的花園別墅。其中，貴隱園建在杭州郊外的一片湖區，有十多處廟宇、居所和禪房，還有畫室書屋、亭台樓榭、小橋流水和觀魚池塘[8]。

張滋的貴隱園是當時臨安上流社會和文人雅士一個重要的社交聚會之地。按照莫克的考證，張滋曾約請南宋著名畫家馬遠（約1186-1225前後）作了一幅長卷，描繪貴隱園的社交聚會[9]。這幅畫有幸流傳下來，名《春遊詩會圖》，現藏美國密蘇里州堪薩斯市的納爾遜——艾金斯美術館（Nelson-Atkins Museum of Art）。這幅長卷展現了張滋的貴隱園，畫的中心部分，是張滋正在園中長案上書寫自己的詩作，來賓和侍女們正圍著觀看。這是一幅超現實的作品，馬遠將張滋園中聚會的現實場景，同想像中的仙人來賀、前代詩人也來赴會的場面，合而為一；將當時的達官貴人，同古時的先賢智者，同置一畫，從想像和理想的角度，借張滋的私家生活場面，向我們展示了南宋盛世之景觀。

周密的記述和馬遠的繪畫，是關於張滋的生活和時代，而非張炎的生活和時代。但是，時代的連續性和生活方式的延續，則是歷史發展的規律和特徵，這又反襯了社會巨變的歷史影響。三十歲以前的張炎，生活在南宋末期，他繼承了前輩富足的生活方式。張炎的同代人鄭思肖在他為張炎詞集作的序中，寫到了張炎在南宋最後三十多年中所享受的悠閒富貴的詩酒生活：

---

[8] Alfred Murk, *Poetry and Painting in Song China: the Subtle Art of Dissent* (Cambridge: Harvard University Asian Center, 2000), pp. 237-238.

[9] 同上，第238-240頁。此畫又名〈西園雅集圖〉，本書附圖為局部。

> 吾識張循王孫玉田先輩，喜其三十年汗漫南北數千里，一片空狂懷抱，日日化而為醉。自仰板姜堯章、史邦卿、盧蒲江、吳夢窗諸名勝[10]，互相鼓吹春聲於繁華世界，飄飄徵情，節節弄拍，嘲明月以虐樂，賣落花而陪笑……自生一種歡樂痛快[11]。

不幸的是，歷史和社會的巨變，正好降臨在張炎一輩。由於張炎的家庭與南宋朝廷有直接而緊密的關係，所以，1276 年蒙古軍隊佔領臨安和 1279 年南宋王朝的最終覆滅，對張炎的個人生活，產生了不可估量的影響。在張濡被殺、張樞隱匿之時，張炎被迫匆匆出逃，其妻被蒙古軍隊所捕，家產也被悉數沒收[12]。對於這一變故，儘管沒有詳細的文獻記錄，但在陸文圭（1256-1340）[13]與舒月祥分別為張炎詞集所寫的序言中，有簡略的敘述。陸文圭在序中先寫到了宋亡前張炎的詩酒與音樂生活，說張炎「得聲律之學於守齋楊公、南溪徐公。淳佑景定間，王邸候館，歌舞昇平。」接著，陸文圭又寫到了宋亡後的張炎「棄家客遊，無方三十年矣」[14]。舒月祥在序中也寫道：「玉田張君，自社稷變置，凌煙廢墮，落魄縱飲」[15]。照清代學者陳撰和趙昱分別為張炎詞集寫的序所言，張家敗落之後，張炎流落在江南一帶，有時迫不得已，靠算命為生[16]。

---

[10] 這四位均為南宋詞壇名家，其中三位分別是姜夔、史達祖、吳文英。

[11] 《彊村叢書》，《山中白雲詞》序，第 4 頁。

[12] 《元史》第 9 卷，「至元十三年」，臺北：益文印書館，1961，第 3 冊，第 9 卷，第 7 頁。

[13] 陸文圭，江陰人，南宋學者，有文集《江東類稿》等行世。

[14] 見《彊村叢書》第 29 卷，第 6 頁

[15] 同上，第 5 頁。

[16] 陳撰序見《彊村叢書》第 29 卷，第 1 頁，趙昱序見金啟華等編《唐宋詞集

蒙古人在中國建立元朝政權後，為了鞏固自己的統治，一方面壓制漢族知識份子的思想，一方面又籠絡漢族知識份子。1290 年，當時的元朝統治者忽必烈漢（1260-1294 在位）下詔書徵書法家與畫家入宮，為皇室謄寫佛教《藏經》，以充實皇家收藏[17]。也有學者認為，忽必烈漢抄寫經書一事，實為私家瑣事，只因其母對宗教的個人愛好[18]。無論如何，張炎應徵，於是年秋北上大都（北京），與應徵的詩人及畫家朋友沈堯道和曾子敬[19]同行。此次北行並不愉快，除了張炎在自己的北行詞中有幾則小序略記而外，沒有其他文獻記錄，所以我們不知道張炎是否通過徵聘考試。總之，他並未替元廷抄寫經卷，而是在大都無所事事，徒費光陰，並於次年南返。今日學者楊海明推測，是張炎自己不願為外族統治者服務，他的北行只不過是無奈之行[20]。舒月祥在為張炎詞集寫的序中，也的確涉及到這無奈與徒勞，說張炎在大都無望無求，「概然濮被而歸」[21]。短短六字，張炎的無奈心緒，躍然紙上。這些隻言片語留給後人的問題是，既然張炎不情願，為何又要北行？這不是「無奈」或「敷衍」二語能夠解釋的。苦於考據不足，今日學術界對張炎北行的真正原委和過節，既不清楚，更無定論。

根據張炎所寫的詞序可知，此次北行，他寫了至少六首詞，分別是「淒涼犯」、「壺中天」、「聲聲慢」、「國香」、「台城路」和「甘

序跋彙編》，南京：江蘇教育出版社，1990，第 313 頁。

[17] 見《元史》第 16 卷，「至元 27 年」，臺北：鼎文書局，1991，第 338 頁。

[18] 楊海明（1989），第 33 頁。

[19] 二人之生卒年均不祥。

[20] 楊海明（1989），第 33、38 頁。

[21] 《彊村叢書》第 29 卷，第 5 頁。

州」[22]。在〈聲聲慢・都下與沈堯道同賦〉中，張炎直接寫到了北行，描述了自己的心境：

> 平沙催曉，野水驚寒，遙岑寸碧煙空。萬里冰霜，一夜換卻西風。晴梢漸無墮葉，撼秋聲，都是梧桐。情正遠，奈吟湘賦楚，近日偏慵。
>
> 客裏依然清事，愛窗深帳暖，戲撿香筒。片瞬歸程，無奈夢與心同。空叫故林怨鶴，掩閒門，明月山中。春又小，甚梅花，猶自未逢。

《全宋詞》第 5 卷，第 3464 頁

這首詞使我們有可能將關於張炎的週邊研究，同解讀張炎的詞作相聯繫，並讓我們得以一窺張炎滯留大都時的無聊生活之一斑。此詞上片從北方冬景的蕭瑟寫起，以「一夜換卻西風」一句，轉入作者的慵懶心緒。下片則以「戲撿香筒」的具體細節，寫出作者的無聊與惆悵。既然張炎在大都未替元室寫經，無聊與無奈便與他相伴，有如下片前三行所寫，他將時間浪費在煙花巷裏，同青樓女子嬉戲。然而，正像下片第四、五行所寫，這嬉戲卻是對內心焦慮的掩飾，他不願認同外族的統治，不想去適應大都的新的生活方式，他只想回到南方，回到過去。當然這只是他的一廂情願，而南方與過去，對他來說也是一片茫然，於是，那不知所終的惶惶之感便籠罩著他。在下片的最後幾行中，張炎用了一些象徵的意象，表達多

[22] 均見唐圭璋編《全宋詞》（後略為《全宋詞》），北京：中華書局，1995，第 3463-3465 頁。

重含義。詞中的「怨鶴」既可以解讀為思婦怨張炎不歸，也可以解讀為張炎怨自己未能早歸。怨鶴的意象向我們提出了一個問題：張炎何以滯留大都而不歸？答案也許隱藏在此詞的最後一個意象「梅花」中。照今日學者對梅花之一般性象徵意義的解釋，在中國傳統文化中，梅花是「蕭瑟之冬的迎歸象徵」[23]。具有反諷意味的是，儘管張炎希望南歸，但在江南的冬天，他的家鄉並沒有歡迎他的梅花。結句「猶自未逢」似乎暗示說，南宋滅亡，社會與時代都變了，往日的生活不再，即便回到家鄉，他的境況也不會有任何改變。果然，1320 年，七十多歲的張炎死於貧病交迫，讓人想起唐代詩聖杜甫（712-770）最後的淒慘日子。

張炎在音樂、詩歌、繪畫方面的興趣和造詣[24]，為他把握精緻的詞藝鋪就了道路，而宋末的國破家亡，使他不可能象父輩那樣走上仕途。正是文學藝術的高深修養和政治抱負的無著，使張炎有可能轉向自己的內心生活，在個人世界裏耕耘詞藝的園地，並最終發展了集宋代詞藝之大成的詞論。

前面我們通過張炎的家庭背景和他個人的生活經歷來討論了其詞論的語境問題，現在進一步從他的音樂和詩歌薰陶，以及他與同時代詩人的交往，來討論張炎詞論的語境。

關於音樂和詩歌的薰陶，張炎的曾祖張滋，以及張滋的兄弟張鑒（生卒年不詳），都是南宋大詞人姜夔的好友。在宋代，詞與音

---

[23] Hui-lin Li, "Mei Hua: a Botanical Note," in *Bones of Jade, Soul of Ice: the Flowering Plum in Chinese Art*, ed, Maggie Bickford (New Haven: Yale University Art Gallery, 1985), p. 245.

[24] 除了詩歌與音樂，張炎亦通書畫，但畫作無一存世，僅在其詞和詞序中，有所提及。對此問題的專門記述，見黃瑞枝（1986），第 83 頁。

樂不分家，姜夔深通音律，是當時的樂壇大家，他常與張滋、張鑑聚談詞藝和音樂。如前所述，張滋有詞集《南湖詩餘》，是一位詞藝成熟的詞人。張炎的父親張樞也有兩部詞集行世，名《寄閒集》和《依聲集》。他們的音樂和詞藝素養，都對張炎有相當薰陶，張炎《詞源》的整個前半部分，便是對詞之音律的討論。除了父輩，張炎父輩的朋友，也在音樂和詞藝方面對張炎有直接影響。張炎在《詞源》序中寫道：「昔在先人侍側，聞楊守齋、毛敏仲、徐南溪諸公[25]商榷音律，嘗知緒餘故生平好為詞章，用功逾四十年」[26]。儘管這段短序沒有提供張炎學藝的更多細節，但卻說明了音樂和詩歌的家學傳統對張炎詞藝之形成與發展的重要性。

此外，研讀前人詞作，尤其是姜夔詞作，也對張炎詞藝的發展有直接影響。在《詞源》序中，除了姜夔，張炎還提及其他宋代詞人，計有秦觀（1049-1100）、周邦彥（1056-1121）、高觀國（約 1190 前後）、史達祖（約 1195 前後）、吳文英（約 1200-1260 前後）等。在《詞源》中，張炎對這些重要的前輩及同代詞人，多有引述，並談到他們對自己的影響：「作詞者能取諸人之所長，去諸人之所短，精加玩味，象而為之，豈不能與美成輩爭雄長哉」[27]。張炎在《詞源》中要後輩詞人研讀前輩，所言正是自己的切身經驗。

張炎不僅研讀前輩詞人，也研讀同時代的詞人。在他的文學生活中，與同代詞人的友誼及交往，是一個重要方面。由於上流社會

[25] 楊守齋，又名揚纘；毛敏仲，生卒年不詳，南宋詩人、音樂家；徐南溪，又名徐理。

[26] 張炎《詞源》，見《詞話叢編》，第 1 卷，第 255 頁。

[27] 同上。

的家庭因素，張炎在年輕時，就有較大的社交圈子，與他唱和的詞人很多，在他為自己的詞作所寫的短序中，提到了百人左右。即使在宋亡後的落難時期，他也仍同往日的友人保持了詞藝的交流與唱和。這些詞人中，有的較張炎年長，是張炎父親的詞友，如周密、王沂孫（1240-1290）、李彭老（約 1250-1260 前後）等。有的是張炎的同齡詞友，如曾遇（生卒年不詳）、沈堯道、趙與仁（1280）、仇遠、袁桷（1266-1327）、陸處梅（生卒年不詳）等。有的較張炎年少，是他的學生輩，如韓鑄（生卒年不詳）、陸輔之等。作為張炎的學生，陸輔之是最早倡導張炎詞論者，他寫的《詞旨》是對張炎《詞源》的解說與提倡。

分析張炎同其詞友的友誼，有助於我們瞭解張炎詞藝的審美追求，及其詞友圈子的審美理想。在張炎的詞友中，最有詞藝成就的，當數周密和王沂孫。後代學者有一種共識，認為這三位詞人的詞風相近，都屬姜夔一派[28]。周密的個人經歷與張炎有相似之處，他學藝於楊纘，精通音律。作為南宋遺民，周密忠於前朝，不願為元蒙效力，他的政治立場和態度，見於詞作中。在南宋滅亡以前，他的詞作主題，大多是杭州的閒暇生活與湖光山色，但在南宋滅亡以後，他轉而用隱喻和象徵的方式，借詠物詞來表達對前朝的懷念和自己的哀怨之情。與周密相似，王沂孫在南宋滅亡以後，也用隱喻和象徵的方式，借詠物而寄託自己的哀怨，同時，他更表達了恢復前朝的期望。當然，這兩位詞人的哀怨和期望，都深藏在詠物詞的象徵意象中。就生活經歷、作詞主旨、造詣品味而言，張炎與周密

[28] 張惠民《宋代詞學審美理想》，北京：人民文學出版社，1995，第 285-288 頁。

和王沂孫有很多共同之處，尤其是他們用隱喻寄託的方式來表達自己的政治態度，都異曲同工。就這個問題，美國學者孫康宜在其論述《樂府補題》的著述中指出，在元初那樣一個特殊的政治條件下，周密、王沂孫、張炎及其詞友，都傾情於詠物詞的藝術方式，用象徵、隱喻、寄託等手法，來表達個人情感，將自己的政治態度隱藏在所詠之物中[29]。

張炎曾與王沂孫和徐平野（約 1290 前後）於 1288 年出遊於浙江山陰，三人均作詞唱和，記述這次出遊。張炎作了〈湘月〉一詞，他在詞序中寫道：「戊子冬晚，與徐平野、王仲先弋舟溪上。天空水寒，古意蕭颯。仲先有詞雅麗，平野作晉雪圖，亦清逸可觀。余述此調，蓋白石念奴嬌隔指聲也」[30]。這則短序涉及到了王沂孫之詞、徐平野之畫、張炎之詞論間的審美聯繫。在字面上說，王沂孫詞作的「雅麗」和徐平野畫作的「清逸」，同張炎詞論所提倡的「雅」和「清空」相關，由此可以見出三人審美追求的一致。也許，正是相同的審美追求使三人為友，並結伴出遊。如果從字面上追究到字面下，我們有理由說，張炎與其詞友、畫友的共同興趣，揭示了南宋遺民文人的藝術共性，那就是對詩詞和繪畫藝術之內在的精緻和典雅的追求。

關於南宋遺民，今日美國學者詹尼芙・傑伊（Jennifer Jay）認為，在元蒙異族統治下，江南地區的文人可分三類，分別是投向異

---

[29] Kang-i Sun Chang, "Symbolic and Allegorical Meanings in the *Yue-fu pu-ti* Poem-Series." *Harvard Journal of Asiatic Studies* 46 (1986), p. 354.

[30] 徐平野為張炎同時代的山水畫家。張炎詞序見《全宋詞》第 5 卷，第 3476 頁。「隔指聲」，音樂術語，指曲調相似的詞作。

族的同謀者、抵制異族統治的反抗者、自殺或隱退的不合作者，傑伊將後兩者稱為南宋忠民[31]。按照這種分類，張炎屬於第三類人，因為他以漂泊的方式來自我放逐、逃避異族統治。傑伊在研究南宋遺民時指出，那些忠於前朝的詩人，不乏以詩洩憤者，他們「相互酬唱，寄託對宋亡的哀思」[32]。張炎詞〈湘月〉作於宋亡後十年的 1288 年，採用姜夔的曲調詞牌，不僅表達了他對南宋詩詞大家姜夔的一貫推崇，而且也表達了他對前人詞藝的留戀，這就是「雅」和「清空」的詞藝。這種推崇和留戀，也是南宋遺民文人的一個藝術共性。對這一點，包括張炎和周密在內的 14 位南宋遺民詞人所作的詞集《樂府補題》更能說明之。《樂府補題》彙集了充滿隱喻、象徵和寄託的詠物詞，有著潛在的政治所指，本書將會在後面詳論。在這個問題上，傑伊談到了象徵語言的使用，她說：「中國過去和現在的歷史學家們都強調，由於元蒙的政治高壓和迫害，南宋遺民只能用隱晦的語言和文句來表達自己的意見」[33]。在我看來，隱喻、象徵和寄託的間接性，是一種重要的隱晦語言，是張炎及其遺民文人之藝術共性的一大特徵。

張炎個人生活的大富大貧、大起大落，與國家的命運和民族的興衰緊密相關，這為他的窮則退而獨善其身寫下了注腳。張炎的獨

[31] Jennifer Jay. *A Change in Dynasties: Loyalism in Thirteenth-Century China.* (Bellingham: Council for East Asian Studies, Western Washington University, 1991), p.1.

[32] Jennifer Jay, "Memoirs and Official Accounts: the Historiography of the Song Loyalists." *Harvard Journal of Asiatic Studies*, 50 (1990), p. 592.

[33] Jennifer Jay (1990), p. 598.

善在於詞，在於作詞論以述詞的獨善之道，因此，在社會巨變的時代，張炎的家世和個人經歷，是其詞論之語境的重要方面。

二、張炎的詞作與時代

從個人的生平事蹟和時間的先後順序上說，在中國文學史上，張炎首先是一個詞人，然後才是一個詞學理論家。由於張炎詞論得自他自己的學詞與作詞經驗，得自他對前輩與同代詞人的研讀，所以，張炎自己的詞作是其詞論之語境的另一個重要方面。

在臨安陷落之前，張炎便開始作詞，但其主要創作，卻作於南宋滅亡之後。張炎傳世的作品有兩部，一是詞集《山中白雲詞》，又名《玉田集》，二是詞論《詞源》。《詞源》將專談於後，此處僅略談詞集。《山中白雲詞》收錄張炎詞作近三百首，不同版本之具體數量有異，如清末的《彊村叢書》收張炎詞凡 288 首，今日之《全宋詞》則收 266 首。更早的個別《山中白雲詞》版本，收詞甚至不足二百首。張炎詞集的最早版本，刊行於元初，現已不存。後來流傳的各種版本，都是根據元末明初的手寫本所刻，並有十多位編者學者為這些集子作序，如鄭思肖、仇遠（1247-?）、舒月祥、鄧牧（1247-1306）、江昱（1706-1775）、王昶（1725-1807）、江藩（1761-1831）、許增（生卒年不詳）等[34]。清代詩人學者朱彝尊

[34] 關於張炎詞集之版本流傳與序言作者的資料，可參見吳則虞《山中白雲詞參考資料》，吳則虞編《山中白雲詞》，北京：中華書局，1983。

（1629-1709）也編選過《山中白雲詞》，他將其分為八卷，於康熙年間（1662-1723）印行。隨後，上海出版商曹炳曾（生卒年不詳）於 1726 年又重印了這個版本。據編撰《彊村叢書》的清末學者朱祖謀（1857-1921）所記，江昱在 1757 年編印的《山中白雲詞》中，收錄了張炎詞集之早期版本的七篇序言，以及這七篇序言之作者的簡介，他們是鄭思孝、仇遠、舒月祥、陸文圭、蕭思股（生卒年不詳）、李符（1639-1689）、龔祥麟（1658-1733）。

學者們通常按編年時序或詠題樣式來為張炎詞分類。由於張炎沒有給出每首詞的寫作日期，尤其是宋亡前的早期詞作，所以編年分類頗有爭議，只能大略為之。當代學者楊海明按張炎個人生活的三個階段，將其詞作分為三部分，即臨安陷落（1276）前的早期詞作、1276 年到 1291 年北行大都的中期詞作、1291 年南歸後的晚期詞作。雖然張炎的詞作並非絕對是對自己個人生活和社會變遷的現實主義寫照，但是大體上說，他的早期作品描述了南宋末期上流社會的悠閒生活，中期作品反映了入元初期社會巨變對個人命運的影響，晚期作品則道出了他對國破家亡和個人不幸命運的哀傷之情。楊海明的這種編年分類法，其實包含了主題的因素，而詠題與樣式分類法也包含了主題的因素。所以，楊海明又按詠題與樣式的不同而將張炎詞分為五類，分別是豔情詞、西湖詞、北行詞、詠物與節序詞、隱逸詞。

對張炎詞的主題，《四庫全書總目》有十分精到的概括，認為其充滿悲傷之情[35]。當南宋在 1279 年滅亡時，張炎 31 歲，他經歷

[35] 《四庫全書總目》，北京：中華書局，1965，第 199 卷，第 1822 頁。

過往日臨安的繁榮浮華，又見證了元蒙鐵蹄下江南的不幸。宋亡入元，張炎家庭破敗，昔日上流社會的生活不再，自己淪為無家可歸的流民。在此種社會歷史和個人家庭的背景下，我們不難理解張炎中後期的詞作為何充滿悲傷。

對張炎詞的藝術特點，楊海明談到了風格、語言、美感三方面。就風格而言，楊海明認為張炎詞深婉雅淨、清麗疏朗；就語言而言，他認為張炎詞用語考究、字句醇雅；就美感而言，則孤冷枯瘦、清虛空靈。楊海明對張炎詞之藝術特色的概括，大體上是準確的，不過，我偏向於強調張炎詞藝與其詞論之間的關係，也即張炎關於詞之理論與他本人的寫作實踐之間的關係，這是因為張炎詞論在相當程度上來自他本人的作詞體會及經驗。本書在後面的章節中將會對張炎詞論進行詳細的分析和論述，闡說其詞論的四個方面。如果我們從這四個方面回過頭來看張炎詞的寫作實踐，則可為本書描述其詞藝提供四個角度，即形式、修辭、審美和觀念的角度。

從形式的角度看張炎詞藝，其要義在於用語，這不僅是說他極盡推敲之功，遣詞造句考究典雅，而且更是說他注重字裏行間的潛在含義，暗涉自己的生活經歷，傳遞內心情緒，表達困頓中的高蹈之意。例如，本書作者對《山中白雲詞》288 首詞作中的前一百首進行用詞統計，發現張炎使用「清」字 38 次，「空」字 37 次。「清」字見於張炎詞作的各種複合詞中，描述作者的孤寂與哀傷，表達其清高與孤傲。這類複合詞可舉出「清淚」、「清怨」、「清名」、「清峭」、「清絕」、「清風」、「清氣」、「清時」、「清遊」、「清趣」等等。這類詞語的使用，讓我們看到了張炎在內心中對高蹈精神的迷戀和執著，看到了他對姜夔之典雅詞藝的偏愛。事實上，「清」與「空」二字也為姜夔所常用，在姜夔的八十多首詞作中，「清」字使用了 15 次，「空」字用了 19 次[36]。張炎對姜夔的追隨，除了詞藝，還在詞心，這是他對姜夔之高潔的人格精神的仰慕。關於張炎詞的用語，本書在後面闡釋其詞論時，會有詳細研究，此處僅點到為止。

從修辭的角度看張炎詞藝，其用典之法尤引人注目。當然，用典乃中國古典詩詞之所長，歷代各家都用典，但張炎用典，則向我們提示了他的詞論，其詞論是他對自己和他人用典之法的總結。張炎在《詞源》中談到用典時強調「用事不為事所使」[37]，申說了典故與詞意的主從關係。關於張炎的用典問題，本書在後面探討其詞論時有專節詳談，此處不贅述。從審美的角度看張炎詞藝，我看重張炎對意境的開掘。儘管創造意境也是中國古典詩詞的一大美學特徵，但張炎詞作的意境，乃一大學術話題，許多學者因張炎詞作的特殊意境而認為其詞論的清空之說便講的是意境。雖然我認為這是不全面的說法，但我們由此可知意境之於張炎詞作與詞論的重要性。從觀念的角度看張炎詞藝，他長於將個人的不幸身世同國家的不幸命運不露痕跡地聯繫起來，用當代文論術語說，其聯繫之法，便是他的觀念化手法。本書在後面的章節中，也會聯繫張炎詞作而分別論述其審美意境和觀念化問題，故此處也僅點到為止。

張炎詞作的主題和詞藝，同作者所生活於其中的時代相關。換言之，張炎詞作，是時代與社會巨變的產物，是對那個巨變時代的直接或間接的反映與回應。這就是說，張炎詞作，同宋末元

[36] 本書對張炎和姜夔用詞的統計，均依據《全宋詞》。

[37] 張炎《詞源》，見《詞話叢編》，第 1 卷，第 261 頁。

初之時代與社會的巨變一道，形成了張炎詞論的語境。為了進一步說明張炎詞作同社會時代的關係，我在此將繼張炎家世和個人生平的敘述之後，轉而討論張炎之時代的話題。為了迴避泛泛而談的空論，我先用有限的篇幅，從杭州的繁華生活和南宋的印刷術說起，因為這二者同當時的經濟和文化條件直接相關，然後再回到張炎詞作，來揭示張炎所處的社會時代與其詞作的關係，以便由此引入張炎詞論。

在十二世紀，蒙古民族在中國北方崛起，威脅了北方金人的安全，也引起了金國統治者內部的不和。1211 年，蒙古首次對金用兵，迫使金國遷都開封。1215 年，金國都城北京陷落。美國學者弗雷德里克・默特（Frederic Mote）在談到這段歷史時說，金國統治者「為了將有限的軍力用來對抗蒙古，不得已而撤回圍攻南宋都城的軍隊，從而結束了對南宋的戰爭」[38]。如前所述，金國與南宋在 1163 年簽署和平協定，南宋獲得了一段相對安定的時期來發展經濟。由於經濟的發展和城市生活的繁榮，南宋都城臨安成為當時世界上最大、最繁華、人口最多的城市，周密的《武林舊事》有詳細而生動的記述和描繪[39]。在當時，人口數量是判斷一個國家和城市之經濟發展和繁榮程度的重要標準，它體現了國泰民安的程度。法國學者雅克・吉奈（Jacques Gernet）在談到臨安的人口時說，臨安是「當時世界上最大、人口最集中城市。那時，歐洲最大的城市也不過有數萬人口而已，同中國都城相比，歐洲城市只能算作鄉下

[38] Frederic Mote. *Imperial China: 900-1800*. (Cambridge: Harvard University Press, 1999), p. 247.

[39] 周密《武林舊事》，見《百部叢書集成》第 3 卷，第 1-2 頁。

集市。到 1275 年，杭州的人口已超過了百萬大關」[40]。默特也談到這個問題，他說，在 1234 年金國滅亡之前，南宋的全國總人口是七千萬，相當於當時整個歐洲以及俄羅斯之歐洲部分的人口總和。默特很看重這個統計數字的意義，他寫道：「在人類歷史的進程中，中國在世界人口中的位置，以事實說明了中國物質生活的富足程度，說明了社會的安定，說明了全體人民的生活條件和質量。只有經濟發達的社會，才能為人民提供生活的保障，也才能為人口的穩步增長提供保障」[41]。國外歷史學家們的這些論述，說明了學術界的一個共識，即南宋發達的經濟和繁榮的社會生活，為當時的文化發展提供了物質保障。

周密在《武林舊事》中，用具體的細節，生動而形象地說明了這樣的繁華生活，他寫到了臨安的聲色場所：

> 翠簾鎖幕，絳燭籠紗。徧呈舞隊，密擁歌姬。脆管清吭，新聲交奏，戲具粉嬰，鬻歌售藝者紛然而集。至夜闌，則有持小燈照路拾遺者，謂之掃街。遺鈿墜耳，往往得之，亦東都遺風也。……貴璫要地，大賈豪民，賣笑千金，呼盧百萬。以至癡兒矣子，密約幽期，無不在焉。日糜金錢，糜有紀極。故杭彥有「銷金鍋兒」之號，此語不為過也[42]。

---

[40] Jacques Gernet. *Daily Life in China: on the Eve of the Mongol Invasion, 1250-1276*, tran. H.M. Wright (Stanford: Stanford University Press, 1962), p. 28.

[41] Frederic Mote (1999), p. 353.

[42] 周密《武林舊事》，見《百部叢書集成》第 3 卷，第 1-3 頁。

除了路有拾遺者，周密還寫到了西湖節慶期間上百畫舫雕船的遊覽和遊人購物的熱鬧場面。這一切，都說明了南宋都城的繁華。

由於和平與經濟的繁榮，南宋的文學活動也很活躍，尤其在臨安地區。國泰民安帶來了技術的發展，其中印刷術的發展，成為推廣和豐富文學生活的一個重要原因。雅克·吉奈談到了十三世紀中期南宋印刷術的發展對文學發展的促進作用。他寫道：

> 南宋社會經濟的發展和技術的進步，也反映在當時多種多樣的文學和藝術形式的表達中，計有說書、詩歌、小說、傳說、百科讀物、歌曲、音樂、繪畫，等等。……印刷術在中國南宋的出現，正當其時。那時候，中國社會的發展，正需教育的普及，而識字讀書使人有可能通過閱讀來享受過去聽故事、聽詩歌朗誦的樂趣。在城市，商人階層的興起、下層社會之人口的快速發展，都對印刷術有了新的要求，使其得以向一般的社會大眾普及[43]。

也就是說，印刷術的普及，不僅使中上階層受益，也使社會下層的平民受益。普通人從聽故事到閱讀故事，既是生活內容的豐富，也是一種受教育的方式。美國華裔學者賈露茜（Lucille Chia）進一步談到了這個問題，她寫道：「在北宋就已經發展起來的商業化印刷術，到南宋時期，更有了飛速發展。……北宋時期中國有三十多個印刷中心，南宋則發展到兩百多個」[44]。北宋慶歷年間

---

[43] Jacques Gernet (1962), p. 227-8.

[44] Lucille Chia, "*Mashaben*: Commercial Publishing in Jiangyang from the Song

（1041-1049），平民畢昇（?-1051?）發明活字印刷，他用膠泥製作活字，字模可以移動並重複使用，這使相對大批量的排版和印刷成為可能。到了南宋時期，活字印刷的普及，使閱讀文學作品，不再是上層社會的特權，文學走向了更廣大的社會階層[45]。

印刷術的發展，文學與文化教育的相對普及，是南宋經濟與社會繁榮的一種表現。但是，南宋滅亡，繁榮不再，中國文人的個人生活與文學書寫，也隨之發生了變化。入元以後，南宋遺民的詞作主題相應改變，張炎詞作一變而為憂傷哀怨。按照歷史文獻的紀錄，元蒙統治者進行種族和階級劃分，將其治下的人民分為三六九等，南方漢人被劃為最下等[46]，南方的漢族文人喪失了入仕之途[47]。由於元蒙軍隊沒收了張炎的家產，張炎家庭破產，生活陷入困頓。國家民族與個人生活的這種巨變，可以在張炎詞〈高陽臺・西湖春感〉的主題中看出。這首詞寫於南宋滅亡後的一個春天，其時，張炎至西湖，見春景仍在，但周密描述過的那種昔日繁榮卻一去不返，他觸景傷情，作詞云：

> 接葉巢鶯，平波卷絮，斷橋斜日歸船，能幾番遊？看花又是明年。東風且伴薔薇住，到薔薇、春已堪憐。更淒然，萬綠

---

to the Yuan," in Paul Jakov Smith and Richard von Glahn, eds. *The Song-Yuan-Ming Transition in Chinese History* (Cambridge: Harvard University Asian Center, 2003), p. 286.

45 Jacques Gernet (1962), p. 232.

46 Jennifer Jay (1991), p. 2.

47 Yan-shu Lao, "Southern Song Chinese Scholars and Educational Institutions in Early Yuan: Some Preliminary Remarks," in John D. Langlois, *China under Mongol Rule* (Princeton: Princeton University Press, 1981), pp. 107-109.

西泠，一抹荒煙
當年燕子知何處？但苔深韋曲，草暗斜川。見說新愁，如今也到鷗邊。無心再續笙歌夢，掩重門、淺醉閒眠。莫開簾，怕見飛花，怕聽啼鵑。

《全宋詞》第5卷，第3463頁

這首詞一開始，上片的頭三行與隨後的兩行，便形成了一個對照，由此揭示了詞的主題，為詞的情緒定下了基調，即詞作者因觸景而傷情。詞人用頭三行中的一系列意象，如樹葉、鳥巢、黃鶯、水波、柳絮、斷橋、斜日、歸船，來構成一幅客觀的西湖風景，雖看似不帶感情色彩，但緊跟著的一問一答，卻說明此景逝去，無人可以挽留，於是將作者哀傷的主觀感情注入到這客觀的風景中。正是在這客觀的風景與主觀的情緒之對照間，張炎表達了他對消逝之景的哀傷情感，而其潛在意義，卻指向已經消逝的往日生活。如果說在這主客觀的對照中，張炎潛在的感傷之情是間接表達的，那麼，在上片的後面幾行中，這一感傷之情則是直接表達的，由此形成第二個對照，即直接與間接的對照。在這幾行中，詞人直陳自己的希望，他希望東風能夠陪伴薔薇，但又知道這其實不可能，因為到薔薇時節，春天已逝，季節不再。上片的最後兩行，詞人給了我們第三個對照，這就是往日西泠的一片蔥綠，現在卻一片淒涼。這是一個歷史的對照，它賦予前面的兩個對照，以歷史的含義。在此，三個對照一起指涉了宋亡前後的不同，為詞人的觸景傷情，寫下了歷史和政治的潛臺詞。

這首詞的下片，是對上述觸景傷情之主題的強化。起句「當年燕子知何處」，用提問的方式來提起潛在的傷感，而緊跟著的兩行答句，則加強了這一傷感。這三行用典，取自唐代詩人劉禹錫（772-842）的名句「舊時王謝堂前燕，飛入尋常百姓家」。無論是劉禹錫筆下的王謝兩大家族，還是張炎筆下的韋曲和斜川兩家大戶，在改朝換代之後，都消失了，唯餘濕苔衰草，勾起詞人的一片惆悵，那白羽海鷗的意象，便是這白頭惆悵的寫照。對於舊王朝的滅亡和時代的巨變，對於家族的沒落和個人的不幸，張炎無能為力，故有「無心再續笙歌夢」之句，他唯一能做的，就是關門閉目，逃避現實。最後幾行中的動詞和副詞「掩」、「莫」、「怕」，就是這種心態的表露，並將張炎個人的不幸，同國家民族的不幸，聯繫了起來，因為他逃避外部世界的方式，是轉而生活於自己的內部世界裏，不看花落、不聽鵑啼。

外部世界的巨變，改變了張炎的生活，也改變了張炎詞的主題和情緒，使他轉入一己的內部世界，這為其詞藝走向內在的精緻，提供了機會。我們在本書第一章〈導言〉中，用相當篇幅談到了南宋文化的轉向，例如，劉子健關於南宋文化向內轉的歷史傾向、高居翰關於南宋繪畫轉向內在精緻的歷史傾向、林順夫關於姜夔向詠物詞「撤退」的轉向。在宋末前後，由於歷史和社會的外部條件發生了改變，中國文化之發展的歷史趨向也相應改變了，這成為張炎詞論的文化語境。正是這種變化了的社會歷史和個人生存狀況的外在條件，使張炎詞論得以產生，並以中心概念「清空」來體現南宋詞走向內在「雅化」的歷史趨勢。

第二節　「清空」詞論的內在結構

在前一節週邊研究的語境敘述之後，本節轉入張炎詞論的內部研究，分析《詞源》文本，力圖考察《詞源》的內在結構，揭示張炎詞論的「清空」主題，以便為後面把握並闡釋張炎詞論的要義、確立「蘊意結構」之說，而奠定基礎。

與前一節的社會歷史考察相比，本節的文本分析，看似偏向形式研究，但本書作者並非無條件地贊同文本自治的形式主義觀點。相反，儘管作者在本節中化用了一些結構主義的文本分析方法，卻也強調後結構主義和解構主義所看重的文本的意向性（intentionality）和互文性（intertextuality）。在此，所謂文本的意向性，是指《詞源》文本的書寫目的，它顯示了文本與作者意圖間的關係，而互文性則是《詞源》文本的內部關係以及《詞源》與其他相關文本（如南宋的詩話、詩歌等）的諸種關係。由於看重文本的意向性和互文性，文本自治和自治的形式便有可能被突破。

一、《詞源》的意圖：子題、母題、主題

此處的「子題」指《詞源》各節的主旨，「母題」指若干章節的共同主旨，它們均服從並服務於《詞源》的主題和意圖。本書在此通過分析《詞源》各節的子題來發現母題，最後總結張炎詞論的主題。

同時，通過分析和歸納《詞源》各節的子題，來推演出這一文本的各主要母題，進而勾畫出張炎詞論的內在結構。我將這一結構命名為「蘊意結構」。對於本書的這個一家之說，本書將在後面緊隨的章節中進行步步深入的探討，此處則著重於對張炎《詞源》文本的分析和歸納，從中演繹並抽象出「蘊意結構」 的觀點。在這個過程中，本書借鑒歐美形式主義和結構主義的方法，專注於文本分析和歸納的邏輯步驟。

張炎《詞源》是南宋最重要的詞論著作，寫於 1297 到 1307 年間，但確切的著述年代不詳。當代學者吳熊和根據張炎為《詞源》寫的序進行考證，說《詞源》應該成書於元代大德（1297-1308）中期，當時張炎年約五、六十歲，距宋亡已經二十多年。吳熊和還考證說，最初的《詞源》為手抄本，除此而外，元代和明代都無其他版本的記載[48]。我們今日所能見到的第一部完整的《詞源》印刷本，乃由清代學者秦恩復（1760-1843）於 1810 年編校印行。不過，既然張炎詞論被清代中期的浙西詞派[49]所推崇，那麼，《詞源》應該與張炎詞集一道，在秦恩復之前半個多世紀就流行於文人中，只是，可能當時通行的版本未能流傳下來，於是才有秦恩復為首印之說。到十九世紀後期，清末學者鄭文焯（1856-1918）於 1890 年刊行《詞源構律》，隨後有近代學者蔡嵩雲的《詞源疏證》於 1932 年出版。二十世紀後半期的《詞源》版本，主要有二，一是夏承燾的《詞源注》，初版於 1957 年，再版於 1981 年；二是唐圭章的《詞話叢編》，收有張炎《詞源》，通行 1986 年版和 1993 年重印的版本

[48] 吳熊和《唐宋詞通論》，杭州：浙江古籍出版社，1989，第 315-316 頁。
[49] 浙西詞派以浙西詞人和學者朱彝尊為代表，推崇姜夔和張炎的詞作詞論。

等。夏唐二本，主要依據清末民初學者的版本校勘編印，吸收了前人的校勘成果，並有編校者自己的學術貢獻。所以，本書對《詞源》的研究，雖有哈佛燕京圖書館的善本為依託，參閱鄭文焯的《詞源構律》和蔡嵩雲的《詞源疏證》，但因夏唐二本為集前人之大成，故引文出處則為夏唐二本，且以唐圭璋《詞話叢編》為主。

根據這些版本，我們可以通過前輩學者的編校工作而見到張炎《詞源》的全貌。《詞源》分上下兩卷，各十四節，上卷講詞之音律，下卷為詞論。由於本書的研究領域為文藝理論，課題為中國古代詩學批評，故不涉及《詞源》之音律部分，而專注於《詞源》下卷的詞論部分。

張炎在《詞源》下卷的序中，說明了他寫作《詞源》的緣起和意圖：

> 古之樂章、樂府、樂歌、樂曲[50]，皆出於雅正。粵自隋、唐以來，聲詩間為長短句，至唐人則有《樽前》、《花間》集。迄於崇寧，立大晟府，命周美成諸人討論古音，審定古調[51]，淪落之後[52]，少得存者。……今老矣，嗟古音之寥寥，慮雅詞之落落，僭述管見，類列於後，與同志商略之[53]。

---

50 這四個術語，皆指可以和樂而歌的詞。見夏承燾《詞源注》，北京：人民文學出版社，1981，第 9 頁注。

51 大晟府為宋徽宗於北宋崇寧四年（1105 年）所設的宮廷音樂機構，旨在整理古樂、創制新調。周梅城即北宋詞人周邦彥（1056-1121）。同上，第 10 頁。

52 指南宋滅亡。

53 張炎《詞源》，見《詞話叢編》第 1 卷，第 255 頁。

照此說來，張炎不滿於宋亡後雅詞的失落，乃著《詞源》以倡導恢復之，是為張炎著《詞源》的目的和意圖。張炎認為，要恢復詞之雅正，可從十多個方面入手。在《詞源》的十四節中，除〈序〉而外，主要有十一餘節，討論這些方面，依次是：〈製曲〉、〈句法〉、〈字面〉、〈虛字〉、〈清空〉、〈意趣〉、〈用事〉、〈詠物〉、〈賦情〉、〈離情〉，以及最後的〈令曲〉和〈雜論〉兩節。張炎《詞源》上述各節的題目，不僅分別揭示了各節的子題，也一併指向了《詞源》的若干母題和張炎詞論的主題。由於本書在後面的章節中，會對《詞源》進行詳細分析和闡釋，所以現在僅限於簡要描述《詞源》各節的內容和子題，以便進而探討《詞源》母題，並為《詞源》文本的內在結構，勾畫出一個基本框架，最終揭示張炎詞論的主題。

關於通過文本子題來探討母題，並勾畫該文本之內在結構的基本框架，西方結構主義文論為我們提供了方法論的參考。早期的結構主義學者、俄國形式主義批評家普洛普（Vladimir Propp，1895-1970）在對一百個俄羅斯民間童話故事進行研究時，經過分析和歸納，提煉出三十一個母題（motif），這些母題成為他闡釋童話故事的綱要。[54]後來那些反對形式主義的文論家中，有不少人認為，普洛普的方法繁瑣而機械。我認為，儘管繁瑣而機械，普洛普的方法為後人的文本分析，開闢了一條獨特的路子。在分析文本子題、進而歸納母題的方法上，我綜合借鑒普洛普和加拿大著名學者、結構主義和原型理論批評家諾斯洛普·弗萊（1912-1991）的方法。弗萊用「原型」一語指稱普洛普式的母題，認為原型是「一個典型的或重

---

[54] Robert Scholes, *Structuralism in Literature* (New Haven: Yale University Press, 1974), p. 62-65.

複出現的意象。我的意思是，原型就是一個將一首詩與另一首詩聯繫起來、並因而使我們的文學體驗綜合為整體的象徵」[55]。弗萊的結構主義和原型批評方法，旨在通過原型而把握整體結構，這也是通過個別結構來發現母題，然後把握整體結構。

我們先看《詞源》文本之各節的子題，它們在文本中也是典型的或重複出現的。夏承燾編校的《詞源》下卷，首節為〈序〉，如前所言，該序闡述張炎作《詞源》的原委和目的。第二節為〈製曲〉，看似講曲名的選擇，主旨卻是「命意」：

> 作慢詞看是甚題目，先擇曲名，然後命意；命意既了，思量頭如何起，尾如何結，方始選韻，爾後述曲。最是過片不要斷了曲意，需要承上接下；……則曲之意脈不斷矣。詞既成，試思前後之意不相應，或有重疊句意，……即為修改[56]。

在這一節中，關鍵字「意」反覆出現，張炎更用姜夔詞來說明「意脈」，指出「意」應貫穿全詞通篇。張炎認為，無論是在作詞的哪一個環節，不管是開頭結尾，還是整體局部，或是構思修改，「意」及「命意」和「意脈」都是作詞的首要問題。因此，在這一節中，強調「意」的重要性是張炎的子題。

《詞源》第三、四、五節分別為〈句法〉、〈字面〉、〈虛字〉，主要講遣詞造句，要義在於「本色」，即 「字字敲打得響」，這是詞之所以為詞而不是詩的獨特之處。這「本色」用字，包括虛字的

---

[55] Northrop Frye, *Anatomy of Criticism: Four Essays* (New York: Atheneum, 1968), p. 99.

[56] 張炎《詞源》，見《詞話叢編》第 1 卷，第 258 頁。

恰當使用，為的是求得句法的「平妥精粹」[57]。要之，這三節的子題是遣詞造句。

《詞源》第六節為〈清空〉，以「詞要清空」一語起句，直接闡明本節的主旨。其中，「清空」、「質實」、「古雅」、「騷雅」四個關鍵術語頗為重要，尤其是四者間的相互關係，因為這些術語及其關係有可能揭示張炎詞論的主旨。張炎寫道：「詞要清空，不要質實，清空則古雅峭拔，質實則凝澀晦昧。」[58]文中「清空」與「質實」相對，代表相反的美學品質，「古雅」與「騷雅」同義，是詞作者追求「清空」而獲得的結果，或曰，追求「清空」的目的在於雅，這便是這些術語及其相互關係的根本要義。恰如〈序〉節所示，張炎作《詞源》之目的就是復雅。因此，〈清空〉一節的子題是以「清空」而求雅。

《詞源》第七節為〈意趣〉，強調「詞以意為主」，涉詞意和語意二者，即詞的通篇之意和單句之意。張炎引述蘇軾詞〈水調歌頭〉和〈洞仙歌〉、王安石（1021-1086）詞〈桂枝香〉、姜夔詞〈暗香〉及〈疏影〉，來說明「意」之於詞的重要性。在本節末尾，張炎專門強調「清空中有意趣」[59]，說明「意趣」與「清空」的關係。要之，本節子題乃「意趣」，是為「清空」之要義。

《詞源》第八、九節分別為〈用事〉和〈詠物〉，討論修辭再現的方法問題。此處的修辭一語有兩層含義，一指具體而個別的修辭格或修辭手法，涉及詞中的短語或句子，例如典故的使用之類；

[57] 同上，第 258-259 頁。
[58] 同上，第 259 頁。
[59] 同上，第 260 頁。

二指全篇或整體的修辭設置，涉及作詞的通盤考慮，例如詠物詞在全篇中對某物的再現方式。張炎討論修辭，是為了探討表達方式，探討手段該怎樣為目的服務。他說用事「要體認著題」，以及「用事不為事所使」[60]，便講的是手段與目的的關係，也即使用修辭是為了表達主題。目的既定，當關注手法。在詠物詞的再現中，他強調描繪物象應在似與不似之間，惟其如此，才能「合題」[61]。因此，這兩節的子題是討論修辭，重在修辭的手法與目的之關係。

《詞源》第十節為〈節序〉，講詠唱節序的用詞問題，反對俚俗之語。張炎反對俚俗，符合他關於「古雅」、「騷雅」、「雅正」的美學主張。再者，在語言的具體運用上，他主張簡明而有表現力的用詞，以求「擊缶韶外」[62]的效果。要之，張炎的遣詞造句，反對俚俗，看重表現力，是為本節子題。

《詞源》第十一、十二節為〈賦情〉與〈離情〉，講詞人之個人感情的抒發與表達，尤其是離別之情的表達。如果說詠物是再現客觀外物，那麼賦情便是表述主觀內心，前者托物言志，後者借景抒情。張炎在賦情這一點上，談到了詞與詩的區別，他說「陶寫性情，詞婉於詩」[63]，依張炎之見，婉約乃詞之本色。不過，張炎在這兩節中強調的，是情與景的和諧，他主張「景中帶情，而存騷雅」、

[60] 同上，第 261 頁。

[61] 同上。

[62] 同上，第 263 頁。

[63] 同上。關於詞與詩的區別，後人多認為詞長於賦情，當代學者繆鉞便持此說，他對這個問題有精到發揮，見繆鉞《詩詞散論》，臺北：開明書局，1982，第 3 頁。

「情景交煉，得言外意」[64]。在中國傳統美學中，借景抒情、情景交融是創造意境的一種婉約方式，也正因此，很多學者認為張炎詞論是關於意境的詞論，其清空之說更是意境之說。學者們對張炎清空詞論的此種闡釋，雖不全面，卻頗有見地。因此我認為，這兩節的子題，應當概括為借景抒情的意境之說。

《詞源》第十三節為〈令曲〉，講小令的寫作，強調「不盡之意」[65]。在張炎看來，令曲雖小，也應該有潛含之意，儘管不必在令曲中求微言大義，但在詞的結尾處，對潛含之意也應點到為止。由此可見，本節的子題在於「意」。

《詞源》的最後一節為〈雜論〉，涉及音律、措辭、詠物、抒情、騷雅、意趣等方方面面，是對上述各節的補充。

通過以上對《詞源》的簡要描述，我們發現了各節的子題，而歸納整合這些子題，則有助於我們對《詞源》母題及張炎詞論的主題進行更進一步的深入研究。結構主義批評理論強調文本的整體性，認為一個文本內部的各章節之間，存在著有機聯繫，它們因此而構成一個統一的整體系統。也就是說，這個整體系統的內在規律，使文本的各章節相互關聯，而非各不相干。張炎《詞源》各節的子題，看似各有所述，實則相互聯繫，各節子題都體現著某一母題。此處的關鍵，是歸納上述各節的子題，從各節子題的關係中把握母題。

在《詞源》各節的子題中歸納張炎的母題，我主要借鑒了弗萊「向後站」(stand back)的方法。弗萊致力於為文學建立總體結構，

---

64 張炎《詞源》，見《詞話叢編》第1卷，第263，264頁。

65 同上，第264頁。

因而看重結構的原則，認為每一部作品、每一個作家的全部作品，都是一個有序的整體，而上千年的歐洲文學史說明，歐洲文學同樣是一個有序的整體。儘管每個作家各有自己獨特的結構體系，但眾多作家卻表現出某種一致性，這暗示了原型的存在。正是這個原型，決定了文學的總體結構，並暗含了共同的主題。弗萊認為，儘管每一首詩，自有其個別的結構模式，但這種個別結構是動態的，它可以從一個模式轉換為另一個模式。換言之，個別結構萬變不離其宗，由於原型存在於動態的個別結構中，所以這些個別結構會因結構的內在規律而最終服從於潛在的整體結構。弗萊之文學研究的目的之一，就是要通過原型而發現並把握文學的整體結構，並揭示文學的共同主題。弗萊在其結構主義和原型批評經典著作《批評的剖析》中，對自己的「向後站」方法進行了精到的說明：

> 在看一幅畫的時候我們得站到近處，去分析那筆法和刀法的細節，這差不多與新批評派的修辭分析相一致。若向後站一點，構圖就要顯得清楚一些，於是我們寧可去研究其所表達的內容，舉例說，這就是研究寫實主義的荷蘭畫派的最好距離。越往後退，我們就越能瞭解其塊面組合的設計，例如站在極遠處看一幅曼陀羅圖畫，除其原型而外，我們別無所見，那原型是一大片向心的藍色，中心處有一個極富情趣的對照點。在文學批評中，我們也常常不得不從詩歌「向後站」，以便洞察其原型的構成。如果我們從斯賓塞的《變幻的樂章》「向後站」，就會看到背景是井然有序的光環，而一團不祥的黑色則衝進了低處的前景，這簡直就是我們在《約

伯書》開始時所見到的原型形態。如果從《哈姆萊特》第十五場的開頭「向後站」，我們會看到一個墳墓在舞臺上打開，男主人公、他的敵手，以及女主人公都跳了進去，於是緊隨而至的便是上部世界的一場殊死搏鬥。如果我們從現實主義小說，例如托爾斯泰的《復活》或左拉的《萌芽》「向後站」，就會發現它們那被書名所指出的神話式的構思[66]。

弗萊用向後站的方法，去觀照那反覆出現的意象，而我已經先從近處細讀了張炎《詞源》各節的子題，所以現在我將退遠了去整體地觀照《詞源》，以便通過歸納子題來揭示《詞源》的母題，進而揭示張炎詞論的主題和內在結構，並提出「蘊意結構」之說。

在張炎《詞源》文本的〈句法〉、〈字面〉、〈虛詞〉三節中，共有的子題是遣詞造句，而在〈製曲〉、〈節序〉、〈雜論〉三節中，雖然子題各不相同，但張炎也談到了遣詞造句的問題，如〈製曲〉一節說：「又恐字面粗疏，即為修改；……恐又有未盡善者，如此改之又改，方成無暇之玉」[67]。在《詞源》文本的十四節中，有六節亦主亦次地討論遣詞造句問題，可見此問題為張炎《詞源》的一個重要母題。由於遣詞造句為文學理論中的形式問題，我名此母體為「形式」。

《詞源》的〈用事〉和〈詠物〉兩節，子題為修辭，涉及詞句中具體的修辭手法和通篇的修辭設置，而在〈賦情〉、〈離情〉、〈令曲〉、〈雜論〉四節中，張炎也涉及了修辭問題。所謂修辭，是關於

---

66 Northrop Frye (1968), p. 104.

67 張炎《詞源》，見《詞話叢編》第 1 卷，第 258 頁。

怎樣表述某個觀念或情緒、怎樣再現或描繪某個物象或景致、怎樣表達某一主題的方法。除〈用事〉和〈詠物〉兩節直接討論修辭外，張炎在〈令曲〉中講達意，也涉及到修辭：「句末最當留意，有有餘不盡之意最佳」[68]。在末節〈雜論〉中講到用典，云：「採唐詩融化如自己者」[69]。這六節的子題雖各有異同，但統而遠觀，它們都討論了一個共同的問題，即修辭，是為張炎《詞源》的第二個重要母題，我名之為「修辭」。

在〈清空〉、〈意趣〉、〈賦情〉、〈離情〉四節中，張炎討論了借景抒情、情景交融的問題。如前所述，在中國傳統美學中，這是一個關於意境的問題。儘管張炎在其詞論中未用「意境」一語，僅用「景」與「域」之詞，但其所論者，卻可概括為何為意境、怎樣創造意境這兩點。在〈雜論〉中，張炎也涉及到了與意境相關的問題，主張「造極玄之域」[70]，並說蘇軾詞「高出人表」、秦觀詞「體制淡雅，氣骨不衰，清麗中不斷意脈，……久而知味」[71]。要言之，《詞源》的第三個母題是意境，而這是關於審美創造的問題，我因而名此為「審美」，是為張炎《詞源》的第三個重要母題。

《詞源》的〈意趣〉一節，專門論「意」，涉「意」之重要，及如何達「意」。在〈製曲〉、〈詠物〉、〈令曲〉、〈序〉中，張炎也或主或次地不斷談及「意」之重要以及如何表「意」的問題。同樣，在〈賦情〉、〈離情〉及〈雜論〉中，他仍然談及這兩個問題。張炎

---

[68] 同上，第 265 頁。

[69] 同上，第 266 頁。

[70] 同上，第 265 頁。

[71] 同上，第 267 頁。

在〈製曲〉中所用的「命意」一語，是一個名詞化了的動詞，精當地統合了「意」之重要和如何達「意」這兩個問題，正好相當於西方當代文論中的 Conceptualization（觀念化）一詞，我因而名此為「觀念」，是為張炎《詞源》的第四個重要母題。

在以上過程中，本書對張炎詞論文本《詞源》進行了逐節解讀，把握了每節的子題。然後對這些子題進行了歸納，從中抽象出四個主要母題，它們分別是形式、修辭、審美、觀念。這四個母題，是本書一家之言「蘊意結構」的核心內容，本書在後面還會詳細討論之。

二、從母題到主題

《詞源》的上述四個母題，一併指向了張炎詞論的主題。為了說明這個主題，我們從解讀這四個母題入手，也由此而提出「蘊意結構」之說。

在第一個母題「形式」中，張炎認為選用恰當的字詞並用於恰當的地方，是作詞與修改的關鍵。在〈製曲〉中，雖然子題是「意」，但為了這「意」，張炎反覆強調遣詞造句和修改潤色的重要性，如前所引，他寫到：「詞既成，試思前後之意不相應，或有重疊句意，又恐字面粗疏，即為修改；……恐又有未盡善者，如此改之又改，方成無暇之玉」[72]。張炎在此談到了遣詞造句和修改潤色的一些技術問題，大致有三。其一，如果某處用字不當，應換一個恰當的字；

[72] 同上，第 258 頁。

其二，如果某字在句中的位置不當，造成該句之意難解，也應換之；其三，如果用字有多種選擇，則用最合適的字。在這個過程中，張炎注重的是用字的「盡善」以及用恰當的字來使詞句「盡善」，使之成無瑕之玉。

在遣詞造句和修改潤色這樣的形式層次上，張炎涉及了字與句的關係。他在〈句法〉中指出，雖然不可能每句用字都完美無缺，但字的使用也不可讓句意晦澀，詞句應該簡明易懂。為了做到這一點，詞作者應該在字與句之間來回往返，反覆修改[73]。同樣，在〈字面〉中，張炎寫道：「句法中有字面，蓋詞中一個生字用不得，須是加深鍛煉，字字敲打的響，歌誦妥溜，方為本色語」[74]。由此可見，在修改過程中，從字來修改句，再回頭從句來修改字，從而使「字字敲打得響」，使詞句通暢，是遣詞造句的關鍵，惟其如此，所作之詞才能歌誦。在這方面，張炎舉出了賀鑄和吳文英來作為例子。這兩位詞人在字句上的功夫，來自他們研讀學習唐代詩人溫庭筠（812?-866）和李商隱（約 813-858）的詩作，於是才得以「皆善於煉字面」[75]。

遣詞造句也是為了句意和詞意的清晰流暢。為此，張炎還主張善用虛字，反對使用晦澀的字。在〈清空〉一節中，張炎將「清空」與「質實」對立起來，認為「質實」即「凝澀晦昧」，或用字「太澀」，而「清空」則是用字「疏快」[76]。加拿大學者方秀潔（Grace S.

[73] 同上。

[74] 同上，第 259 頁。

[75] 同上。

[76] 同上。

Fong）因此而認為，張炎之「清空」的要義就是使用虛字[77]。我不能苟同方秀潔對「清空」的這種表面化、簡單化的片面闡釋，但是，如果我們反過來從「清空」看張炎的遣詞造句，那麼方秀潔的這種闡釋卻也說明，遣詞造句的要義，在於句意和詞意的流暢，在於求得「清空」的目的。因此，遣詞造句不是一個簡單的形式問題，它有超越於形式之外的目的，在張炎而言，這就是求取「清空」的目的。於是，我可以總結說，張炎《詞源》之第一母題「形式」的中心問題，是怎樣在遣詞造句的形式層次上求取「清空」。

在形式層次上討論遣詞造句，涉及到修辭問題，因為修辭所考慮的，是怎樣更生動地描述和表達，怎樣用語言去打動讀者。於是，我們對張炎母題的討論，便從形式的層次，推進到了修辭的層次。

張炎詞論的第二個母題是「修辭」。在西方文論的傳統中，「修辭」一語與形式密切相關，指使用語言去感動讀者，指語言本身的力量，也指對打動讀者之方法的通盤考慮。張炎在《詞源》中談到用事、詠物、寫景、賦情、達意等問題，也是這方面的考慮。在講到用事時，張炎說，如果用事不當，會使詞意晦澀，會局限詞意的豐富性，因此，他主張「體認著題」[78]，也就是用典故來服務於詞意，而不是因典害意。

除了典故，張炎在修辭問題上，還具體談到了物象的描寫。他在〈詠物〉中寫道：「體認稍真，則拘而不暢，模寫差遠，則晦而

[77] Grace S. Fong, *Wu Wenying and the Art of Southern Song Ci Poetry* (Princeton: Princeton University Press, 1987), p. 56.

[78] 同上，第 261 頁。

不明」[79]。這段話涉及描寫物象時的兩個問題，一是過於求真過於客觀的描寫，會使語言呆板、妨礙詞的閱讀詠唱。二是相反的情況，如果對物象的描寫不準確，過於粗略，則無法再現該物象。張炎不認同這兩個相反的極端，他主張一個居中的位置，以表達主題為依據，追求詳略適當的描寫，主張「收縱聯密」，使「所詠了然在目，且不滯留於物」[80]。這也就是說，對物象的描寫，如前所言，妙在似與不似之間，在於通過外在的主要特徵，來把握內在的實質，而非事無巨細的表面化描寫。

顯然，無論是討論用事還是討論描寫，張炎在修辭層次上所涉及的句意詞意是否流暢的問題，是關於達意的問題，而達意若不流暢，便是晦澀。照張炎所言，晦澀是清空的反面。所以，張炎之第二個母題「修辭」所關注的，與第一個母題「形式」一樣，也是有關「清空」的問題。換言之，《詞源》之第二個母題「修辭」的中心問題，是怎樣在修辭層次上求取「清空」。

當然，張炎詞論中的修辭，涉及不少方面，要而言之，修辭的目的是為了達意，涉及再現物象、描述景象以及表達情感和思想。在此，既然張炎主張情景交融的審美意境，那麼這個意義上說，修辭也就是為了創造審美意境。也正因此，當代中國學者才普遍認為，張炎的「清空」說的就是審美意境。在此，我們對張炎詞論的探討，便從修辭的層次推進到了關於「清空」的審美層次。

張炎《詞源》的第三個母題「審美」，直接討論「清空」。審美是一個大話題，涉及美學和文藝理論的諸多方面，但就張炎的審美

---

[79] 同上。

[80] 同上，第 261-262 頁。

母題而言，他關注的是用語言去創造一個可感知的審美世界，即學者們所說的意境，所以本書在此討論張炎的審美問題，也才專注於意境。張炎關注用語言去創造審美意境，他從形式層次到修辭層次，考慮用什麼樣的語言以及怎樣用語言去描述外在世界，並在這個外在世界中注入個人的內在情感，從而創造一個審美意境。這個意境並未停留在表面化的描述性語言上，它不僅訴諸知覺，也訴諸情感和思想。美國學者孫康宜在談到蘇軾詞的意境時說，情感與思想二者，是詞之意境的要義。孫康宜稱這樣一個意境為「詩的世界」（poetic world）[81]。另一位美國華裔學者劉若愚（James J.Y. Liu）在討論王國維的意境之說時，乾脆就用「世界」（world）一詞來稱意境，並下定義說，意境「乃生活世界之外在方面與內在方面的綜合」[82]。對這兩個方面，加拿大學者葉嘉瑩（Florence Chia-ying Yeh）看重外在的因素，她將這世界稱為「可感之景」（perceived setting）[83]，而美國學者高友工（Yu-kung Kao）則偏重內在的因素，稱其為「內在風景」（inscape）[84]。通過海外當代學者對審美意境的這些闡釋，我們可以看到，張炎當時所討論的情景交融問題，觸及了今日意境問題的關鍵。

---

[81] Kang-i Sung Chang (1980), p. 184.

[82] James J.Y. Liu, *The Art of Chinese Poetry* (Chicago: University of Chicago Press, 1962), p. 96.

[83] Florence Chia-ying Yeh, "On Wang I-sun and His Songs Celebrating Objects," in Hightower and Yeh, Studies of Chinese Poetry (Cambridge: Harvard University Asian Center, 1998), p. 385.

[84] Yu-kung Kao, "The Aesthetics of Regulated Verse," in *The Vitality of the Lyric Voice: Shih Poetry from the Late Han to the T'ang*, eds. Shuen-fu Lin and Stephen Owen (Princeton: Princeton University Press, 1986), p. 385.

張炎在《詞源》中雖然沒有使用「意境」一語，但他談到了可感的外在之景，以及其中所蘊含的情感與思想。當外在與內在世界渾然一體時，獨特的意境就形成了，而且還對讀者產生情感和思想的影響。張炎在〈清空〉中用形象的語言講到姜夔詞中的這樣一個獨特世界：「姜白石詞如野雲孤飛，去留無跡，讀之使人神觀飛越」[85]。在張炎的描述中，姜夔所創造的審美意境，類似一個超驗的精神世界，有莊子之逍遙游的高蹈與超脫精神。當然，在張炎看來，姜夔的超脫並不是懸空的，他有形式和修辭的基礎，這就是虛字的使用，以及介於似與不似之間的再現手法。同時，這超脫精神也不是縹緲虛無的，而是有著具體的內涵，即張炎反覆談及的「意」。

既然張炎在審美的層次上討論意境時，其論題直接就是「清空」，那麼，《詞源》之第三個母題「審美」的中心問題，也就是怎樣在審美的層次上求取「清空」。

由於意境的內在情感和思想，由於意境的精神內涵，張炎得以從審美層次上升到關於「意」的觀念層次。觀念是張炎《詞源》的第四個母題。關於審美母題與觀念母題的關係，張炎談到了「意趣」之於「清空」的重要性，他說「清空中有意趣」[86]。照他所說，在詞的寫作過程中，首先是命意，然後才根據這所命之意來謀篇佈局，並蘊意於詞中。為了說明這一點，張炎在《意趣》中引述蘇軾、姜夔等人的詞來做範例。在他看來，遣詞造句、修辭設置、創造意境固然重要，但若不能蘊意於詞中，一切皆為徒然。進一步說，「意

[85] 張炎《詞源》，見《詞話叢編》第1卷，第259頁。
[86] 同上，第260頁。

趣」一語具有語義的和觀念的雙重性，即字面的含義和字面所指涉的潛在含義，這對應於一首詞的字面含義和潛在主題。詞人在一首詞中用語言創造一個意境，此意境也有外在和內在兩層含義，前者指涉可以感知的外在之景，後者指涉只可意會的內在之意。「意趣」是張炎對內在之意和潛在主題的強調。照張炎的說法，意趣不是盜自他人，而是來自作者獨特的生活經歷[87]，因此，意趣使一首詞具有獨特之處，使之能夠在藝術和觀念上具有獨特的價值，從而區別於平庸之作。

既然「意趣」如此重要，那麼「意趣」究竟何在？如前所引，張炎在〈意趣〉一節中寫到：「清空中有意趣」。這句話在其上下文中，可以有兩種相關的解釋。其一，張炎引用江夔詞數首，然後指出「此數詞皆清空中有意趣」[88]，即清空與意趣並存於江夔的這些詞中；其二，在江夔詞的清空意境中，存在著意趣。無論是在〈意趣〉一節的上下文中，還是在整個《詞源》的上下文中，這兩種解釋都是可行的，因為張炎文本的語法與邏輯，也支持了這兩種解說。於是，清空的要義在於它與意趣密切關聯，在於它蘊含意趣，而意趣的要義則在於它賦予清空以意義。既如此，張炎《詞源》之第四母題「觀念」的中心問題，便是怎樣在觀念的層次上，以「意趣」來賦予「清空」以意義。

總結上述四個母題，我們看到，「清空」是張炎《詞源》所討論的中心問題，也即主題。我們也可以這樣說，作為張炎詞論的主題和中心概念，「清空」具有四個層次，即形式、修辭、審

---

87 同上。

88 同上，第 261 頁。

美、觀念的層次。由於這四個層次以「清空」所蘊含的意趣為核心，合成一個整體結構，所以我稱這個結構為「蘊意結構」。張炎在這四個層次上主張「清空」詞論，我們也可以相應地在這四個層次上闡釋他的「清空」詞論。蘊意結構之說，是本書從張炎詞論中抽象而出的，它的價值既在於展示了本書對張炎詞論的「觀念化」研究，也在於它可以反過來幫助我們更進一步地深入探討張炎詞論。

從上面我們對《詞源》之四個母題的分析可以看到，「清空」概念的這四個層次是緊密聯繫、貫通一體的，它們從各自不同的角度來構成以「清空」為中心的一體，例如，形式與修辭的目的是為了創造審美意境，而意趣則給予這個審美意境以意義。這種相互一體的關係，使四個層次的「清空」概念成為一個完整的詞論整體。基於對「清空」的這種解讀，儘管我們知道張炎在《詞源》序中說自己的目的是要恢復「雅」詞，但由於他並沒有討論「雅」的問題，由於《詞源》沒有任何章節或段落討論「雅」，所以我有理由說，張炎詞論的主題和中心概念是「清空」，而非「騷雅」或「雅正」。

當代中國學者中，自然也有人認為「清空」是張炎《詞源》的中心。陶爾夫和劉敬圻在《南宋詞史》中，就說明了「清空」在張炎《詞源》中的中心地位[89]。但是，這兩位學者沒有闡述他們何以有此觀點，也沒有進一步發揮他們的觀點，更未用這一觀點來討論張炎詞論。不過，儘管當代中國學者基本上都認為「清空」是張炎

[89] 陶爾夫、劉敬圻（1994），第453頁。

《詞源》的重要術語，但並非都認為「清空」是張炎詞論的中心。吳熊和在討論《詞源》時，將雅正與清空區分開來，立「主雅正」和「主清空」之說，認為張炎視這二者為作詞的兩個不同標準，而且，「在張炎來說，清空是一個比雅正更高的標準」[90]。吳熊和不僅視清空為張炎關於作詞的一個標準，而且也視清空為中國詩詞的一種風格。不管是標準說還是風格說，二者都是對張炎之清空詞論的局限。具有諷刺意味的是，吳熊和沒有看到自己解讀張炎詞論的這種局限，反而批評張炎詞論以雅正和清空作為作詞標準的狹隘性，批評張炎詞論忽略了南宋滅亡這樣一個歷史背景[91]。另一位學者鄧喬彬認為，雅正才是張炎詞論的主題和中心，而清空只是一種風格[92]。因此，在他看來，清空是一個比雅正層次更低的術語。這兩位學者如此看待清空和雅正，如此看待二者的關係，實際上等於否認清空為張炎詞論的中心。

雖然張炎提出了「雅正」的話題卻沒有討論之，但是我認為，「雅正」與「清空」的關係，是我們理解張炎詞論的關鍵。這一關鍵性關係不僅使《詞源》的蘊意結構得以成立，也賦予張炎詞論以歷史和文化意義。《詞源》的中心是「清空」，照《詞源》序所言，「清空」的目的是為了恢復雅正。由於雅正的失落具有社會和歷史的原因，所以，本書在最後會有專章從詞之發展演變的角度，來討論二者的關係，從而為說明張炎詞論之「清空」概念的藝術價值和歷史價值。

---

[90] 吳熊和（1989），第 517 頁。

[91] 同上，第 318 頁。

[92] 方智範等（1994），第 98 頁。

三、「清空」概念的解說

在前面探討了張炎《詞源》的子題和母題，並達於「清空」主題之後，本節轉入對「清空」概念的探討。張炎《詞源》第六節為〈清空〉，全文云：

> 詞要清空，不要質實。清空則古雅峭拔，質實則凝澀晦昧。姜白石詞如野雲孤飛，去留無跡。吳夢窗詞如七寶樓臺，眩人眼目，碎拆下來，不成片段。此清空質實之說。吳夢窗聲聲慢云：「檀欒金碧，婀娜蓬萊，遊雲不蘸芳洲。」前八字恐亦太澀。如唐多令云：「何處合成愁。離人心上秋。縱芭蕉、不雨也颼颼。都道晚涼天氣好，有明月、怕登樓。　前事夢中休。花空煙水流。燕辭歸、客尚淹留。垂柳不縈裙帶住，漫長是、繫行舟。」 此詞疏快，卻不質實。如是者集中尚有，惜不多耳。白石詞如疏影、暗香、揚州慢、一萼紅、琵琶仙、探春、八歸、淡黃柳等曲，不惟清空，又且騷雅，讀之使人神觀飛越[93]。

張炎在〈清空〉中並沒有給「清空」這一術語下一精確的定義，而是先說追求清空會有什麼結果，認為如果一首詞有了清空的品質，就會古雅峭拔。為說明清空的品質，張炎用了兩個比喻，「野

[93] 張炎《詞源》，見《詞話叢編》第 1 卷，第 259 頁。

雲孤飛」和「七寶樓臺」，來說姜夔和吳文英詞中「清空」與「質實」的對立。姜夔的野雲孤飛，即是無羈無絆，少了塵世的煩擾，因而能古雅峭拔，有真正的逍遙之遊，並讓讀者神觀飛越。換言之，正是「清空」之品質才賦予姜夔詞以生命。與此相對，吳文英在〈聲聲慢〉中建造的七寶樓臺，看起來耀眼炫目，一旦拆解，卻七零八碎，既無整體之感，也無完整之意。

張炎舉吳文英詞〈聲聲慢〉[94]為「質實」之例，指出吳詞的前八字過於晦澀。從張炎文本的上下文看，晦澀是「質實」的表現形態。吳詞中的「檀欒」二字最早見於西漢詞賦作家枚乘（?-西元前140）的〈梁王兔園賦〉，描繪修竹的風姿；「婀娜」二字最早見於三國時代曹植（192-232）的〈洛神賦〉，描繪神女的風姿。吳文英將形容詞當名詞使用，在〈聲聲慢〉中以較為生僻的「檀欒」與「婀娜」來描繪並代替修竹與楊柳，造成此詞頭兩行主體（主語）不明。由於吳文英用字的借代婉轉不明，張炎便指其晦澀不暢，因而有「質實」之病。

用吳文英「質實」的晦澀之短，在反面間接說明何為「清空」之後，張炎又用吳文英〈唐多令〉的「疏快」之長，從正面直接說明何為「清空」，是為用字之形式層次上的說明。「疏快」指這首〈唐多令〉行文通暢，有兩個相關的含義，一說吳詞寫得流利、順達，二說讀者讀得流利、順達。

雖然張炎沒有給「清空」一語下精確的定義，也無詳細的理論闡釋，但他從正面和反面來談論之，又用比喻的形象語言和具體詞

---

[94] 吳文英《聲聲慢》，見《全宋詞》第4卷，第2920頁。

例來說明之，不僅點出了「清空」一語的重要性，也點出了「清空」一語的複雜性，如其讓人神觀飛越的精神內含。「清空」一語的重要性與複雜性在於，張炎將清空與質實相對照，看似講用字的形式問題，但在《詞源》的整個上下文中，尤其是在張炎拿姜夔詞來作說明時，「清空」因神觀飛越的特徵，得以超越了形式的層次，而具有更深的蘊意及精神內含。如前所述，張炎的清空詞論，涉及形式、修辭、審美、觀念四個層次，四者貫通一體，構成張炎詞論之蘊意結構的基本框架。

雖然張炎沒有界定和解說「清空」一語，但我們可以根據張炎的詞論文本及其上下文，來進行闡釋的嘗試。這一嘗試從「清空」的字面開始。在語言的字面意義上說，古代漢語的「清空」一語，由「清」與「空」二詞合成。東漢許慎（生卒年不詳）《說文解字》說「清」，云：「清，朗也，澄水之皃」。清代學者段玉裁（1735-1815）為《說文解字》作注，就「清」注云：「朗者，明也。澄而後明，故曰清」。關於「空」，《說文解字》云：「空，竅也」。段玉裁注：「今凡語所謂孔也，天地之間，也一孔耳」[95]。故，「清」解為清澈明淨，「空」為空無所有，蓋因天地之間無所有則惟餘空。根據《漢語大詞典》的解說，清澈明淨為水的澄潔之態，引申為純潔、簡約、冷靜、清新等意；空無所有則為空曠、空靈之意。

「清」與「空」二詞相合，構成「清空」一語，其詩學含義與其語義學含義密切相關，但同時卻又較為抽象，且不拘於一義。由於張炎並非第一個使用「清空」者，為了解讀「清空」，為了說

[95] 段玉裁《說文解字注》，上海：古籍出版社，1988，第550，344頁。

明張炎清空的詩學含義，我們先對「清空」一語本身進行歷史梳理，考察張炎的前輩和同代人怎樣使用這一術語。根據香港中文大學 2000 年出版的電子版《四庫全書》進行用詞檢索，張炎之前有二人在詩學的意義上使用過「清空」[96]。一為南宋趙汝回（生卒年不詳）[97]，他在為南宋詩人趙景石（生卒年不詳）的詩集《瓜廬詩》寫的序中，首用「清空」一語：「瓜廬翁趙景石每與聚吟，獨主古淡，融狹為廣，夷鏤為素，神悟意到，自然清空，如秋天回潔，風過而成聲，雲出而成文」[98]。在這段序文中，「清空」指清澈澄淨，與自然樸實相對應。在語言與詩學的兩個意義上，趙汝回的這種用法，都與張炎的用法相仿，語義也相似。最有趣的是，在修辭的意義上說，趙汝回關於趙景石詩之「自然清空」的比喻，「如秋天回潔，風過而成聲，雲出而成文」，同張炎關於姜夔詞之「清空」的「如野雲孤飛」的比喻，有異曲同工之妙，都指天然澄澈、無塵世之染的美學品質。儘管趙汝回用秋天之象、爽風之聲、行雲之理，來比喻趙景石之詩的自然清空，但我們沒有任何資料和證據可以說明趙汝回同張炎之間有任何瓜葛，也即，我們不能說趙汝回對張炎的詞論有何影響。不過，二者間術語使用的相同，尤其是在類似話題和歷史文化語境中使用，恰好

---

[96] 在張炎之前，也有其他人使用過「清空」，但卻是在醫學、農學或其他學科的意義上使用，故本書不考察這類用法。當代學者李康化對「清空」的使用也作過類似的檢索，其結果與本書結果一致。見北京《文學評論》1997 年第 6 期，第 114 頁。

[97] 趙汝回為宋太宗（976-997 年在位）之第八世孫，有詩集《東閣吟稿》傳世。

[98] 見《四庫全書》第 162 卷，集部，別集 15，趙景石《瓜廬詩》第 1 頁。

說明在南宋時期以及宋末元初時期，「清空」一語的含義是詩詞界公認的，這就是自然、純淨、清明。

張炎之前另一位使用「清空」一語的是南宋詩人周密，他對「清空」的使用，也有助於我們瞭解這一術語在宋末元初時期的意指，以及張炎使用此語的含義。周密在《浩然齋雅談》中論及自己同時代的年長詩人葉適（1150-1223）時，說葉適喜歡「永嘉四靈」詩人徐照（?-1211）、徐璣（1162-1214）、翁卷（生卒年不詳）、趙師秀（生卒年不詳），因為他們的詩具有「清空」的品質。照周密的說法，葉適欣賞四靈詩人的清空，可是他自己卻學而不得，成為一種焦慮。周密寫道：「唯其富膽雄偉，欲為清空而不可得，一旦見之，若厭膏粱而甘藜藿，故不覺有契於心耳」[99]。與永嘉四靈之前的黃庭堅（1045-1105）、陳師道（1053-1101）等北宋「江西詩派」的詩人相比，南宋的這四位詩人，其作品更為自然澄明、不假雕飾，故有葉適「厭膏粱而甘藜藿」之說。葉適也是永嘉人，與這四位詩人為友。他欣賞四位同鄉詩人的自然詩風，欣賞他們的簡潔騷雅，宣稱他們的詩藝成就直逼唐人[100]。在周密對葉適和四靈詩人的討論中，「清空」指詩歌的自然與簡樸。周密與張炎過從甚密，雖然我們沒有文獻資料來說明周密之「清空」對張炎之「清空」的影響，但我們知道張炎推崇周密詞風，他甚至在《詞源》中提到了周密所編的《絕妙好詞》集，視之為佳作範例。再者，周密與張炎二人，

---

[99] 周密《浩然齋雅談》卷上，第 8 頁。見《叢書集成》，臺北：商務印書館（無出版日期）。

[100] Kojiro Yoshikawa, *An Introduction to Sung Poetry*, tran. Burton Watson. (Cambridge: Harvard University Press, 1967), p. 174.

都參加了《樂府補題》[101]詞的寫作。周密與張炎同屬一個文人圈子，他們常在圈內傳閱各自的作品，周密更常到張炎父親的客廳裏與眾詞友討論詞藝。有鑒於此，日本當代學者松尾肇子便認為，周密的詩藝詞藝很有可能影響了張炎關於詞的思想。不過，松田肇子也指出，雖然他們都用了同一術語，但周密用「清空」來論詩，而張炎卻用其來論詞，而且，張炎是在與「質實」的對照中使用「清空」的，這使這一術語更加專門化。要之，張炎使用「清空來論詞，具有理論的首創性[102]。

趙汝回和周密之使用「清空」，都是為了討論詩歌。對他們而言，清空乃批評的話語。無論他們是否對張炎發生了影響，他們的話語同張炎《詞源》的話語，都具有互文性的關係，因為他們都處在同一歷史和社會文化的語境中，這語境有助於我們更全面地理解對張炎詞論。

除了批評的話語，在詩歌話語中，「清空」也指簡明與自然。北宋蘇軾在〈廬山二勝：開先漱玉亭〉中有「亂沫散霜雪，古潭搖清空」二句。這首詩中的「清空」，其「清」為形容詞，用以修飾句中主詞「空」，意即清明長空。如果說蘇軾在此使用的「清空」偏重字面意思，那麼在他的另一首詩中，此語的偏重便有所不同。蘇軾在〈書王定國所藏煙江疊嶂圖〉的末尾，有「江山清空我塵土，雖有去路尋無緣」二句。此處的「清空」與「塵土」相對，超越了字面意思，具有理想的內含。蘇軾有濃厚的佛家與道家思想，他的「清空」世界當指與塵世相對的純潔、清明、自然的理想世界。美

101 本書將在後面的章節裏討論周密與張炎參與寫作《樂府補題》的問題。
102 松尾肇子（2000），第 190 頁。

國學者畢塔· 戈蘭特（Beata Grant）在談到這個問題時說，蘇軾的「清」具有佛家之精神純化的含義，「蘇軾談論自己的僧人詩友，不僅談他們的詩，更談他們與塵世無染的精神世界」[103]。蘇軾在這兩首詩中使用的「清空」，包含了字面上的語義和字面下的精神內涵，與張炎在《詞源》中使用的「清空」，殊途同歸，都指涉了沒有塵世羈絆的自由精神。

上述批評話語和詩歌話語同張炎《詞源》的互文性關係，為我們解讀張炎《詞源》的「清空」提供了語境的參照。不過，這些話語本身，並不是對張炎之「清空」的解讀。前人對張炎「清空」詞論的倡導，以清代中期為多，但對「清空」一語的闡釋，則到清代後期才見諸文字。晚清學者沈祥龍（約 1820 前後）在《論詞隨筆》談張炎「清空」之意時寫道：「清者不染塵埃之謂，空者不著色相之謂」[104]。所謂「不染塵埃」，即是清明純淨，而所謂「不著色相」，則既可理解為「玄人眼目」的反面，也可理解為佛與道之遠離塵囂的精神追求。在此，沈祥龍對張炎之「空」的解讀，接近佛道之說。在張炎的詞論和詞作中，我們看不出佛家或道家思想的明顯影響，而關於張炎生世的材料，也沒有相關記載，唯有一條，說張炎曾給杭州一寺廟佈施。如果我們將沈祥龍的「不著色相之謂」解為佛道思想，也許會有牽強之嫌，但是，如果我們說張炎詞論或多或少具有出世意識，考慮到張炎之南宋逸民的身世，也許並不為過。可能正是因為此，清代學者鄭文焯才說：「所貴乎清空者，曰骨氣而已」。

---

[103] Beata Grant, *Mount Lu Revisited: Buddhism in the Life and Writings of Su Shi* (Honolulu: University of Hawaii Press, 1994), p. 66.

[104] 沈祥龍《論詞隨筆》，見《詞話叢編》第 5 卷，第 4054 頁。

中國二十世紀學者對張炎「清空」的解讀，比較偏重字面的語義。夏承燾在其《詞源注》中解釋說：「我們細繹《詞源》全書，知道他對『清空』這個主張的要求，只是『屬詞疏快』、『融化典故』等等」[105]。照夏承燾的說法，張炎用姜夔的詞作來說明「清空」之意，僅專注於「屬詞疏快」和「融化典故」，未能盡說姜夔，因而這是張炎「清空」說的局限。但是夏承燾也認為，「大抵張炎所謂清空的詞是要攝取事物的神理而遺其外貌」[106]。夏承燾對張炎「清空」的解讀，涉及遣詞造句和表達方式，對應於張炎詞論之蘊意結構的形式和修辭層次。他雖然提到了「神理」，但僅是提到而已，未有進一步的論說。

當代學者們的張炎研究，大多各有其不同的論題、視角、方法，因而對「清空」的解讀也就不盡相同。這些解讀雖涉及張炎詞論的不同層次，但卻多有層次單一的局限。例如，有學者從寫作技巧的視角去解讀「清空」，僅涉形式層次；有學者從詞藝風格的視角去解讀，可能涉及修辭層次；更多的學者則從意境的視角去解讀，涉及審美的層次。這些視角雖然各具其說，但卻都只說到張炎詞論的一個層次或方面，故仍有片面之嫌。在本書〈導言〉之研究現狀的綜述部分，作者已對這些局限性和片面性進行了大致的檢討，所以，本書作者在此強調，「清空」概念是張炎詞論的中心，其含義不是從某個單一視角就能全面解讀的。因此，本書作者將從不同的視角、在不同得層次上進行探討，並將這些探討

[105] 夏承燾《詞源注》，1981，第 6 頁。
[106] 同上，第 16 頁。

整合起來，從而提出一個相對全面的解讀，是為本書作者對張炎之「清空」詞論的闡釋。

正如本節的論述邏輯所示，張炎詞論中的形式、修辭、審美、觀念四個層次，是本書作者在對《詞源》文本進行細讀和具體分析中，歸納推演而揭示出來的。為了對張炎詞論進行更加慎密、深入、精細的研究，本書將在下一章裏回過頭來，在這四個層次上再次對《詞源》進行闡釋，這一「再次」乃是為區別於前人和他人的重新闡釋。這也就是說，「蘊意結構」不僅是一個關於文本之本體存在形態的認識論概念，而且也同時是一個關於文藝批評的方法論概念。就此，我要先為這四個層次上的探討，進行理論的準備，為這四個層次的整合、為張炎詞論之「蘊意結構」的一家之說，進行理論的鋪墊。要之，這四個層次對應於四個相關的文論視角，我借鑒二十世紀西方文學批評的相關理論，對這四個層次和視角及其整合，進行必要的闡述。

第三節　「蘊意結構」的理論基礎

前一節探討了張炎《詞源》的子題、母題和主題，通過這樣的步驟而達於「清空」主題後，我們已隱約看到了一個結構，一個以「清空」為中心，具有形式、修辭、審美、觀念四個層次貫通一體的整體結構。張炎在《詞源》序中作夫子自道，說「清空」的目的是為了恢復業已失落的「騷雅」。若用二十世紀美國解構主義批評家保羅・德曼（Paul de Man，1919-1983）的術語來論述張炎，那麼我們就可以說，正是復雅的目的，使以「清空」為中心的《詞源》文本，得以成為一個「意向客體」（intentional object）[107]，而復雅的文本意向，則將形式、修辭、審美、觀念這四個層次整合起來，從而形成了一個以「清空」為中心的「蘊意結構」，此結構的所蘊之意，便是張炎的復雅意向。

為給本書提出的「蘊意結構」觀以理論的匡正，本節將有重點地考察二十世紀西方文藝理論從形式主義到非形式主義的發展，以便統合關於張炎詞論的外在語境陳述、內在文本分析，並探討二者的關係。在此，本節主要討論二十世紀西方文論中的形式、修辭和觀念問題，而將審美問題留待後面討論，因為本書的審美問題主要是中國古典文論中的意境問題，不屬二十世紀西方文論。討論的目的，在於見出「蘊意結構」各層次自身的理論特徵，以及各層次的貫通。

一、從形式到修辭

本書的「蘊意結構」，其名受二十世紀早期英國形式主義批評家克里夫・貝爾（Clive Bell，1881-1964）之「有意味的形式」（Significant Form）的啟發。貝爾的名著《藝術》初版於 1914 年，二十世紀八十年代初翻譯介紹到中國，適逢中國文藝界在文革之後

---

[107] Paul de Man. *Blindness and Insight* (Minneapolis: University of Minnesota Press, 1983), p. 26.

的形式主義熱潮，於是，「有意味的形式」在中國文藝界不脛而走。但是，中譯的「有意味的形式」一語，譯詞大可商榷，若以信、達、雅的翻譯準則觀之，其「信」尚可、其「達」不足、其「雅」遠矣。貝爾的原意，是指各種藝術作品中所共有的一種能夠激起人們審美情感的品質，由於這種品質是藝術作品所共有的，因而具有重要的藝術價值，他稱之為 Significant Form，我譯為「蘊意形式」而非「有意味的形式」。貝爾這樣解說繪畫作品中的蘊意形式：

> 每一線條和色彩都以特殊的方式而結合，若干形式以及這些形式間的關係，激起了我們的審美情感。線條與色彩的關係及其結合方式、這種動人情感的審美形式，我稱為「蘊意形式」。「蘊意形式」是所有視覺藝術作品的一個共同品質[108]。

貝爾所談的形式，是一種視覺形式，涉及繪畫中最表層的線條、色彩等因素，及其相互關係。然而，這些因素間的關係，卻是表層形式的蘊意所在。文學作品的表層因素，是字句等形式存在，但遣詞造句所涉及的不僅是字句本身，而且還是字與字、句與句、字與句之間的關係，這些關係是字句形式的意蘊所在。

本書的「蘊意結構」一語，除了得益於貝爾的「蘊意形式」，還得益於西方馬克思主義批評家呂西・哥爾德曼之「發生結構主義」（genetic structuralism）的社會學批評理論。在哥爾德曼所用的概念和術語中，有關鍵詞 Significant structure，中譯為「有意味

---

[108] Clive Bell. *Art* (London: Grey Arrow, no date), p. 23.

的結構」，但我認為譯作「蘊意結構」更妥。關於哥爾德曼的理論，本書已在「導言」之「研究方法」中簡要述及，指出了他對「世界觀」的強調，這是其蘊意結構的核心，大體上與本書之蘊意結構的觀念層次相對應。就本書所論之張炎詞論的蘊意結構而言，本書強調意向，張炎的復雅是其清空詞論之蘊意結構的意向，它將形式、修辭、審美和觀念四個層次貫通了起來，而不僅僅只涉觀念這一個層次。是為本書之蘊意結構與戈爾德曼之蘊意結構的根本區別。

從形式主義的文本研究到非形式主義的社會學批評，是二十世紀西方文藝理論的發展主線。由於本書旨在研究張炎詞論的蘊意結構，而非敘述現當代西方文論的演進，因此，本書對蘊意結構的理論匡正，便只涉及二十世紀西方文論中的相關概念。這樣，本書首先涉及的便是二十世紀中前期英美形式主義「新批評」的文本分析，以及後來的解構主義對「新批評」之封閉形式的突破。

二十世紀前半期的歐美新批評學派注重文本研究，該派理論家關注文本語言，這對應於張炎在形式層次上的遣詞造句。新批評家們對文本的語言研究，奠定了形式主義批評的本體論基礎，並為其認識論和方法論提供了前提。美國新批評家維姆薩特（William K. Wimsatt，1907-1975）在他的新批評經典《語詞的聖像》中，主張內在批評的立場。該書收有他的著名論文〈意向的謬見〉。他在這篇文章中反對文學的外在批評，認為批評應該建立在文本自治的基礎上。他認為作者的生活經歷和反映在作品中的創作意向，不能成為批評的出發點，創作背景不能成為闡釋作品的基礎，背景研究不能成為批評的立場。他的名言是：「批評的探討，不得設置於對神喻的參考」[109]。這裏的「神喻」，是指作者的生平和經歷、作者所處的社會和歷史背景等外在因素為批評家闡釋作品所提供的材料。我們在前一節中對張炎《詞源》之子題、母題和主題的文本分析，以及後面將會進行的用字分析，類似於維姆薩特的形式主義研究。不過，本書的文本研究是在《詞源》的外在語境中進行的，並且看重「清空」的互文性，更看重《詞源》文本各層次之間的相互關係。

與維姆薩特齊名的另一位美國新批評家布魯克斯（Cleanth Brooks，1906-1994）在他的名著《精工細作的古甕》中，有著名的〈闡釋的邪說〉一章，他也為文學的文本存在和形式批評進行了辯護。布魯克斯的主要觀點可以歸結為二：其一，反對內容與形式的區分，其二，主張作品有機整體的基本結構。按照布魯克斯的說法，外在批評的問題在於，將整體的文學現象，分成了內容與形式兩個不同的部分。他說，由於這種區分，批評家只好從不同的立場出發，來對文學進行不同的判斷，例如政治的、哲學的和形式的判斷。布魯克斯也反對所謂「散文感」（prose sense）的觀點，因為一旦承認了「散文感」，便不得不承認詩的裝飾。前者指語言負載的含義，後者指語言的裝飾作用。布魯克斯認為，詩歌語言的散文含義，是直接的字面含義，而詩的整體含義，卻是對字面的超越。這種超越的含義，不是將散文感從詩的裝飾中區分出來就可以達到的。與此相應，布魯克斯還反對邏輯語言與反諷語言的區分。有一種通常的觀點，認為邏輯語言是理性的陳

---

[109] William K. Wimsatt. *The Verbal Icon* (Lexington: University of Kentuky Press, 1954), P. 18.

述，而反諷語言則是非邏輯的。前者對應於散文的語言，後者對應於詩的語言。為了反對內容與形式的區分，布魯克斯強調文學作品的整體性、統一性和一致性。在他看來，這三者之所以能夠達到，是由於結構的作用。布魯克斯提到了共同結構、內在結構、真實結構、邏輯結構和理性結構等，最後他用「基本結構」（essential structure）一語來將作品與批評聯繫起來。他說：「這個結構是含義、評價和闡釋的結構；它是統一的原則，這個原則使內蘊、態度和含義得以平衡和和諧」[110]。在布魯克斯眼裏，基本結構關注文學因素的內部關係，它使文學作品成為一個有機整體。在此，布魯克斯實際上突破了維姆薩特的封閉形式，他反對內容與形式的割裂，道出了整體意識的重要性。在相當程度上說，本書的「蘊意結構」就是一個類似的整體結構，其形式、修辭、審美和觀念的四個層次，是貫通一體的。這種貫通，得自我們的文本研究從一個層次向另一個層次的推進。

其實，形式主義者也瞭解這種推進的必要性。布魯克斯提出的整體觀和結構的概念，就使形式主義的語言研究有可能從字句走向修辭。美國形式主義批評家雷尼·威勒克（Rene Wellek，1903-1995）從新批評的立場出發，在《文學理論》一書的〈文學作品的存在模式〉一章中，確認了文學作品之文本存在的模式，即修辭的結構模式。威勒克的合作者奧斯丁·華倫（Austin Warren，1899-1986）在該書中詳細論述了構成這個模式的各個修辭因素及相互關係。這些因素以語言為存在基礎，主要有意象、隱喻、象徵和神話。這四

[110] Cleanth Brooks. *The Well Wrought Urn*. (New York: Harcourt Brace, 1947), P. 195.

個因素，在加拿大文藝理論家諾斯洛普・弗萊（Northrop Frye，1912-1991）的《批評的剖析》一書中，成為原型結構的基本成分。確立這四者的作用，為形式主義認識論從語言文本向詩學文本的擴展提供了條件。

到二十世紀中期，結構主義者比新批評家的看法又進了一步。結構主義者認為，語言研究和修辭研究有所區別，後者是從語言學向詩學的推進，二者的聯繫是直接的。例如，在英語中「意象」一詞有兩種說法，一是 image，再是 imagery，前者指用語言描述的視覺圖像，也就是語言利用想像而對內審感覺的啟發；後者不是單純的視覺圖像，而是具有含義（meaning）的形像，這個含義使描述性的語言成為蘊意的諷喻（allegorical）語言，即詩學的語言。

從語言形式向修辭的推進，預示了形式主義的解構。二十世紀後期的美國解構主義批評家希利斯・密勒（J. Hillis Miller，1928-）在〈尋求文學研究的立場〉一文中，從文學批評史的角度，反省了批評的各種立場，為形式主義的立場進行了闡發，確認了解構主義批評的形式主義出發點。但是，他同時也指出了形式主義文學批評在立場上的歸宿點，即從自在自為到他在他為。形式主義將語言模式之外的其他模式，視為文學本體之外的模式。從這些立場出發的批評，被稱為外在批評。在形式主義者眼中，外在批評忽視甚至否認了文學的自在方式，因而他們主張內在批評，認為文學以文本的方式存在著，是一個自治的存在。如果我們從密勒為他的解構主義批評所設定的形式主義立場出發來看待文學，文學便可以被看成是文本的語言與修辭的存在。由於詩學的修辭以語言為前提，而語言本身又涉及闡釋的悖論，因此文本一方面借修辭因素而進行詩學的說明，一方面卻又在破壞這種說明。所以密勒在總結解構主義的形式主義立場時說：

> 我所說的批評，強調兩個方面。一方面是修辭批評，即對任何一種體裁的作品所具有的轉義（trope）進行的研究；另一方面是對任何一種體裁的文學作品講故事的方法的研究。講故事的方法是指開端、中段、結尾和潛在的邏各斯的結合，還指這種方法本身在講故事的同時對所講述的故事進行的干擾和解構。這樣的雙重強調，旨在打破體裁間的界限，並且承認小說中轉義的基本作用，以及抒情詩講故事的方式和因此而被當成敍事作品來看待的可能性。這樣的雙重強調，也旨在承認從轉義的角度閱讀哲學作品的方法，或者通過哲學作品講述的故事來進行閱讀的方法[111]。

這就是說，批評是對文本的含義和含義之表述方式的闡釋。就作品而言，在語言和語言的使用之間，有一個張力，形式主義批評強調張力的範圍，這是從語言到修辭的範圍。就批評而言，形式主義的張力，也是在語言和修辭之間。密勒的解構主義，實際上從形式主義立場出發而對形式主義本身表示了全面的懷疑。這反映瞭解構主義對文本之自在性的懷疑。

---

[111] Hillis Miller. “The Search for Grounds in Literary Study” in Robert Con Davis and Ronald Schleifer. eds. *Contemporary Literary Criticism* (New York: Longman), 1989. P. 577.

二、文本的意向

對解構主義者而言，這種懷疑牽涉到文本的意向問題，因為文本的意向有外在和內在二者，外在意向指作者書寫文本的意圖和目的，例如張炎寫作《詞源》的目的是復雅；內在意向指文本的內在結構，該結構使這個意向將文本的各個方面和不同層次整合起來。二十世紀後期的美國解構主義批評家保羅•德曼主張文本的內在意向，同時又以文本的意向去解構形式主義的新批評。德曼的觀點對本書之蘊意結構尤有意義，因為張炎詞論的復雅目的，用德曼的術語說就是文本的意向。儘管張炎在《詞源》中沒有討論「雅」的問題，但這一意向，卻將《詞源》論及的所有問題整合了起來，並構成了一個以清空為中心的整體結構。更重要的是，文本之外在意向和內在意向的關係，是本書得以將張炎詞論的內在研究同其外在語境相聯繫的關鍵，本書正是因此而得以在宋末元初的社會歷史背景和宋詞之發展的歷史文化語境中，來闡述張炎詞論的意義和價值。

如前所述，新批評首先否定文本的外在意向，認為由各種外在因素所決定的作者的寫作動機與文本的內在含義無關，因而反對通過意向闡釋文本。但是，由於文本有著內外兩種意向，於是結構主義便將意向形式主義化了，使意向成為文本存在的一種方式。

德曼指出，文本的內在意向與外在意向雖然不同但有聯繫，內在意向雖然脫離了作者而屬於作品，但它也是主觀的，所以德曼才稱文學作品為意向客體（intentional object）。德曼論意向時從對新批評的批評入手，他談到了詩人的意向與詩本身的意向。新批評家們強調文本存在的客觀性，否認詩人的意向，認為文學作品是一個客觀自在的實體。德曼認為新批評的一個盲點是對文本自身的主觀性視而不見。他用比喻來闡述這個問題：

> 當獵人瞄準一隻兔子時，我們可以認為他的意向是要食用或者出售這只兔子。在此，瞄準便從屬於瞄準這個行為之外的另一個意向。但是，當他向一個人造的靶子瞄準時，他的行為便不會有別的意向，而是為瞄準而瞄準。這個意向構成了一個完美的封閉和自律的結構[112]。

這樣，作品自身便有一個內在的目的，或曰意向。按照德曼的看法，這個內在的意向，是文本存在的中心，它的輻射範圍，便是作品的各種修辭設置之活動的張力場域。為了闡述這個問題，德曼還用了木匠和椅子的比喻[113]。他說，木匠製作椅子的部件，是為了組裝一把椅子，這些部件的結構方式，體現了「被坐」的意向。因此，木匠製作椅子時的「被坐」意向和椅子自身結構的「被坐」意向有所不同但也有聯繫。德曼說，椅子之結構的意向決定了成品的部件之間的關係，而木匠製作椅子時的具體動機，與椅子本身的「被坐」意向之間，儘管可能會是一個偶然的聯繫，但這聯繫的確是存在的。新批評家認為通過作者的意向去解釋作品，會破壞作品之文本存在的客觀完整性，德曼則認為，意向的存在不僅不是對作品之整體性的破壞，反而有助於這個整體的確立。

---

[112] Paul de Man (1983), p.26.

[113] Ibid., p. 25.

德曼認為，文本的意向是既存的，批評家的工作是去發現這個意向及各種關係，因此他反對批評家去為文本建立另外的關係。按照德曼的觀點，新批評和結構主義的問題，是給文本憑空添加了一個它本身所沒有的結構，結果破壞了文本的意向，造成了誤讀和誤解。於是解構主義的任務，就是要拆除這些人為的結構，從而去發現作品本身的含義。德曼在講到德國闡釋學派哲學家海德格爾（Martin Heidegger，1889-1976）關於闡釋的悖論時說：

> 對一個意向行為或一個意向客體的解釋，總暗含著對意向本身的理解。……要解釋一個意向，只意味著要去理解它。在已經存在的現實中，不用添設什麼新的關係，而要去發現那些本來就已存在於其中的關係。這不僅是那些關係本身，而且更是那些為我們而存在的關係[114]。

這些關係是文本的內部關係，海德格爾稱之為先在知識（foreknowledge），德曼指出，「對詩歌文本的闡釋者來說，這種先在知識就是文本本身。只有當他理解了文本，暗含的知識才顯示出來，並全面展示那些本來就已經存在著的事物」[115]。德曼的解構主義，也針對新批評的同樣問題，他認為新批評忽視了文本的意向性。新批評家們認為文學作品是一個客觀存在的自然客體，解構主義者認為文學作品不是自然客體，而是一個主觀的意向客體。

德曼對新批評的的解構，實際上肯定了文本的外在意向同文本的內在意向之間的關係，這使我們看到，文本的內在意向一方面同

[114] Ibid., p. 29.

[115] Ibid., p. 30.

作者相關，另一方面又同讀者相關，所以文本的內在意向是意向問題的中心。如前所述，張炎寫作《詞源》的目的是復雅，這是《詞源》文本的外在意向，他指出了這個外在意向，但沒有討論之，而其內在意向則是通過倡導清空來實現復雅的目的。作為《詞源》之中心概念的清空，存在於形式、修辭、審美、觀念四個層次上，張炎詞論因復雅的目的而使這四個層次貫通起來，並形成了清空詞論的蘊意結構。換言之，張炎為了復雅而在形式、修辭、審美、觀念四個層次上倡導清空，使這四個層次得以整合起來，並構成了以清空為中心的整體結構。事實上，我們在此已經看到，為了復雅而倡導清空，不僅是《詞源》文本的外在意向，也是《詞源》文本的內在意向，這兩個意向是合而為一的。

三、語言視界與視界的融合

本書的「蘊意結構」之所以將張炎《詞源》的四個層次統合起來，還得益於伽達莫爾之闡釋學關於語言的視界以及視界融合的理論。這個理論，有助於我們通過張炎詞論的語言，而穿透形式的層次，並達於其他層次。

伽達莫爾的闡釋學，主要有三個方面，即語言研究、歷史意識和審美體驗，而他有關「語言視界」和「視界融合」的概念則是其闡釋學的基礎，也是西方當代文本理論的一個重要基石。伽達莫爾在其名著《真理與方法》中，用「地平線」（horizon）一語來指視界。按照字典上的通常解釋，地平線的含義主要有二，一是天地相接處的弧線，二是人之視覺感官的感知極限。在這二者中，「相接」和「極限」涉及了伽達莫爾之視界概念的本質，這就是視野的範圍。伽達莫爾用「視界」來指語言和被語言所再現的世界的關係時，並沒有直接使用視界一詞的本義，而是形象地使用了這個術語的引申含義，使之成為一個有關語言的概念。本世紀初期的德國現象學哲學家胡塞爾（Edmund Husserl，1859-1938）在談到歷史問題時，用視界來指體驗的極限，指往昔體驗與未來體驗的交界和連接，指體驗的整體性和時間的連續性。伽達莫爾是胡塞爾的再傳弟子（胡塞爾是海德格爾的老師，海德格爾則是伽達莫爾的老師），在伽達莫爾的闡釋學中，視界的概念被引入了語言領域，指作品的含義所涉及的範圍，它可能超出了作者的原本意圖。與胡塞爾相仿，伽達莫爾的視界也以流動性和時間性為特徵，因而具有整體性。

關於語言和被語言所描述之世界的關係，伽達莫爾說：「語言與世界的根本關係，並不意味著世界變為語言的對象，而是意味著這個知識和陳述的客體，被包含在語言的視界中」[116]。這樣，語言就成了被闡釋的對象。批評家對語言的闡釋，處於存在的表層，而語言所包含的世界，卻處於存在的深層。因此，闡釋者不得不穿透表層的語言而達至深層的世界。換言之，語言本身並不能說明世界的一切，但卻提供了闡釋這一切的可能。這既是語言的有限性，也是語言的無限性。我們看到，伽達莫爾關於語言視界的概念，有三個特點，即語言的限制性、客觀性和相對性。限制性指視界為語言表述的範圍所劃定的疆界，客觀性指語言作為被闡釋的客體而存在

[116] Hans-Georg Gadamer. *Truth and Method* (New York: The Crossroad Publishing Company, 1982), P. 408

的狀態，相對性是針對限制性而言的，指語言疆界擴大和變化的可能性。

美國當代學者溫歇馬爾（Joel C. Weinsheimer）對伽達莫爾的闡釋學進行了權威的闡釋，他認為語言視界的概念，主要是關於理解方面的。在《伽達莫爾的闡釋學》一書中，他這樣闡述限制性：「理解的情形就是視界，它為我們從某一視點看到的一切，劃定了界線。然而視界的概念卻又暗示我們可以超越這個視點」[117]。在此，溫歇馬爾並沒有將我們為語言視界總結出的三個特徵割裂開來。不僅如此，他還強調了限制性和相對性之間的辯證關係。他說，語言的視界是對理解的限定，但語言本身是開放的、韌性的，因而被限定的範圍便可以增大。

在視界的三個特徵中，相對性最為重要，它引出了伽達莫爾關於視界融合的觀點，此觀點對伽達莫爾的闡釋學至關緊要。法國當代闡釋學哲學家保羅・利科（Paul Ricoeur，1913-2005）在談到這個問題時說，相對性指出了語言與闡釋者之間的互動關係，這一互動是闡釋學的開端。他在〈從存在主義到語言哲學〉一文中寫到，語言的客觀性「並不是隱藏在文本後面的什麼事物，而是針對讀者的一個條件。也就是說，解讀必須從文本開始」[118]。這與伽達莫爾的視界融合論相關。他進一步說：「當讀者的世界與文本的世界相

[117] Joel C. Weinsheimer. *Gadamer's Hermeneutics: A Reading of Truth and Method* (New Haven: Yale University Press, 1985), P. 182.

[118] Paul Ricoeur. *The Philosophy of Paul Ricoeur: An Anthology of His Work*. eds. Charles E. Reagan and David Stewart (Boston: Beacon Press, 1978), P. 90.

互接觸時」，視界的融合也就開始了[119]。通過溫歇馬爾和利科的闡述，我們可以這樣看伽達莫爾之視界的特徵：限制性是客觀性的前提，這二者又合起來形成了相對性的基礎，而相對性則把我們引向了闡釋學。三者的互動，可以幫助我們更好地理解伽達莫爾的視界概念。首先，限制性為語言或文本勾劃出了外形。其次，限制性的功能也就因此而可以使語言客觀化。第三，在形而上的意義上說，雖然視界的邊線限定了語言客體的外形，但這一外形是韌性的、可變的，當闡釋者在語言的中心移動視點時，語言的外形也就隨之變化。正因此，語言並沒有固定的客觀含義，其含義依闡釋者的位置而變。溫歇馬爾說：「然而由於（視界的）環形之故，人文科學並不客觀……。語言的世界只能從內部來理解，也正由於其處於內部，所以不客觀」[120]。這樣，限制性和客觀性所構成的基礎，便揭示了視界的相對性。在我看來，限制性和客觀性的功能，正是在於賦予語言視界以相對性這一最重要的特徵。唯其如此，相對性才得以幫助讀者去穿透表層語言而達到深層世界。

上述三特徵的功能為我們引出了「思辯」的問題，這是伽達莫爾語言觀的中心。此中心的形成，是因為伽達莫爾之語言辯證法中的對立和矛盾因素。利科曾這樣談伽達莫爾：「在我眼裏，對立雙方的矛盾，是伽達莫爾哲學的主導，這是拉開距離的異化和尋求歸屬的行為之間的對立」[121]。因此，要討論加達莫爾語言視界的思辯

---

[119] Ibid., p. 91

[120] Weinsheimer (1985), p. 248.

[121] Paul Ricoeur. Hermeneutics and Human Sciences. ed. and tran. J. Thomson (Cambridge: Cambridge University Press, 1981), p. 131.

問題，便不能迴避對立雙方的矛盾，而應從語言與世界的關係開始，通過視界的融合，達到歸屬問題。

儘管伽達莫爾擔心，如果不給語言作內容和形式的區分，那麼語言視界的融合，就會變成被語言所描述的世界的融合。但是，由於語言的客觀性和相對性並存，伽達莫爾並沒有真正去給語言作內容和形式的劃分。所以在談到語言對世界的體驗問題時，伽達莫爾說：「在闡釋學的體驗中，我們面臨的語言學意義上的內容和形式，是不能分離的」[122]。他進一步引申德國早期哲學家威廉・馮・洪堡（Wilhelm von Humboldt，1767-1835）的語言觀說：「語言並沒有獨立於世界，世界存在於語言之中」，語言是對世界的再現，「因此語言之人性的原義，同時也就意味著人存在於世界中的根本的語言學品性」[123]。他說，語言的應用使人得以超越自身的棲居之地，得以進入世界本身，進入一個真正的生存環境。人對世界的自由，正通過語言的應用來實現。語言的這些功能，顯示了人對世界的態度。

按伽達莫爾的說法，世界因語言而形成，世界是開放的，可以擴展的。這是視界融合的關鍵。在語言觀問題上，當代美國理論家湯瑪斯・麥卡瑟（Thomsa McCarthy）指出過伽達莫爾同維特根斯坦的不同，他說，伽達莫爾的語言是開放的，而維特根斯坦卻是封閉的。在伽達莫爾的語言系統中，存在著闡釋者與語言和世界的交流。他指出，伽達莫爾語言觀的要義，在於闡釋行為與視界融合的關係[124]。不過，照當代德國思想家哈貝馬斯（Jurgen Habermas，

[122] Gadamer (1982), p. 399.

[123] Ibid., 401.

[124] Thomas McCarthy. *The Critical Theory of Jurgen Habermas* (Cambridge: The

1929-）的說法，視界的融合也意味著並不存在一個正確的解讀，也沒有什麼最終的有效闡釋[125]。然而，所謂正確、最終和有效，並不是伽達莫爾關注的事物，他關注的是多種闡釋的可能性，這一可能性是視界融合的要義。

洪堡認為，不同的語言負載著不同的世界觀。語言之間的碰撞和世界觀之間的碰撞，便是視界的融合。溫歇馬爾解釋說，由於視界融合，闡釋者便不必離開自身的語言，而能夠「獲得一個新的視界，並因此而擴展原有的視界，這給觀照、探討和理解提供了可能」[126]。每一語言都有自己的視角，它與某一世界觀相對應，這是語言的有限性。世界是無限的，一種語言只對應於世界的一個方面，它不能窮盡世界的全部。視界的融合，給闡釋者提供了更多的視角和世界觀，使闡釋者有可能走向無窮的世界。視界融合的這一功能，也給語言以無限性。伽達莫爾說：「每一語言都潛在地包含著其他語言，每一語言都有能力延伸向另一語言。每一語言也都有能力從自身內部去解讀另一語言所承載的世界觀」[127]。因此我們看到，視界的融合使單面的語言變為多面，從而也使語言能與多面的世界相呼應。

伽達莫爾關於視界融合的概念，與他關於歸屬的概念密切相關。溫歇馬爾就此寫道：「對伽達莫爾而言，語言就是歸屬的所在，在那裏，主體與客體、思想與世界，得以相會。精確地說，那是它

MIT Press, 1981), p. 173.

125 Ibid., p. 174.

126 Weinsheimer (1985), p. 244.

127 Gadamer (1982), p. 406.

們被意識的反映割裂開來之前，棲居一體的處所」[128]。歸屬的概念涉及語言、闡釋者和世界的融合。伽達莫爾把歸屬問題放在對世界的語言體驗的背景下，考察了自古希臘哲學家帕曼尼迪斯、柏拉圖，到目的論、現代科學和德國唯心主義及黑格爾以來，形而上學對歸屬概念的界定。他說，歸屬的概念來自語言的中心，它處在闡釋的客體和主體之間，並與闡釋的體驗相對應。他在這裏引入了闡釋行為中兩個極重要的概念：傾聽和被告知。伽達莫爾說：「如果我們在主體和客體之間為歸屬的概念尋求定義，那麼我們就必須考慮到一個有關傾聽的特別的辯證關係。我們並不僅僅是說，傾聽者正在被告知，而且是說，這當中有一個因素，即被告知者也正在傾聽，而且不管他想不想傾聽，他都在傾聽」[129]。我對伽達莫爾這段論述的理解是，被告知是闡釋過程中的被動行為，而傾聽則是主動行為。二者的辯證關係是：如果沒有文本、沒有述說者、沒有告知者，闡釋者的傾聽便會一無所獲。因此，被告知是傾聽的前提，但傾聽卻是闡釋過程中的主導行為。在闡釋的體驗中，傾聽和閱讀是闡釋者的主動行為。

這一主動行為，也表現為思辯。伽達莫爾向黑格爾借用思辯一語，說明了形而上學辯證法和闡釋學的共同之處。伽達莫爾認為，由於語言的有限性折射著它所包容的無限性，所以語言本身是思辯的。在《哲學闡釋學》一書中，伽達莫爾談到過事物的本質和事物的語言，他說語言的功能是喚起對事物之存在的記憶[130]。在《真理

[128] Weinsheimer (1985), p. 249.

[129] Gadamer (1982), p. 44419-420.

[130] Hans-Georg Gadamer. *Philosophical Hermeneutics*. tran. and ed. David E.

與方法》中，他在語言的中心構建了一個思辯的結構，並說：「詩的陳述是思辯的，因為它沒有去反映已經存在的現實，沒有按實質的順序去再造一個物種的表像。相反，它在詩歌創造的想像材料中，再現了一個新世界的新符號」[131]。這種思辯關係是有限與無限的仲介，它將我們帶回到了前面談到的語言的限制性問題上。於是我們發現，伽達莫爾關於在語言中心存在著思辯結構的觀點，實為一個循環，它與語言視界的弧形邊線相對應。在形而上的意義上說，如果我們把視界的限制性特徵看成一個圓環，那麼思辯結構的循環就應該被看成是另一個圓環，二者相互重合。

伽達莫爾之闡釋學對本書之張炎詞論的研究，有何啟發意義？如前所述，伽達莫爾的語言系統較之維特根斯坦的語言系統是開放的，它來自語言視界的相對性特徵。由於同樣的原因，伽達莫爾的闡釋學世界，也比形式主義的文本世界大得多，他把語言（文本）、解讀（讀者）和語言所描述的世界聯繫了起來，而形式主義卻只關心文本。如果我們在對張炎詞論的研究中借鑒伽達莫爾的闡釋方法，我們就可以一方面超越《詞源》文本的局限，而從宋末元初的歷史和宋詞的發展角度，來解說《詞源》，另一方面從形式、修辭、審美、觀念這四個不同的視角來觀照《詞源》文本，並將這四個視角的視界融合起來，為《詞源》構建一個相對完整的理論體系，即張炎詞論的蘊意結構體系。

在對張炎詞論的研究中，我希望做的是，借助伽達莫爾闡釋學關於語言視界的開放性和視界融合的理論，借助其語言中心的思辯

Linge (Berkeley: University of California Press, 1977), p. 72.

[131] Gadamer (1982) p. 428.

結構，來將張炎《詞源》的形式、修辭、審美和觀念四個層次整合起來，從而立體地認識張炎清空詞論以「清空」為中心的蘊意結構，以及這個結構的復雅意向。

四、蘊意結構與世界觀

德曼關於意向客體的解構主義文論，使形式的層次與修辭的層次得以貫通，而伽達莫爾關於語言視界之融合的闡釋學理論，又使這兩個層次得以同審美的層次相貫通。雖然本書將在後面的第三章第三節討論張炎詞論在審美層次上的意境問題，但由於意境以意為要，因而又與觀念的層次有了關聯。在觀念的層次上，張炎討論了意趣問題，是為其詞論的歸結點。本書對蘊意結構之說進行理論的匡正，在觀念層次上主要借鑒二十世紀法國理論家戈爾德曼的「發生結構主義」理論。

戈爾德曼的理論，重在其蘊意結構或「有意味的結構」之說。作為馬克思主義的社會學派批評家，戈爾德曼把文學作為一種特殊的社會現象來看待。在論文《社會結構與若干結構的集體意識》中，戈爾德曼說，人類現象是一個整體，人類所經歷的過程總是包含著意識，這個過程在延續中很少中斷，意識也總是整體的。這種整體感使文學研究能夠從個別結構（例如審美層次）轉入另一個結構（例如觀念層次）去進行宏觀把握。這種整體結構，既涉集體意識，又具有歷史性。

發生結構主義以集體意識為實質的結構，被戈爾德曼稱為「有意味的結構」，其特徵是結構的內在一致性。作品的不同因素之間，存在著必然的聯繫，包括內容和形式的若干方面，它們構成為一個集合體。一部作品的全部要素構成一個有效的集合，一個作家的全部作品也是一個集合。只要不被瑣碎、複雜的表像所迷惑，我們便可以看到，一個流派，一種思潮，甚至一個時代，一個民族的文學也是一個集合體，其關鍵，在於文學現象的內在一致性，這是結構的根本原則。張炎詞論的內在一致性，不僅在於其以清空為中心，也在於其復雅意向。

戈爾德曼從哲學的高度闡釋了文學和理論的內在一致性。他說：

> a. 偉大的哲學、文學和藝術作品的內在結構，在極高層次的意義上說是一致的，這就是它們所表達的人面對人際關係和人與自然的關係提出的基本問題時所表現出來的普遍態度。……；
>
> b. 在特定的時代裏，這樣或那樣的世界觀的現實化，來源於具體的環境，……；
>
> c. 在這些群體裏，結構上的一致並不是靜態的現實，它在實質上是動態的，這種一致便是有意味的結構。個人的思想、情感和行為，都直接趨向於它。這是被大多數群體所實現的獨一無二的結構……[132]。

---

[132] Lucien Goldmann. *Sociological Method of Literature* (Oxford: Blackwell, 1981), p. 75.

戈爾德曼認為，一部作品的若干構成因素之間的相互依賴，使有意味的結構得以成立。因此，要分析、研究、解釋這個既存的結構，必須揭示其內在一致性，這就要求批評家重構文化背景。本書研究張炎詞論，既看重德曼的意向客體之說，又強調張炎的個人生活經歷、家庭背景和社會歷史變遷，原因就在於這一切使張炎詞論有了清空和復雅的內在一致。

不僅如此，戈爾德曼之理論的獨到之處還在於，通過結構原則的不同，來把作品從它所賴以產生的背景中分離出來，使之不至於成為某一思想和社會的從屬產品。戈爾德曼在〈文化史中有意味的結構的概念〉一文中寫道：「當把文學、藝術和哲學著作的一致性和內在結構，從附屬於觀念社會、政治和經濟運動中分離出來時，人們便能看到，在這些背景的層次上對有意味的結構進行考察的重要性」[133]。

戈爾德曼將有意味的結構中所體現的一致的集體意識，稱為「世界觀」，這既是是有意味的結構的實質，也是文學作品的實質。在〈哲學史中「世界觀」概念的使用〉一文裏，戈爾德曼對世界觀進行了界定和闡述。其要點是，首先，發生學結構主義所謂的世界觀，是對人與他人以及人與宇宙之關係的一貫的、整體的看法。其次，世界觀是社會的產物，是思想、情感、行為方式的統一體，而不是某一單個人的意志，在特定的條件下，它被強加於人，使人在相似的經濟和社會情勢中得以發現自己。第三，世界觀與社會群體和特定的歷史情形相聯繫，它在此基礎上構成了具有一致性的人類

[133] Ibid., p. 81.

特徵的集合體。雖然世界觀具有極大的超越性，但它畢竟植根於社會和歷史的現實，因此它有助於理解任何一個思想體系的歷史作用和基本意義。最後，既然世界觀將人類對具體歷史情形的無限多樣的不同反應整合了起來，那麼哲學史、文學史、藝術史便構成了一個通向哲學人類學的有效途徑。可以說，建立世界觀的類型學是對理解人和人性的最基本的貢獻，而這種類型學必定是對文學現象進行具體分析的結果。

戈爾德曼對於世界觀概念的界定和闡述，使他的發生結構主義在理論上有了堅實的依據，所以他自信地說：「如果存在人類本質的話，它只能通過對人性、生活和行動的實質研究，才能夠被認識。換句話說，在通過歷史而對它進行的最後分析中，哲學的歷史構成了整體的不可分割的部分」[134]。這是格爾德曼理論的要義。

至於說張炎的詞論，正如本書在行文過程中反覆說明的，他的清空之說意在復雅，而復雅的意向，又來自宋末元初特定的社會歷史變遷。雖然德曼的意向客體具有一定的自在性特徵，但由於張炎之復雅意向的社會歷史特徵，清空詞論的蘊意結構，便不是一個封閉的形式主義自在結構，而是有著深刻的歷史文化根源和社會政治原因。

有了上述理論的匡正，本書的下一章將分別在形式、修辭、審美、觀念四個層次上討論張炎清空詞論的蘊意結構，以及各層次間的關係。

---

[134] Ibid., p. 115.

第三章　清空詞論的蘊意結構

本書在第二章裏闡述了張炎詞論的外在語境和內在關係，從中概括出了「蘊意結構」，並對其進行了理論說明。因此，本章得以在蘊意結構的框架中，於形式、修辭、審美和觀念四個層次上，對張炎詞論作進一步探討，也藉此進一步闡述「蘊意結構」之說。

第一節　形式層次：虛字的功能

文學作品最基本最外在的形式因素是語言，張炎詞論對語言形式的討論，專注於遣詞造句。在張炎詞論中，使用虛字是遣詞造句的一個重要方面，換言之，虛字的使用處於張炎詞論之蘊意結構的形式層次。

本節旨在說明，在詞的創作中，虛字在句首用作領字，具有結構和組織的功能。所謂結構功能，指虛字作為詞中領字而對詞從一行到另一行、從上片到下片之發展過渡和演進所起的作用。所謂組織功能，指虛字作為領字而對詞中圖像意象進行組織的功能。這兩個功能的目的雖然不同，但最終都是為了達意。

一、虛字與清空

本書在導論中已經談到，加拿大學者方秀潔認為，張炎所主張的遣詞造句，唯在使用虛字，而所謂「清空」便是儘量多用虛字[1]。本書作者不能苟同這一觀點，因為這種觀點過於片面，有斷章取義之嫌，未能從《詞源》文本的整體關係上去盡可能全面地把握張炎詞論，而只看到了「清空」的一個方面。方著之所以如此孤立地討論張炎，是因為方著研究吳文英，要替吳文英的「質實」申辯。張炎在《詞源》中提倡姜夔的清空而不提倡吳文英的質實，所以方著才反對張炎的褒姜貶吳。

從語言學的角度看，虛字沒有語義的功能，唯有造句的結構功能[2]。與虛字相對的是實字，有著具體的語義。如前所述，張炎反對在詞中堆砌實字的「質實」之病，認為善用虛字是避免質實的一個有效途徑。在張炎看來，「質實」是吳文英詞的重要特徵，而「清空」則是姜夔詞的重要特徵。事實上，清空也是張炎詞和詞論的重要特徵。由於質實與清空相對，而質實是堆壘實字，所以善用虛字便是避免質實、求取清空的一種方法。由於此處「質實」、「清空」、實字、虛字之間邏輯關係的微妙和細膩，方秀潔沒有看到使用虛字只是求取清空的方法之一，因而才將清空誤讀為多用虛字。

---

1 Grace S. Fong (1987), p. 63-66.

2 參見李秉傑《國文虛字實例》，臺北：學生出版社，1976，第 13 頁。

張炎所說的使用虛字，主要是詞的寫作技巧，不完全是美學概念。在詞的寫作中，虛字用作句首的領字，即一行開頭引領起句之字，使句子之間承上啟下的過渡，能夠順暢而自然，並在句與句、段與段之間，求得內在的連續性，同時也使詞的閱讀能夠流利而不滯澀。在《詞源》的〈虛字〉一節，張炎寫道：

> 詞與詩不同，詞之句語，有二字、三字、四字，至六字、七字、八字者，若堆疊實字，讀且不通，況付之雪兒乎？合用虛字呼喚，單字如正、但、任、甚之類，兩字如莫是、還又、那堪之類，三字如更能消、最無端、又卻是之類，此等虛字，卻要用之得其所，若能盡用虛字，句語自活，必不質實，觀者無掩卷之誚[3]。

張炎在這裏所看重的是讀得通、能唱誦（即「付之雪兒」）以及語句活絡，是為避免質實、善用虛字之原委。虛字與實字的關係，同清空與質實的關係，有對應之處。在這對應中，張炎提出了三個要點。其一，如果未能善用虛字，則詞難以唱誦，蓋因虛字與詞的音樂性相關，善用虛字有助於詞樂的流暢。其二，「若能盡用虛字，語句自活」，是說虛字有助於詞句結構的靈活性和可動性，能使詞活起來。張炎的「盡用虛字」一語，意即用盡虛字之長，以避免實字之短。方秀潔將張炎這四個字解為「儘量多用虛字」（If as many as possible of these empty words are used）[4]，林順夫則將其解為「善

---

[3] 張炎《詞源》，見《詞話叢編》第 1 卷，第 259 頁。

[4] Grace Fong (1987), p. 63.

用虛字」(if one uses function words well)[5]。我認為方秀潔之解不確,誤讀了張炎的「盡」字,沒有看到前面「用之得其所」的上下文語境,而採用了孤立的字面直譯。張炎的「盡」乃盡得其所、盡善盡美之意,所以林順夫之解比較接近張炎本意。其三,一旦虛字的作用得到了盡可能的發揮,詞句之承上啟下就會運行自如,詞句之過渡轉折,也會順暢自然、遊刃有餘。這樣,詞的質實之短就得以避免。

音樂的一大藝術特徵,是在時間的維度裏流動。與此相應,詞作為可以詠唱的詩,其生命力的一大特徵,便是那流動的音樂感。張炎關於善用虛字的三個要點,因這流動的音樂感而相關互動。就第一點而言,詞的詠唱,從一行到下一行、從一節到下一節,都遵隨音樂節奏的時間性,求得語義和結構的流動與過渡,重在句子語義的連續性和句段結構的內在一致性。就第二點而言,張炎文本中「句語自活」的「活」字,指詞之閱讀的流暢和詠唱的可能性,這使詞得以避免「質實」之病,正如張炎所言,「必不質實」。因此,「活」字在此指的也是詞的流動的音樂感。在《詞源》中,張炎用形象的語言,來描述這種活的音樂感,說姜夔的詞「如野雲孤飛,去留無跡」(當然,這句話還有其他含義,本書將在後面進一步解讀)。一方面,江夔在詞中善用虛字,其詞之閱讀誦唱都如行雲流水一般順暢。另一方面,若用象徵或比喻來說,則閱讀姜夔之詞,猶如仰望長空的雲捲雲舒,讀者幾乎看不到天上行雲的具體流動,

5 Shuen-fu Lin. *The Transformation of the Chinese Lyric Tradition: Chiang K'uei and Southern Sung Tz'u Poetry* (Princeton: Princeton University Press, 1978), p. 135.

卻又能感受這一流動，詞的音樂感就是這般自然而然的不經意的流動。就第三點而言，既然張炎將清空與質實相對照，並說善用虛字能使詞之語言活絡而生動，這就是說，虛字能給詞句以必要的空間，使音樂的流動得以實現，使質實得以避免。因此，張炎此處的「活」字，在遣詞造句的形式層次上，是「清空」的同義語，是對「清空」概念的形象表述。要之，詞在形式層次上的清空，便是活與動；在清空與質實的對照中，善用虛字是詞在形式層次上之結構技巧的關鍵環節。

二、領字、虛字、實字與結構功能

為了進一步討論張炎關於詞之活的音樂動感的問題，我們需要先說明虛字怎樣在詞中用作領字，且讓我們看張炎本人在這方面的實踐。張炎詞〈解連環・孤雁〉，以其善用虛字而著稱，全詞如下：

> 楚江空晚。悵離群萬里，恍然驚散。自顧影、欲下寒塘，正沙淨草枯，水平天遠。寫不成書，只寄得、相思一點。料因循誤了，殘氈擁雪，故人心眼。
>
> 誰憐旅愁荏苒。謾長門夜悄，錦箏彈怨。想伴侶、猶宿蘆花，也曾念春前，去程應轉。暮雨相呼、怕驀地、玉關重見。未羞他、雙燕歸來，畫簾半捲。

《全宋詞》第5卷，第3470頁

在這首詞中，句首的領字，有的是實字，有的是虛字，如上片第二行的領字「悵」為實字，而第六行的領字「正」則為虛字。詞中領字、虛字、實字三者各自的功能，以及三者相互間的關係與互動，是一個較為複雜的問題，直接與詞的舒展和流動相關，與詞意的表達和結構的安排組織相關。有的學者忽略了這種複雜性，沒有看到其與「清空」關係，故而只對虛字進行表面的分析。中國當代學者謝桃坊對張炎的這首詞進行過虛字使用的分析[6]。謝桃坊在其討論張炎詞的文章中說，這首詞裏的「恍然」、「自」、「正」、「料」、「誰」、「漫」、「也曾」、「怕驀地」均為虛字，他認為，正是這些虛字使這首詞具有內在的一致性，使過渡得以順暢。然而，從語法的角度看，謝文所列並非全是虛字，而是虛實皆有，其中的「料」和「誰」便是實字。虛字的的語法功能是結構性的，幫助詞的過渡，使各行各段得以合為一個整體。起結構作用的虛字並沒有具體的語義，不是結構主義語言學所說的那種「能指」(signifier)，不指稱某一專門的事物。謝桃坊將上述領字全部視為虛字，說明他對虛字的辨識存在兩個問題。首先是虛字的定義不清，因而未能在張炎詞和《詞源》的上下文中區分虛字和實字；其次，他將虛字和領字混淆了。

本書已經在語法學的意義上給虛字下過定義，說虛字是沒有語義、僅具結構功能的字。方秀潔在其對吳文英詞的研究中，回溯了中國學者對虛字和實字的語法探究，從近代的《馬氏文通》追溯到南宋的陸九淵(1139-1193)，說馬氏的虛字是指那些無具體所指但

---

[6] 謝桃坊《張炎詞略論》，北京《文學遺產》，1983 年第 4 期，第 86 頁。

修飾實字者[7]，如副詞、介詞、連詞、語氣詞之類，說陸九淵的虛字也是那些無所指者，而實字則有所指[8]。方秀潔解釋陸九淵說，「實字具有可視的或圖像的所指，虛字則沒有具體的所指」[9]。用這樣的定義來看謝桃方所列出的虛字，張炎詞中的「料」和「誰」便很難被囊括其中，因為前者是動詞，涉及具體的心理狀態和動作，而後者是疑問代詞，指某個具體的人。謝桃坊的問題，在於虛字與領字的混淆，他沒有意識到實字也可以作領字。當然，這一混淆有歷史的原因。在南宋時期，由於缺少恰當的語言學和詩學的專門術語，領字一律被稱為虛字，而且詞中領字中的絕大多數也的確是虛字[10]，就像張炎〈解連環・孤雁〉的情況一樣。所以，直到晚近的清代，詞中的領字和虛字也時有混淆者。瞭解這種歷史的混淆，不僅有助於我們認識虛字和實字的不同，也有助於我們瞭解二者之功能的不同。方秀潔說，儘管二者都可以作領字，但虛字具有結構的功能，而實字則沒有[11]，這便是為什麼詞的領字絕大多數都是虛字。

虛字的結構功能，一是連接，二是過渡，二者緊密相關，因為句與句、段與段的連接，其間必有過渡的因素。方秀潔說，虛字位於一行的開頭，有時可以領起緊隨其後的一至四行，因而也就可以是一闋或一節的領字，對句和節的連接與過渡都起作用[12]。

---

[7] Grace Fong (1987), p. 57.

[8] Ibid..

[9] Ibid..

[10] Ibid., p. 60.

[11] Ibid., p. 67.

[12] Ibid., 60.

方秀潔的真正興趣，並不是虛字，而是作領字的實字，因為它們對「質實」至關重要。在對吳文英詞的研究中，方列舉了十多個作領字的實字，分別為動詞和形容詞「蕩」、「潤」、「過」、「帶」、「濺」、「印」、「澹」、「渺」、「燦」、「冷」、「爛」等[13]。儘管張炎主張虛字，但在他自己的詞作實踐中，也不可避免地會使用實字為領字，而吳文英使用得更多。此處的問題是，使用實字作領字，是否具有連接和過渡的結構功能。方秀潔對此持否定的看法，她寫道：「用動詞作領字，無可避免地會強調詞中的圖像，而圖像則顯然沒有結構上的引領或連接作用」[14]。為了說明這一觀點，方秀潔引用了夏承燾的說法，並進行了發揮：

> 說到吳文英的詞，由於缺少虛字，所以其結構和流動便倚賴於潛在力量所具有的內在過渡的方法。這種方法聽起來比較神秘，但卻點出了吳文英詞的要害，這就是不在乎表面上的連接，但強調詞之潛在含義所具有的內在連接功能[15]。

方秀潔在這兩段引文中所說的「顯然沒有」和「表面上的連接」，有助於我們理解虛字的結構功能，也有助於我們換個角度認識實字。在詞中，用虛字作領字而求得結構功能，使詞得以流動，是求取清空的一個途徑，即形式上的途徑。形式是文學作品的一種外在的表層因素，其結構功能是顯然的和表面上的。實字沒有這樣的結構功能，因而只能起潛在的或內在的作用。不管是哪一種情況，照

---

[13] Ibid..

[14] Ibid., p. 68.

[15] Ibid., p. 72.

方秀潔的說法，所謂結構的功能，就是要將表現和圖像的語言整合起來，從而使過渡成為可能，從而使詞獲得連續性和流動性[16]。

三、虛字與圖像

然而，由於圖像的介入，由於與實字的對比關係，虛字在此有可能不囿於形式層次的限制，因為究竟是用實字還是用虛字作領字的問題，涉及到方法問題，這不僅是選字，而且也是圖像的再現、情感的表達、思想的傳遞等問題。這個問題實際上是從形式向修辭的推進。林順夫在討論虛字問題時，也涉及到形式與修辭的關係。林順夫與方秀潔有所不同，他看重虛字的組織能力，例如用虛字來將詞中的圖像組織、整合起來的能力，當然，這其實也是一種結構功能。林順夫在他研究南宋詞的專著中寫道，虛字的主要功能是結構性的，「它們為詞作者的結構原則服務，統合詞中的圖像」[17]，以求詞的內在連續性和流動性。為了說明林順夫的觀點，我們在此簡要分析姜夔詞〈霓裳中敘第一〉，因為這首詞是用虛字來組織圖像的一個範例。此詞作於 1186 年，上闋如下：

> 亭皋正望極。亂落江蓮歸未得。多病卻無氣力。況紈扇漸疏，羅衣初索。

《全宋詞》第 3 卷，第 2175 頁

---

16 Ibid., p. 61.

17 Lin Shuen-fu (1978), p. 134.

詞中用作領字的虛字是第四行的首字「況」，它將前三行對詞作者之情形的描述，尤其是對健康狀況的描述，同後面兩行聯繫起來，使這五行具有一種結構上的連續性。頭兩行中的視覺圖像有江岸（亭皋）、江蓮、詞人（由動詞「望」、「歸」帶出）。這兩行描述詞人在江邊凝望，遠眺對岸、近視荷蓮，其目光由遠至近而達於對自身的觀照，並由視而思，歎息自己有家歸不得。第三行陳述詞人有家不能歸的原因，是由於自己的健康情形，而這一聲歎息，又使詞人思鄉之情更切。第四行開頭的領字「況」是語法上的跟進和轉折，引出詞人之歎息的更多原因。這些原因不僅是健康方面的，也是季節方面的，第四、五兩行指出了季節的更替，從夏入秋，冬已不遠，那即將到來的寒冷和寂寞，勾起了詞人的思鄉懷故之情，使詞人倍感客居他鄉的孤零。在中國文學的傳統中，自先秦的宋玉（約西元前 300 年）以來，秋景便是愁思的象徵。在宋玉的〈九辨〉中，起句便是秋天的離別和感傷之旅：「悲哉秋之為氣也」[18]。在姜夔詞上闋的最後兩行中，有兩個圖像，紈扇與薄衫。如詞人所言，時值夏末，紈扇與薄衫當置於一旁。在詞中，亂落的江蓮預示了秋天的到來，而旁置紈扇和薄衫也是對秋天的預言。從詞人之所見（亂荷）到詞人之所為（旁置紈扇薄衫）之間，有一過渡和轉折，由「況」字引起。在此，作領字的虛字「況」，既促成了這一過渡和轉折，又將不同的圖像有機地組織到了一起。所謂不同的圖像，乃因亂荷是詞人所見的視覺圖像，而紈扇薄衫則是詞人所旁置的動作對象。不同圖像的統

[18] 宋玉《九辨》，朱東潤主編《中國歷代文學作品選》，上海：古籍出版社，1979，上編第 1 冊，第 264 頁。

合，使詞人的目的得以達到：表達身在異鄉的孤獨、表達思鄉念家的情愫。「況」字所統合的圖像，以詞人為中心，構成了姜夔詞的結構，其結構模式是從視覺到動作和心情的轉折與過渡。

林順夫研究虛字的視角，是詩與詞之不同。他認為，詩中偶句的運用、對偶間的平衡、每句字數的相當，以及諸如此類的形式因素，將行與行連繫起來，使詩句獲得詩意發展的連續性。林順夫說，詞的格律不同於律詩，詞句長短不齊，因而傾向於非連續性和片斷性[19]。這樣，詞人就必須尋求另外的方式來求得詞的連續性和完整性。林順夫引用張炎《詞源》的〈清空〉一節，指出虛字的使用有助於獲得詞中的這種連續性，而這種連續性也是「清空」的一個方面[20]。

林順夫的論述，提示了虛字之於詞行之連續性的三要義：韻律、含意、情感。這三者間的關係，不僅僅在於詞行之結構上的連續性，或虛字表面上的組織能力，而且更在於深層的情感表達。林順夫寫道：「慢詞中的虛字，滿足了詞在結構上的基本需要，更增強了韻律的靈活性，增強了詞意的相關性，因而凸現了詞人表達感情的轉捩點」[21]。在林順夫所提示的結構上的連續性方面，正如我談到的姜夔詞〈霓裳中敘第一〉，虛字「況」用作領字，使詞作者能夠將零碎的圖像組織起來，並在這些圖像的相互關係和互動中，揭示詞的潛在含義。林順夫在這一點上比較了慢詞和小令，他說：「慢詞缺少行句間的平衡和統一，圖像的組合有如一系

[19] Lin Shuen-fu (1978), p. 135.

[20] Ibid., p. 135-136.

[21] Ibid., 140.

列片段的印象」[22]。這就是說，如果詞作者試圖通過詞中所描繪的圖像來表達詞的潛在含義，那麼就必得採用某種方法來將這些圖像組織起來，而虛字作領字便是這樣一種形式層面上的組織方法。詞中的每一個圖像，都有一定的含義，但不一定是這首詞的主旨。當各有含義的圖像被領字統合起來之後，這些圖像之間的關係，便可以揭示詞的潛在含義。正如江夔詞中的江岸、亂荷、紈扇、薄衫等圖像，看似各不相干，但經過「況」字的組合，便具有了從所見到所為和所感的發展過程，這就是一種內在的連續性，它揭示了江夔詞的思鄉主題。

四、從形式到修辭

進一步說，在林順夫所提示的表達情感和思想方面，詞作者得以用虛字而將自己對這些事物（圖像所代表的事物）的態度，同詞的主題聯繫起來。林順夫寫道：「詞的音韻是流動的，像波浪一樣起伏；毋庸置疑，這與人類情感的天性和情感的自然表達方式相對應。自從北宋以來，詩人採用詞的形式來表達他們溫馨而細膩的感情，表達他們對事物的認知，便不是一個偶然的現象」[23]。

由於虛字對詞中的圖像具有組織的能力，並進而涉及對感情的表達，因此也就涉及了表達的方式。於是，虛字的功能便在實際上超出了結構的形式層次，而企及修辭的層次。林順夫在談到表達感

[22] Ibid., p.141.

[23] Ibid..

情的方式時，談到過姜夔詞〈念奴嬌〉。為了說明詞中作領字的虛字同修辭的關係，我在此對姜夔的這首詞作一簡要分析。在這首詞中，姜夔的主要修辭方式是擬人手法，下面是這首詞，詞前有小序：

> 予客武陵，湖北憲治在焉。古城野水，喬木參天。予與二三友蕩舟其間，薄荷花而飲。意象悠閒，不類人境。秋水且枯，荷葉出地尋丈，因列坐其下。上不見日，清風徐來，綠雲自動。間於疏處窺見有人畫船，亦一樂也。朅來吳興，數得相羊荷花中。又夜泛西湖，光景奇絕。故以此句寫之。
>
> 鬧紅一舸，記來時、嘗與鴛鴦為侶。三十六陂人未到，水佩風裳無數。翠葉吹涼，玉容銷酒，更灑孤蒲雨。嫣然搖動，冷香飛上詩句。
>
> 日暮，清蓋亭亭，情人不見，爭忍凌波去。只恐舞衣寒易落，愁入西風南浦。高柳垂陰，老魚吹浪，留我花間住。田田多少，幾回沙際歸路。

《全宋詞》第 3 卷，第 2177 頁

起句「鬧紅一舸」之「紅」與「舸」至關重要。「紅」是蓮花，乃詞人的紅顏知己，「舸」即小舟，或為詞人所乘之舟，乃詞人自身的代名詞，「鬧」點出「紅」與「舸」的關係，字面上是「紅」鬧「舸」，字面下又何嘗不是「舸」鬧「紅」。詞的上片回憶詞人與友人同遊的快樂時光，從上下文看，這位友人便是詞人的紅顏知己或戀人。無疑，二人的同遊，與荷蓮密切相關。詞的下片描寫離別，也與荷蓮密切相關。因此，從行文上看，這首詞的中心是荷蓮，在修辭象徵的層面上說，荷蓮的意象蘊含著詞人之紅顏知己的意象，而這位紅顏知己的意象，也蘊含著荷蓮的意象，二者互為指涉。

這種互為指涉是一種擬人的修辭效果，得自這首詞半虛半實的寫作方式。上片第二行「記來時」和下片第一行「日暮」都是實寫，是姜夔對過去同遊的回憶和對現時離別的描述。這首詞的虛寫之處，是詞人用擬人的手法而將自己所傾心的蓮荷轉化為自己的紅顏知己。在下片的頭兩行「日暮，清蓋亭亭」中，「清蓋」是蓮葉而「亭亭」則是亭亭玉立的戀人。二者間無其他詞語，唯有從蓮到人的不露痕跡的轉換，而後面一行中緊跟著的「情人」一語，則確認了這種擬人的修辭轉換。在此，姜夔用擬人手法，於荷蓮叢中推出自己的紅顏知己，使這首詞虛實交織。其「實」在於荷蓮指涉詞人的戀人，其「虛」在於戀人與蓮花互相幻化。姜夔的紅顏知己隱藏在字裏行間，「爭忍凌波去」用凌波仙子的典故來化實為虛，而「只恐舞衣寒易落，愁入西風南浦」中的開頭兩個領字和動詞，「只恐」和「愁入」，又從虛返實。這虛實間的往返，得益於擬人的修辭設置，而這修辭甚至將詞人自身也捲入其中，「情人不見，爭忍凌波去」既是荷蓮的「爭忍」更是詞人的「爭忍」。在此，詞中的擬人設置有三個層次，分別是詞人、戀人、荷蓮，三者的關係存在於虛實的修辭轉換過程中，全詞之情人傷離別的主題也在這虛實的修辭轉換中得到了完美的表達。

在上面對擬人化修辭手法和互為指涉的簡單分析中，我們已經看到了兩個領字，「爭忍」和「只恐」，分別見於下片之第四、五行的「爭忍凌波去。只恐舞衣寒易落」。從語法上說，在下片的上下文中，第三行的主語是擬人化了的荷蓮，第四行的主語則是詞人姜夔。但是，由於第四行中的「舞衣」既指紅顏知己的服飾，也指荷蓮的綠葉，那麼，詞中虛寫的蓮花戀人與實寫的詞人（詞人實實在在地擔憂蓮葉的枯落）之間的界線就變得模糊了。領字「爭忍」和「只恐」都是合成詞，其中「忍」和「恐」是動詞，分別附屬於詞中省略掉的虛寫主語和實寫主語。由於兩個主語間的界線模糊，這兩個動詞間的界線也相應模糊。也就是說，這兩個領字既說明了這首詞的虛寫和實寫，同時也說明了虛實關係的模糊，從而增進了虛實間的相互指涉。在這樣的意義上說，由於這兩個領字有助於詞人之紅顏知己同蓮花之間的互為包含，因而從遣詞造句的形式層次，走向了修辭的層次。

至此，我們仍還有一個問題尚未解決。在「爭忍」和「只恐」中，「忍」和「恐」均為動詞，是實字而非虛字。前面已經談到，虛字和實字都可以在詞中作領字，唯功能不同。但是，由於「爭忍」和「只恐」是複合詞，各由一個虛字和實字相結合而構成，故另有特點。虛字「爭」和「只」分別用在動詞「忍」和「恐」之前，對這兩個實字有修飾和限定作用。由於這種修飾和限定的語法作用可以決定這兩個複合詞的詞性，所以我將這兩個作領字的複合詞看成虛字，因為事實上，它們也的確具有結構的功能，在詞中促進行句間的過渡。在這一點上，方秀潔也持類似的看法。方在討論張炎詞〈水龍吟・春晚留別古人〉[24]時認為，儘管詞中的領字「怎堪」和「那知又」是疑問代詞，但二者在詞中的作用卻在於迴避實在的圖像，所以它們是虛字[25]。在這兩例中，「堪」和「知」是動詞實字，但它們分別被前面的虛字「怎」和「那」所修飾並限定。再者，第二個動詞「知」更被後面的虛字「又」

---

[24] 《全宋詞》第 5 卷，第 3471 頁。

[25] Grace Fong (1987), p. 63-65.

所限定。這樣看來，方秀潔對張炎詞中用虛實複合詞作領字的解釋，印證了本書對姜夔詞中用虛實複合詞作領字的解釋。要之，姜夔詞中的領字「爭忍」和「只恐」是虛字，其結構功能是虛字的運用從形式的層次而走向修辭的層次。

第二節　修辭層次：再現的深化

在前一節討論形式層次的用詞問題時，我們已經涉及了從形式向修辭的推進，這使蘊意結構的四個層次得以貫通一體。與此銜接，本節論述修辭層次，通過探討描寫中的用詞問題，再次涉及從形式層次向修辭層次的推進，是為這兩個層次間的內在關係。

在修辭層次上，張炎詞論涉及了兩個方面，一是描寫，即怎樣再現事物，二是用典，或稱用事，即怎樣用前人舊事來達詞作之意。張炎所說的用描寫來再現，偏向於對所詠之物的外在表像的再現，而用典故來達意，則超越了表像，是對所詠之物的內在揭示。因此，張炎所說的用典，可以看成是再現的深化，也是修辭的深化[26]。

[26] 在西方文論的傳統中，修辭問題可以追溯到古希臘，指哲學家的雄辯之術，既針對聽眾和讀者，強調對聽眾和讀者的征服力量，也針對演說和著述本身，強調演說和著述的雄辯力量。修辭理論在隨後漸趨豐富和複雜，在二十世紀西方文論中，修辭指關於構思和表達的藝術，涉及兩個方面，一是通篇的整體修辭設置，二是具體的個別修辭格的使用。當代文論中的修辭之說，主要見於解構主義的修辭批評。對此，本書作者詳細討論過美國解構主義批評家保羅·德曼和哈羅爾德·布魯姆（Harold Bloom）對英國浪

一、描寫與象徵

描寫是一種再現方式，所謂再現，則是文學作品中用語言的描述來向讀者呈現或展現事物。因此，本節所用的術語「描寫」和「再現」，在相當程度上可以互換。當須區別時，行文中會說明之。

在西方文論史上，亞力士多德關於模仿的理論，是再現之說的基石。但是柏拉圖卻借木匠之床的故事來說事，認為即便是如實而客觀的模仿，也並不是真實的再現，而是摹本的摹本、與真理隔著三層[27]。儘管如此，自文藝復興到二十世紀，西方文學、藝術和文論的歷史，卻在相當程度上是一個力圖再現客觀世界的歷史，是一個力圖闡說再現問題的歷史。其間，雖然再現的可靠性和真實性都一再受到柏拉圖式的困擾，但再現或描寫的寫實程度，卻成為批評判斷的一個重要標準。理論家們認為這個標準放之四海而皆準，就連法國的結構主義者列維・斯特勞斯（Claude Levi-Strauss，1908-），在談到十七世紀法國畫家普桑（Nicolas Poussin，1594-1665）之繪畫作品的再現問題時，也甚至舉出中國古代「畫龍點睛」的典故，來說明再現的寫實特徵[28]。在二十世

漫派詩人雪萊的修辭分析，見拙著《世紀末的藝術反思》，上海：上海文藝出版社，1998，第 291-295 頁。

27 朱光潛《西方美學史・上卷》，北京：人民文學出版社，1979，第 44 頁。

28 列維・斯特勞斯《看・聽・讀》，北京：三聯書店，1996，第 23 頁。其實，畫龍點睛的故事說的是寫神而不僅僅是寫形。

紀後期以來的西方文論中，特別是在後現代主義和文化批評的文論中，再現問題成為一個非常重要的理論問題，涉及高科技和資訊技術時代的虛擬再現等[29]。不過，與本書討論張炎詞論中的修辭問題相關者，是亞力士多德關於模仿再現的理論，因為張炎關心的是文學描寫的寫實方法和寫實程度。

張炎所說的描寫，是在詠物詞中用詩的語言來再現所詠之物，並將其呈現給讀者。在此，他主張清空式的描寫，其寫實程度，在似與不似之間，追求外在現象和內在品質間的平衡。所謂「似」是詞中的描寫與所詠之物的外觀相似，而「不似」則是外觀上的不甚相似。張炎反對太過膠著於外觀的相似，認為這是質實之病的又一個方面，有違清空的寫實原則。但在這同時，如果詞中描寫離所詠之物太遠，卻也有晦暗不明之病。張炎認為，吳文英在詠物詞中的描寫，不僅堆壘實字，而且過分寫實，拘泥而不流暢。這樣的描寫，外觀雖然細膩，但不能再現所詠之物的內在特徵。不僅如此，這種質實的描寫也不利於思想的傳遞和情感的表達，因為描寫的繁複使詞作變得凝滯不暢。正如他在《詞源》的〈清空〉一節所言，「質實則凝澀晦昧」[30]。照張炎所言，這凝澀晦昧是與清空相對立的品質，因此，避免描寫中的凝澀晦昧，追求似與不似之間的平衡，才是清空式的描寫。

---

[29] 關於西方當代文論中再現理論的新近發展，本書作者寫有長文《數碼虛擬、城市空間、女性身體：淺論當代藝術中的再現與作者的介入》，見北京《美術觀察》2005 年第 10 期。關於西方當代文論中再現理論的一般性敘述，請參見拙著《跨文化美術批評》，重慶：西南師範大學出版社，2004，第 110 頁。

[30] 張炎《詞源》，見《詞話叢編》第 1 卷，第 259 頁。

在《詞源》的〈詠物〉一節，張炎論及怎樣在描寫中避免質實，怎樣求取清空：「詩難於詠物，詞為尤難。體認稍真，則拘而不暢，摹寫差遠，則晦而不明。要需收縱聯密，用事合題」[31]。這裏的「收縱聯密」與「合題」就是似與不似之間的平衡。為了說明這個問題，張炎舉出史達祖的詠物詞〈東風第一支・詠春雪〉、〈綺羅香・詠春雨〉、〈雙雙燕・詠燕〉和姜夔的詠物詞〈暗香・詠梅〉、〈疏影・詠梅〉做例子，然後寫道：「此皆全章精粹，所詠了然在目，且不滯於物」[32]。這裏的「了然在目」和「不滯於物」是張炎對似與不似之平衡的進一步說明，也即，詠物詞中清空的描寫不在於外觀的貌似。為了求得似與不似之間的平衡，作詞既不可「體認稍真」又不可「摹寫差遠」。為了說明描寫方式的不同，張炎不僅舉出了史達祖的正面詞例，還舉出了劉過（1154-1206）的反面詞例，認為劉過的詠物詞太膠著於外觀的貌似，其詞質實而晦澀。

我們先看張炎所舉的史達祖之正面詞例〈東風第一支・詠春雪〉：

> 巧沁蘭心，偷黏草甲，東風欲障新暖。漫疑碧瓦難留，信知暮寒較淺。行天入鏡，作弄出輕鬆纖軟。料故園不捲重簾，誤了乍來雙燕。
>
> 青未了、柳回白眼，紅欲斷、杏開素面。舊遊憶著山陰，後盟遂訪上苑。薰爐重熨，便放慢春衫針線。恐鳳靴挑菜歸來，萬一灞橋相見。

《全宋詞》第 4 卷，第 2326 頁

31 同上，第 261 頁。

32 同上，第 262 頁。

史達祖在這首詠物詞中對春雪的描寫，採用了間接的方式。用張炎的話說，這首先就是避免了「體認稍真」之短。在是詞上片的頭三行中，史達祖寫了春天的蘭草和東風，卻沒有直接去描寫春雪。其次，史達祖按詠物詞的寫作慣例而沒有在詞中提到「春雪」二字，但在頭三行中卻間接寫到了春雪，如蘭花春草的新芽和葉片都黏上了些微殘雪，於是避免了「摹寫差遠」之短。在「體認稍真」和「摹寫差遠」之間，史達祖通過細微的觀察而發現了春雪對蘭草的作用：寒冷的春雪落在蘭草的嫩心上，延緩了新芽的成長。對春雪之如此作用的發現，使間接描寫成為可能，並在似與不似之間獲得了一種平衡。與前三行相對，上片的第四、五行反其道而行之，寫它物對春雪的作用：雪落在碧瓦上，由於屋內的人煙和較淺的暮寒，碧瓦不能留住殘雪，殘雪慢慢融化。

不過，雖然以上描寫都是間接的，但描寫中所用的動詞，卻都指涉了春雪，如頭兩行中的「沁」和「黏」，以及第四行中的「留」，這些動詞的主語都是春雪。由於漢語的語法特徵（在語境清楚的情況下可以省略主語）和詠物詞的詩學特徵（所詠之物的名稱不得出現於詞中），詞人迴避了直接使用「春雪」作主語。而且，這些動詞的主語其實並不確定，例如「沁」和「黏」，既可以是春雪巧沁蘭心、偷黏草甲，也可以是蘭心巧沁春雪、草甲偷黏春雪；而動詞「留」也既可以是春雪難留於碧瓦上，也可以是碧瓦難以留住春雪。主語的不確定性，有益於詞人的間接描寫。但是，又由於這些動詞在語法意義上對春雪的暗示，詞人便有可能在隨後的幾行中漸漸靠近作主語的春雪。於是我們看到，在上片第六、七行「行天入鏡，作弄出輕鬆纖軟」中，動詞的主語就相對明確了，「行」與「入」

的主語不會有別的可能，而只能是春雪，「作弄」的主語也是春雪，詞人的描寫逐漸靠近了所詠之物。進一步說，此處的「輕、鬆、纖、軟」四個形容詞，都被用來描寫春雪的物理特徵，使得被省略的主語呼之欲出。但是，就在這樣的描寫離春雪越來越近之時，詞人筆鋒一轉，在上片的最後兩行中，去寫自己的客遊之倦和鄉思之切，從而將對春雪的描寫，從客觀外物的物理特徵，引向了詞人主觀內在的心理特徵。這不僅是詠物詞之描寫在似與不似之間的一張一弛，更是再現描寫「不滯於物」而從外向內轉向事物內在特徵的範例，有卒章顯其意之功。

在下片中，這首詞的描寫也是間接的，但這間接卻不同於上片，因為詞人順應著上片的最後兩行，在下片的描寫中著力於情感和思想的表達，儘管是間接的表達。在下片頭兩行「青未了、柳回白眼，紅欲斷、杏開素面」中，表面上看，柳與杏都是殘雪春景的一部分，但由於在中國文學傳統中，「柳」因為與「留」諧音而成為離別的象徵，且「杏」又暗示女性之容顏以及女性本身，故這兩行中的「柳」與「杏」成為詞人對思鄉之情的委婉表述。這種委婉而細膩的個人感情，在緊隨其後的「舊遊憶著山陰，後盟遂訪上苑」兩行中，又以用典的方式來間接加強。第一個「舊遊」的典故出自劉義慶（403-444）《世說新語》，講王徽（415-443）雪夜拜訪戴安道（生卒年不詳）的故事，他興起而往、興盡而返，至其門卻未入[33]。第二個典故講司馬相如（西元前 179-117）雪中往梁王兔園（上苑）赴宴遲到的故事。雪在這兩個典故中扮演了重要角色，與王徽的興

[33] 劉義慶《世說新語》，上海：古籍出版社，1982，第 396 頁。

盡而返和司馬相如的遲到有牽連，且這兩個典故又都因雪而與史達祖的詞相關。這裏，雪不僅是故事的自然背景，也為朋友之誼和思鄉之情渲染了氣氛。也就是說，史達祖之詠雪，不是表面化的，而是通過典故來發掘了雪的潛在意義。

下片第五、六行是對春雪之微妙的情感因素的回應，由於春雪延緩了春暖的到來，所以會有「薰爐重熨」和「放慢春衫針線」之說。在這季節延緩的表面之下，詞人真正要說的，可能是春雪延緩了自己的歸鄉之行，並喚起了詞人的感傷之情。有了這些鋪墊，在下片的最後兩行中，詞人終於得以表情達意：「恐鳳靴挑菜歸來，萬一灞橋相見」。不過，即便是卒章顯其意，詞人的表情達意仍是間接的，他沒有寫自己，而是寫鳳靴女在歸家的路上可能會遇到春雪。這樣的間接之法，與前面對春雪的間接描寫相呼應。我們不知道這位鳳靴女是誰，我們只能猜測，她或許同詞人的思鄉之情有牽連。雖然詠物詞的作詞規則是不能提及所詠之物，因而多用間接描寫，正如南宋沈義父（?-1297 之後）在《樂府指迷》中的「詠物不可直說」[34]之訓，但史達祖將間接描寫和間接表情達意融會貫通起來，其天然渾成，有清空之妙。

張炎所列舉的與史達祖相反的質實描寫之例，是劉過的〈沁園春·詠指甲〉和〈沁園春·詠美人足〉。照張炎所言，劉過的詠物詞，「體認稍真」，膠著於外在的描寫，因而有質實和晦澀之病。我們且看劉過第二首詞的上片：

---

[34] 沈義父《樂府指迷》，見《詞話叢編》第 1 卷，第 280 頁。

洛浦凌波，為誰微步，輕塵暗生。寄踏花芳徑，亂紅不損；步苔幽砌，嫩綠無痕。襯玉羅慳，銷金樣窄，載不起盈盈一段春。嬉遊倦，笑教人款撚，微退些跟。

《全宋詞》第 3 卷，第 2146 頁

張炎認為這首詞寫得還算比較「工麗」，其描寫精緻細膩，但卻沒有清空的品質，不能與史達祖的作品「同日而語」[35]。相較於史達祖的〈東風第一支‧詠春雪〉，劉過在〈沁園春‧詠美人足〉中的描寫比較直接，詞人離所詠之物距離偏近。開頭三行聚焦於美人小足，用複合動詞「凌波」和「微步」來直接展示步態，將小足呈現到讀者眼前。接下來的四行仍然繼續這種直接描寫，寫美人踮著腳步在花園小徑中穿行、在青苔石階上走過、在綠草叢中輕掠。在這樣直接而且近距離地描寫了美人的小足步態之後，作者似乎應該後退一步，讓讀者緩一口氣，以求描寫的一張一弛。但是，作者並未在此給讀者一個喘息的機會，而是更進一步，在緊接著的第八、九行中，描寫小足上繡花鞋的精緻刺繡。在第十行和第十一行之間，似乎有一個轉折的機會，作者可以轉而去寫美人的嬉戲。不料，作者卻說美人遊倦，於是又進一步，去寫其腳跟。

如果說史達祖在詠春雪的詞中進退有據，能在直接描寫和間接描寫之間把握分寸，從而使所詠之物獲得靈動之氣，那麼，劉過在詠美人足的詞中，未能用張弛有致的描寫來營造一個空間，既未給

---

[35] 張炎《詞源》，見《詞話叢編》第 1 卷，第 262 頁。

所詠之物以靈動之氣，又未給讀者一個喘息的機會。結果，這首詞中的描寫便成為質實的而非清空的描寫，恰如張炎所言，凝澀晦昧，滯而不暢。史達祖的間接描寫所營造的空間，有助於情感和思想的表達，劉過的描寫沒有這樣一個空間，所以也談不上什麼情感和思想。因此張炎說，與史達祖相比，劉過詞對讀者的藝術感染力，不可同日而語。

間接描寫所營造的空間，不僅給所詠之物以靈動之氣，不僅給讀者以喘息的機會，更重要的是，在間接描寫的一張一弛之間，作者有可能表情達意，而這種情和意，與所詠之物的內在品質相關，例如象徵或隱喻的關係。美國學者孫康宜在討論南宋詞集《樂府補題》[36]時涉及到這個問題，認為詞人應該著力把握再現對象和表情達意二者間的關係。為了在自己的研究中也把握這一關係，孫康宜專注於《樂府補題》中的象徵問題，著力於挖掘所詠之物的政治象徵意義。她在其論文的引言部分指出，宋末元初的十四位逸民詞人，包括張炎在內，一定洞悉詠物詞是一種高度個人化的形式，瞭解這種形式有助於象徵地表達他們個人的政治態度。孫康宜寫道：

> 這種態度的最引人注目之處，在於其表現了一種著意創造的新的詩學修辭，在於其宣稱詞中的描寫不再是單純的描寫，而是包含著個人的感情因素。於是，詠物詞便成為間接表達

[36] 《樂府補題》是包括張炎在內的十四位南宋逸民詞人於1279所作的三十七首詠物詞。這些詞人用象徵和隱喻的間接方法，對元蒙統治者破壞宋室皇陵的事件表達不滿。

> 的理想形式，它使詞人能夠迴避直接的自我表達，而代之以象徵和寓意的方式[37]。

在孫康宜看來，象徵和寓意的方法不止於間接的描寫，而是一種主觀的再現方式，也就是作者對描寫方法的自覺運用和主觀操作[38]。在這個意義上說，直接描寫和間接描寫不過是一種作詞技巧，接近形式的層次，而象徵和隱喻則是一種修辭設置，與典故的運用相聯繫。

張炎是參與《樂府補題》聚會寫作的十四位詞人之一，他在這一系列詠物詞中，寫了〈水龍吟・詠白蓮〉。在這首長調詠物詞中，張炎用描寫式再現方法向讀者展現白蓮，先描寫了白蓮的整體外觀，然後退而寫自己與白蓮之間潛在的視覺互動。他在上片的後半（六至十二行）寫道：

> 幾度消凝，滿湖煙月，一汀鷗鷺。記小舟夜悄，波明香遠，混不見、花開處。

《全宋詞》第 5 卷，第 3468 頁

就描寫所詠之物和表達個人情感而言，這首詞中詞人與白蓮間的距離是詞人追求清空的關鍵。正是這一距離使詞人有可能從狀物寫景轉向表情達意，並在二者間進退往返，遊刃有餘。在張炎的這首詞中，詞人是凝視者，白蓮是被凝視者，二者間有一個空間和時

---

[37] Kang-i Sun Chang, “Symbolic and Allegorical Meanings in the *Yueh-fu pu t’ i* Poem Series,” *Harvard Journal of Asiatic Studies* (1986), pp. 353-387.

[38] Ibid., p. 354.

間的距離[39]。在詞人與白蓮的空間距離中，存在著煙月、鷗鷺、明波、遠香，而動詞「消凝」和「記」則使詞人介入了這一空間存在，並通過煙月、鷗鷺、明波和遠香而與被他所凝視的白蓮相溝通。在這凝視的互動中，詞人通過時間的進程而將自己的情感注入白蓮，使深藏於心的個人情感得以象徵地外化。在此，空間與時間是交織的：白蓮花在空間裏開放，而開放的時間持續性則讓詞人有可能獲得白蓮的回應，也就是回應詞人對南宋王朝之衰亡的悲哀之情，以及對元蒙破壞宋室陵墓的怨憤。

孫康宜也談到了詠物詞中詞人情感與所詠之物的交融，她認為如果詞人對所詠之物僅只於客觀描寫而沒有與之進行情感的交流，這樣的詞便不值一談，而正是情與物的交融，才使詠物詞的描寫富於意義[40]。張炎在這首詞中所描寫的白蓮，其意義在於他通過白蓮這一所詠之物而寄託了他的個人情感和思想。這樣，張炎對白蓮的描寫再現，便不是純寫實的客觀再現，而有作者介入的主觀色彩，這就是白蓮在歷史和政治方面的象徵性和寓意性。孫康宜的文章旨在探討《樂府補題》的象徵和寓意，但她沒有討論張炎，而討論的是周密。為了進一步討論描寫再現中的象徵和寓意問題，我在此從張炎的詞轉向周密的詞，解讀孫康宜對周密的探討。

---

39 「凝視」是西方當代文論中的一個大話題，在文化研究領域，「凝視」的理論主要來自法國心理學家雅克・拉康（1901-1981）對嬰兒成長的研究。關於拉康的「凝視」理論，本書作者寫有長文《城市空間裏的「文本身體」：西方當代攝影藝術中女性身體與身份的精神分析及社會意義》。關於「凝視」在西方二十世紀文論中的一般性論述，請參見拙著《跨文化美術批評》，第15-16頁。

40 Kang-i Sun Chang (1986), p. 354.

我先簡要陳述西方當代文論中關於再現的一般性理論。在符號學的意義上說，由於進行再現的符號和被再現的對象之間，存在著若干關係，於是便有三種再現形式。第一是圖像的再現（iconic representation），專注於再現者和被再現者之間在外觀上的相似或相同。第二是象徵的再現（symbolical representation），專注於象徵符號和被再現者之間的主觀性，也就是作者所賦予的象徵意義。第三是指示的再現（indexical representation），專注於原因和結果之間的關係[41]。《樂府補題》中的再現，由於作者的主觀介入，而屬於象徵的再現。這種主觀的象徵，不同於一般性的象徵。所謂一般性的象徵，是指約定俗成的、人人都理解並認可的象徵，例如西方文化傳統中玫瑰象徵愛情、毒蛇象徵邪惡的引誘等等。《樂府補題》的象徵不是約定俗成的，而是這十四個詞人在聚會作詞時為了特定的目的而自行規定的，他們在詞中描寫的所詠之物，都有特別的具體所指。例如龍延香和蟹等，被用來象徵南宋皇帝，白蓮和蟬則被用來象徵南宋皇后和宮女[42]。在這樣的意義上說，《樂府補題》裏具有特別含義的主觀象徵，是描寫的擴展，它將外觀的再現，推向了內在的隱秘含義，具有歷史和政治的所指。

在上述理論前提下看周密的詠物詞〈水龍吟・詠白蓮〉，我們便易於理解孫康宜的深刻之處：詞中所詠的白蓮，其含義超越了一般的和傳統的含義。按一般的或傳統的意義，白蓮象徵純潔和完

---

41 Charles Sanders Peircer, "The Catagories Defended," in *The Essential Peirce*. ed. The Peirce Edition Project (Bloomington: Indiana University Press, 1998), pp. 160-178.

42 Kang-i Sun Chang (1986), pp. 353-354.

美，因為蓮花出污泥而不染。白蓮還代表靜雅和高貴，是佛家和道家的神聖象徵[43]。孫康宜指出：「在周密詞中，白蓮因其清香和淡彩，而被用來比喻女性。這種擬人化的修辭方式，遵從了《樂府補題》之象徵含義的主觀性，超越了物與人之間的界線，因而得以用非人之物來象徵人所具有的品質」[44]。孫康宜在物與人的關係上進一步闡釋周密的象徵，說白蓮象徵南宋皇后，並將其同元蒙統治者在 1278 年毀壞宋室皇陵的歷史事件聯繫起來，指出周密之所以在詞中詠唱白蓮，是為了表達自己對南宋的忠誠和懷念之意，以及對外族統治的不滿。換言之，周密借白蓮而表達了自己的情感、傳遞了政治的資訊。孫康宜的論述涉及到修辭與潛在含義的關係，她說：「《樂府補題》是對 1278 年之具體事件的象徵回應，作者們的意圖潛藏在詞的文本中，僅被潛在地暗示著」[45]。

孫康宜對周密詠物詞的研究，沒有局限於詞人對所詠之物的外在描寫和對外觀的再現，她透過外觀而看到了象徵再現的主觀性，並因此而引出了另一種修辭表述的方式，用典。

二、用典再現

孫康宜的研究給了我們這樣的提示：用典作為一種修辭設置，可以透過所詠之物的外在現象而達於其內在實質。關於中國古代文

---

[43] Ibid., p. 357.

[44] Ibid..

[45] Ibid., p. 370.

論中的用典問題，美國華裔學者劉大衛（David Palumbo-Liu）用簡述歷史的方式來為典故下過定義，他在研究黃庭堅（1045-1105）的詩學理論時寫道：

> 宋代以前並沒有關於用典的理論著述。一般地說，在中國傳統的詩學理論中，用典問題是一個沒有清楚定位的問題。六世紀的批評家們用「用事」一語來指稱作品中對歷史事件的專門引用，而另一個術語「類」則被用來指歷史事件之外的材料，也就是像史文森（Vincent Shih）[46]所說的「參照文本」（textual reference）那樣的材料。後來，「用事」一語被用來指對前人詩歌的引用，也就是引用過去屬於「類」的那些材料，而「用典」和「典故」則指對古代經典的引用[47]。

劉大衛看重作為典故出處的文本，也看重後代詩人使用典故的方法。孫康宜看重的是在用典實踐中，典故、意象、象徵、隱喻間的關係。她在寫作技巧的層面上，也就是在形式的層次上，將典故作為一種圖像來看待，而圖像的重複出現，則將這一典故轉化為象徵，其中暗含的隱喻通常都有政治的指涉[48]。也就是說，圖像的重複，可以使再現超越物象之表面，從而賦予或揭示所詠之物潛在的含義。這樣，在修辭的層次上，因圖像的重複而產生的象徵和隱喻，

---

[46] 美國華裔學者，以研究中國古代文論，尤其是《文心雕龍》而著稱。

[47] David Palumbo-Liu, *The Poetics of Appropriation: the Literary Theory and Practice of Huang Tingjian* (Stanford: Stanford University Press, 1993), pp.153-154.

[48] Kang-i Sun Chang (1986), p. 363.

便具有了典故的指涉。如前所述，在《樂府補題》中，象徵和隱喻的指涉具有政治含義，這使再現得以超越外在現象而獲得深層的意義。這樣的再現，在前述圖像再現、象徵再現、指示再現三者之外，可稱為用典再現。在用典再現中，怎樣使用典故是一個重要問題。

張炎在《詞源》中論及這個問題，他在〈用事〉一節裏寫道：

> 詞用事最難，要體認著題，融化不澀。如東坡永遇樂云：「燕子樓空，佳人何在，空鎖樓中燕」。用張建封事。白石疏影云：「猶記深宮舊事，那人正睡裏，飛近蛾綠」。用壽陽事。又云：「昭君不慣胡沙遠，但暗憶江南江北。想佩環月下歸來，化作此花獨幽」。用少陵詩。此皆用事不為事所使[49]。

本書在前面已經談到了張炎的「體認著題，融化不澀」和「用事不為事所使」，故此處不再做表層贅述，轉而進一步討論用事之於再現和達意的問題。在張炎推崇的蘇軾上述用事中，「佳人」是真實的歷史人物關盼盼。美國華裔學者林順夫在一篇關於蘇軾的研究論文中考證了這個真實人物，也談到蘇軾何以會有這一用事：「關盼盼是九世紀時彭城縣令張建封之子張愔的妾。據說，在張愔死後關盼盼沒有改嫁，而是在張家的燕子樓裏寡居了十年。蘇軾在寫作這首詞時，他自己正好也是彭城縣令」[50]。詞中關盼盼的故事，與蘇軾反思自己個人生活經歷的主題相通，二者都有人生如夢的含

---

[49] 張炎《詞源》，見《詞話叢編》第 1 卷，第 261 頁。

[50] Shuen-fu Lin, " Through a Window of Dream: Reality and Illusion in the Song Lyrics of the Song Dynasty," in *Hsiang Lectures on Chinese Poetry* (Montreal: Centre for Asian Research, McGill University, 2001), p. 28.

義。在張炎推崇的姜夔詞〈疏影〉中，有西漢王昭君和南朝壽陽公主兩個典故，二者都被用作梅花的擬人化身，從而以這兩個典故本身所具有的歷史和政治意義而為梅花的疏影注入了歷史和政治的潛在含義。

在修辭的層次上說，張炎之論用事，與他論描寫也有相通之處。我們比較《詞源》的〈用事〉和〈詠物〉兩節的開頭語，「詞用事最難，要體認著題，融化不澀」和「詩難於詠物，詞為尤難。體認稍真，則拘而不暢，摹寫差遠，則晦而不明」，便能發現張炎所主張的用事方法和描寫方法有共同的藝術特徵，即主張一種巧妙的平衡。既然我們將用典看作是張炎詞論中一種特別的再現方式，即穿透表像的用典再現，那麼用典與描寫之藝術特徵的相通便不足為奇。在《詞源》的〈詠物〉一節，張炎舉出姜夔詠蟋蟀的詞〈齊天樂·黃鍾宮〉為例，來說明描寫中似與不似之間的平衡，而這首詞也是我們理解張炎關於怎樣使用典故的範例。姜夔詞及詞前的序文如下：

> 丙辰歲，與張功父會飲張達可之堂，聞屋壁間有蟋蟀之聲、功父約予同賦，以授歌者。功父先成，詞甚美。予裴回茉莉花間，仰見秋月，頓起幽思，尋亦得此。蟋蟀，中都呼為促織，善鬥。好事者或以三二十萬錢致一枚，鏤象齒為樓觀以貯之。
>
> 庾郎先自吟愁賦。淒淒更聞私語。露濕銅鋪，苔侵石井，都是曾聽伊處。哀音似訴。正思婦無眠，起尋機杼。曲曲屏山，夜涼獨自甚情緒。
>
> 西窗又吹暗雨。為誰頻斷續，想和砧杵？候館迎秋，離宮吊

月，別有傷心無數。豳詩漫語。笑籬落呼燈，世間兒女。寫入琴絲，一聲聲更苦。（宣政間有士大夫製蟋蟀吟。）

《全宋詞》第 3 卷，第 2175-2176 頁

我們先從描寫說起，且留意姜夔對蟋蟀之聲的描寫。姜夔在序中說，張功父（即張炎祖父張滋）與其同賦蟋蟀。儘管張滋的詞沒有膠著於再現蟋蟀的外觀，但他對蟋蟀的描寫，卻傾向於圖像式再現，而姜夔則傾向於音響式再現。描寫蟋蟀之聲，是姜夔為迴避外在的膚淺描寫，而對蟋蟀的間接再現。為了穿透表面現象，為了具有更深的含義，姜夔在詞中並置了三種聲音：蟋蟀鳴叫之聲、思婦紡織之聲、浣婦洗濯之聲。如果沒有這三重聲響的並置，詞中對蟋蟀的描寫將失去意義，更不會讓讀者深入探究這首詞可能的隱藏含義。表面上看，這三種聲響之間沒有聯繫，但透過表面我們卻可以看到姜夔之並置手法所暗示的隱蔽含義。蟋蟀又名促織，字面意思即催促紡織，故與織婦有象聲的聯繫，而象聲則是中國古典詩詞中的常用手法，姜夔詞上片第五、六行「都是曾聽伊處。哀音似訴」和第七、八行「正思婦無眠，起尋機杼」便是象聲之例。按照唐詩以來關於「思婦」的傳統進行解讀，姜詞中思婦的丈夫，可能遠在北疆戍邊，而詞中緊隨的第九行也確有「曲曲屏山」之句，來指涉北疆的邊山。再者，紡織及洗濯都與衣服相關，於是，紡織女的相思之情，便有可能暗示洗濯女的相思。由於這樣的聯繫，這兩個思婦的相思，便向讀者提出了一個問題：蟋蟀鳴叫之聲是否會有某種隱蔽之意？回答是肯定的，這隱蔽之意就暗藏在姜詞開頭所用的關於庾信（513-581）的典故中。

庾信是魏晉南北朝末期的作家，以賦愁而聞名，代表作有〈哀江南賦〉等。姜夔在一開頭就寫「庾郎先自吟愁賦。淒淒更聞私語」，為全詞定下了感傷的基調，而句中的「私語」一詞則是兩個思婦之紡織聲和洗濯聲的引語。然後，在上片的最後有「曲曲屏山，夜涼獨自甚情緒」二句，將這感傷之情推向了高潮。

這感傷的高潮有從上片向下片過渡的功能，詞人從旁觀的視角，在下片的頭三行中將蟋蟀鳴叫聲的斷續，同思婦擣衣聲的節奏相聯繫，寫出了思婦的相思之苦，揭示了蟋蟀鳴叫的哀苦之意。張炎很欣賞姜夔這種天然渾成而又含義深刻的過渡方式，他在《詞源》的〈製曲〉一節中用這三行為例，說明過渡句對於詞意的重要性：「最是過片，不要斷了曲意，須要承上啟下」[51]。姜夔在這首詞中並置三種聲音，如果說他通過蟋蟀的鳴叫來提示思婦的感傷還比較直接和淺顯的話，那麼，他僅用「曲曲屏山」一句，而通過思婦之夫的戍邊，來暗示北宋的亡國，並表達感傷之情，則既不直接更不淺顯。

姜夔詞中三種聲音的聯繫不是外顯的，而是存在於並置手法之中。與之相應，姜詞中的典故也沒有直接揭示此詞的潛在含義。在這首詞中，姜夔的用典相當鬆散，也即，他沒有用某一專門的典故直接去指涉悼亡北宋的潛在之意。美國漢學家海陶煒（James Hightower）在研究陶淵明（365?-427）的論文中指出，我們可以通過三種途徑來辨識典故：根據典故素材的故事本質、根據詩人使用這些素材的方法、根據讀者對素材的反應[52]。海陶煒據此而在陶淵明的詩中分辨出了七種不同類型的典故，它們是：

---

[51] 張炎《詞源》，見《詞話叢編》第 1 卷，第 258 頁。

[52] James Hightower, "Allusion un the Poetry of Tao Chien," in James Hightower

1. 作為詩歌主體（主題）的典故：若不理解這一典故，便無法理解這首詩；
2. 作為一行中關鍵字的典故：若不理解這一典故，便無法理解這一行詩句；
3. 作為某行之背景的典故：某行的字面意思是明確的，但與上下文不吻合，若不理解這個典故，便無法使該行與全詩協調；
4. 作為強化含義的典故：某行含義明確，而典故則強化了這個含義；
5. 特殊的典故：詩句中一些特殊的表達方式或短語，詩人熟悉其文本來源，讀者卻不熟悉，我們很難說詩人是有意或無意使用這些表達方式和短語；
6. 普通的典故：某些字詞來自我們所熟悉的古代文獻，無論讀者是從字典上查獲其含義，還是查出了文獻來源，它們的含義都不會改變；
7. 偶然典故：該典故在詩中的含義具有偶然性，若牽強附會，易導致誤解[53]。

如果我們對海陶煒的分類進行綜合，便可指出兩種主要典故。第一種典故直接涉及詩歌的主旨；第二種典故先涉及某句的含義，然後才通過該句而間接涉及全詩主旨。在這裏，我對典故之詩學功

---

and Florence Chia-Ying Yeh. *Studies in Chinese Poetry* (Cambridge: Harvard University Asian Center, 1998), p. 37.

[53] Ibid., p. 38.

能的看法是，無論典故是直接的還是間接的，它都潛藏著詩歌所暗含的意義，並因此而有可能向讀者引出詩歌的主題。然而，儘管在這七類典故中，似有與姜夔之用典相仿者，但我寧願指出姜夔的另外三種不同的典故。

我將姜夔的第一種典故稱為「引導典故」，這類典故旨在從結構上引起詞的主題。也許在其他詞例中引導典故不一定非置於詞首不可，但在姜夔的這首詞中，引導典故卻在詞首，這就是庾信的出場。姜夔用庾信的愁賦來引起蟋蟀鳴叫之聲所暗示的主題，並引導讀者去傾聽另外兩種聲音，即思婦的紡線織布聲和洗濯擣衣聲，其中掩藏著懷人傷感之意。在這一典故中，姜夔並未使用庾信具體的某篇辭賦，庾信之典的作用，主要在於引起姜詞的主題。

無論是否著意為之，姜夔對詞的結構都非常講究，正像張炎所說，姜詞的過片有詞意的承上啟下之妙。由於這過渡中有典故之功，因此，我將姜夔的第二類典故稱為「承啟典故」，這類典故旨在促進詞的敘事或表情達意的發展。在姜詞的紡織和洗濯之怨聲後面，詞人用了「候館」和「離宮」兩個典故，泛指皇室或顯臣的退居之處，也是宮中女子的幽會之處，以及失寵宮妃的隱居之處。雖然這兩個典故用得比較鬆散，並不指某個具體的候館和離宮，但卻因此而具有了泛指的意義，讀者得以將中國歷史上後宮棄婦的哀怨，同詞中兩位思婦的哀怨聯繫起來，並進一步聯繫到前朝的滅亡。換言之，由於「候館」和「離宮」二典沒有特別的所指，於是讀者獲得了一個較為寬泛的解讀空間。在這個空間裏，讀者不僅可以將後宮棄婦的哀怨同紡織和洗濯之思婦的哀怨聯繫起來，還可以將詞人的感傷同朝代的興替聯繫起來。在姜夔的這首詞中，詞人的感傷可能有兩個方面，懷人與懷國，而這兩者在詞中是巧妙融合的。由於候館和離宮二典在詞中的泛指作用，思婦、棄婦、朝代興替、懷人懷國，等等，都被組織進了一個精心安排的用典表意系統中，其間有著從思婦到棄婦、從思婦到詞人、從懷人到懷國的潛在發展線索。這既是姜詞敘事結構的承續和發展，更是表情達意的承續和發展。

我將姜夔的第三種典故稱為「終結典故」，這是詞的最終意旨之所在，所謂潛在含義，便於此得以揭示。在姜詞下片中，詞人用《詩經・七月》為典，以「豳詩漫語」而寫到了蟋蟀的寓意。《詩經・豳風・七月》有云：

> 七月在野，八月在宇，九月在戶，十月蟋蟀入我床下[54]。

關於姜夔使用這個典故，清末學者陳廷焯（1853-1892）說得入木三分：

> 白石齊天樂一闋，全篇皆寫怨情。獨後半云：「笑籬落呼燈，世間兒女」。以無知兒女之樂，反襯出有心人之苦，最為入妙[55]。

姜詞末尾的「苦」字，點出了詩經之典的用意。如果沒有最後這個「終結典故」，那麼在「寫入琴絲，一聲聲更苦」中，便不會有天真無邪與嘗盡世態炎涼之間的對照，不會有歡樂與苦楚的反差，這首詞也就不會有什麼深刻的含義。詞末的這個「終結典故」旨在使作者能夠卒章顯其意，也旨在使讀者能夠卒章得其意，並因而完成姜詞用典的修辭設置，完成用典再現之穿透外在表像的達意目的。

---

[54] 朱東潤編《中國歷代文學作品選》，上海：古籍出版社，第 1 卷，第 22 頁。
[55] 陳廷焯《百雨齋詞話》，見《詞話叢編》第 4 卷，第 3799 頁。

上述之引導典故、承啟典故、終結典故三者，構成了姜詞的「用典再現」。其引導典故中的庾信愁賦，是姜詞之用典再現的開始，而候館離宮則是表情達意的發展，超越了外在的描寫，使用典再現得以區別於通常的再現，是為再現的深化。姜詞最後的終結再現用了詩經之典，使再現的深化得以完成。姜夔詞中的用典與描寫一道，構成了再現的修辭設置。此修辭的本體的意向與作者的意向一致，這就是在私情中寄託國事，印證了張炎所謂「體認著題，融化不澀」和「用事不為事所使」的修辭之論。

第三節　審美層次：詞境的創造

本書在導言的研究綜述裏已經談到，二十世紀後半期的中國學者，但凡研究古代文論和宋詞者，只要涉及張炎，多數都將其清空詞論解讀為關於意境的詞論。儘管這是一種以偏概全的解讀，忽略了張炎詞論的其他方面，但卻指出了其詞論之意境這一重要方面。

本書前一章對《詞源》文本進行的結構分析說明，在張炎詞論的蘊意結構中，意境處於審美的層次。事實上，當我們討論張炎詞論的修辭層次時，通過對詠物詞的分析，例如對《樂府補題》的分析，我們已經涉及了「託物言志」的問題。與此相似，中國古代文論和詩詞中的「借景抒情」也殊途同歸，將作者的情感與思想，寄託在筆下的物和景中。在中國傳統美學裏，被寄託了主觀情感和思想的景，便超越了單純的風景而成為意境[56]。正是在這個意義上，我們得以從蘊意結構的修辭層次，推進到審美的層次。

一、境的概念，翻譯與闡釋

中國古代美學和文論中的「境」這一概念，還有「意境」和「境界」兩種表述，雖然三者各自的側重點有微妙差異，但卻都殊途同歸，指向中國文學和藝術中創造審美世界的美學傳統。從西方結構主義語言學的角度看，就語意的所指（signified）而言，境、意境、境界這三個概念的外延（denotation）略有區別，其意旨的覆蓋範圍不完全相同，但三者各自之覆蓋範圍的重合處，卻是「境」。與此相應，就這三個術語的構詞和能指（signifier）而言，其內涵（connotation）都以「境」為中心，「境」不僅將三個術語合而為一，而且使三者所指的外延也有相當的重疊。換言之，三者相較，「境」的概念相對寬泛，包括了「意境」和「境界」，而且也指明了「意境」和「境界」間的內在聯繫。張炎在《詞源》中未用「境」、「意境」或「境界」三詞，但他論及了這個概念，有「景中帶情」和「情景交煉」之說[57]。正因此，學者們在研究張炎詞論時，才將

---

[56] 關於中國傳統美學中的意境概念，請參閱宗白華《中國藝術境界之誕生》和《中國藝術三境界》等文章，見宗白華《美學散步》，上海：人民出版社，1981，第 58 頁，及宗白華《天光雲影》，北京：北京大學出版社，2005，第 106 頁。

[57] 張炎《詞源》，見《詞話叢編》，第 1 卷，第 264 頁。

其清空概念解讀為關於意境的概念。有鑒於此，本書對張炎詞論之審美層次的探討，便從「境」切入。

中國傳統美學中的「境」，既是詩境也是畫境，所謂詩畫相通，主要在於詩與畫都以境為徑，二者相通，共達精神與人格之境，即景中有情、景中有意。東漢語言學家許慎（西元 100 年前後），在《說文解字》中以「竟」為「境」，下定義說：「竟，樂曲盡為竟」[58]。這是從時間概念來下的定義，指一曲音樂結束後，餘韻繞樑、令人回味無窮的時段。清代語言學家段玉裁（1735-1815），為許慎作注，在《說文解字注》中對「竟」的注釋為「土地之所止皆曰竟。毛傳曰：疆，竟也」[59]。段玉裁的注釋是從空間概念上進行的，在字面上指一個特定的疆域，例如音樂的餘韻所散播的範圍。表面上看，許慎的時間概念和段玉裁的空間說法似有不和，但他們的內含卻相一致，因為音樂留給聽眾的餘韻，既是曲調在時間上的延續，也是在空間上的盤桓。若用二十世紀德國思想家瓦爾特·本雅明（Walter Benjamin，1892-1940）的術語說，這個時間與空間的合成，就是一個時空氛圍（aura）[60]，體現著獨到的歷史文化特徵。作為我個人的看法，這個歷史文化的時空氛圍，便是審美概念「境」的存在基礎，或稱廣義的語境，作品的主題或意旨就存在於其中。在此，「境」具有主觀與客觀的雙重性，是審美者與審美對象的互動，有

---

[58] 許慎、段玉裁《說文解字注》，上海：古籍出版社，1981，第 102 頁。

[59] 同上。

[60] Walter Benjamin, “The Work of Art in the Age of Mechanical Reproduction, “ in Charles Harrison and Paul Wood, eds. *Art in Theory: 1900-1990* (Oxford: Blackwell, 1992), p. 512.

如佛家所言「境由心造」和「境生象外」，其「心」涉及主觀的內在意象，而「象」則是客觀的外在物象。在字面上，「意境」與「境界」的區別，在於前者以「意」來強調「境」中之「心」的主觀性，後者以「界」來強調「境」外之「象」的客觀性。前者類似於禪悟，只可意會，不可言傳，而後者卻是可以感知、並可以用語言來描述的。因此，「境界」一語也被引申為精神和思想的境界。

西方漢學家們也強調「境」的主觀與客觀兩方面，例如美國耶魯大學教授孫康宜在研究中國五代時期的詩歌和宋詞時就寫到，五代的詩人們

> 善於利用詩歌的雙重性，即客觀之景和主觀之情。在此前的幾百年中，詩人們就認為，主觀與客觀的合一產生了詩境。因此，即便是在正統的詞學領域，也總有創新的可能性，這既是詩境的創造，也是詩詞之寫作技巧的創新[61]。

在此，用新的寫作技巧來創造詩境，是一種主觀的行為，通過這種主觀之舉，詞人將個人的情感和思想，注入到筆下的風景中。反過來說，也正是由於詞人的主觀介入，筆下的風景才超越了單純的客觀再現，從而使風景成為一種融主觀於客觀的詩境。所以，正像孫康宜事先所說：「在中國的詩學歷史上，理想的詩境是主觀內在與客觀外在的結合」[62]。

孫康宜用「詩境」（poetic world）一語來翻譯「境」、「意境」和「境界」，但由於西方傳統美學中並無「境」這樣一個既存的審

---

[61] Kang-i Sun Chang (1980), p. 96.

[62] Ibid., p. 95.

美概念和專門術語，於是，當代西方漢學家們對「境」的翻譯，便不得不是一種美學的闡釋，這為我們從當代文論的視角來認識這一中國美學概念，提供了有益的啟示。孫康宜之「詩境」一譯，不僅來自主觀與客觀的合一，從翻譯的角度說，也得自「境」的外延對「意境」和「境界」的覆蓋，並包容了三者之內含。不過，由於境、意境和境界各有偏重，西方學者們的闡釋也就各有所異，於是，英文中對這一概念的翻譯便不盡相同。加拿大華裔學者葉嘉瑩教授（Florence Chia-ying Yeh）將「境」譯為「被感知的環境」（perceived setting）。這個英文的中心詞「環境」（setting），是客觀的存在，但同時又被人的「感知」（perceived）所修飾和限定，因而也是主觀的存在。葉嘉瑩還有另一種譯法，即近似的「經驗世界」（experienced world / world of experience）[63]，其中客觀的「世界」（world）是中心詞，而「經驗」（experienced）則是人的主觀感知和體驗，在語言學上說，這主觀性修飾並限定了客觀性。

與孫康宜和葉嘉瑩相仿，不少學者都看重「境」的主客觀二元性。美國學者佐伊．勃納爾（Joey Bonner）和斯坦福大學的已故華裔教授劉若愚（James J.Y. Liu）都用直白的「世界」（world）來翻譯「境」。勃納爾的「世界」是一個「外在體驗和內在體驗相融合」的「境」[64]；劉若愚的「世界」是主觀精神和客觀環境相融合的「境」，他也強調這個融合的內在體驗與外在體驗。劉若愚說，「境」在印

[63] Florence Chia-ying Yeh, "Practice and Principle in Wang Kuo-weis Criticism," in Hightower and Yeh (1998), p. 497, p. 499.

[64] Joey Bonner. *Wang Guowei: An Intellectual Biography* (Cambridge: Harvard University Press, 1986), p. 385.

度古代哲學中，既是一個精神的世界，也是一個現象的世界[65]。他認為，這個「世界」容納了「境」的所有主客觀可能性，因為這個主客觀相綜合的「世界」既反射著詩人所處身於其中的外部環境，又是詩人之內在世界對這外部環境的回應。所以，劉若愚對詩境世界便有這樣的闡釋：

> 這是生活之外在方面與內在方面的綜合，前者不僅包括自然的景與物，也包括事件和行動，而後者則不僅包括人的情感，還包括人的思想、記憶、情緒和幻想。也就是說，詩中的「世界」同時反映著詩人的外部環境，以及詩人對自我之全部知覺的表達[66]。

顯然，在劉若愚看來，詩境世界的兩方面是因詩人的生活體驗而融合為一的。

但是，在這個主客觀共存的詩境世界中，也有學者強調主觀方面的重要性。美國普林斯頓大學教授高友工，將「境」譯為「inscape」，指內心風景。這是一個帶有宗教和超然神秘色彩的譯文，高友功採用了後結構主義理論的解說，認為「境」是一個「頓悟的瞬間」，在那一瞬間，「境」的外在表像一旦被把握，其內在意蘊便可洞悉[67]。

---

[65] James J.Y. Liu. *The Art of Chinese Poetry* (Chicago: University of Chicago Press, 1962), p. 84.

[66] Ibid., p. 96.

[67] Yu-kung Kao, "The Aesthetics of Regulated Verse," *in The Vitality of the Lyric Voice: Shih Poetry from the Late Han to the T' ang*, eds. Shuen-fu Lin and Stephen Owen (Princeton: Princeton University Press, 1986), p. 385.

西方漢學家對「境」的不同理解，以及他們對主客觀二者的不同偏向，使他們對「境」的闡釋各不相同。另有一些學者，例如阿德萊・李又安（Adele Austin Richett），力圖避免「境」之主客觀因素間無休無止的爭論和辯解，為了盡可能保留「境」之含意在中文裏的豐富、複雜和微妙，他們乾脆用音譯的方法，將「境」譯為「jing」。李又安解釋這一音譯說：

> 這個術語散見於大量的早期文獻中，其基本意思是指一個有邊界的領域或地區（a bounded area or region）。這個術語在後來被用於翻譯「visaya」一詞，並因此而進入佛教文獻，意指「一個地域、領土、環境、處境、地區、區域、領域，以及諸如此類，包括思維的領域、可視的形式、可聞的聲響等等，包括客觀現實中所有投射到人腦中的事物」。在宋代僧人法楊（Fa-Yun）於1143年完成的佛典《翻譯明義》中，「爾焰」一詞被用來翻譯 jneya，釋為「所知之事」或「可知之事」，也就是「境界」。蘇錫爾（Soothill）和胡篤實（Hodous）將「爾焰」定義為「可認知者，是知識的領域或基礎」。這樣，我們得以在其簡單的空間含義中，增加我們關於領域的概念，並包容我們關於現實的客觀知識」[68]。

如上所言，「境」本身是一個譯文，原文是古印度梵文「visaya」，指人的思想維度。照古印度梵語經典所說，「境」是人對眼之所見

[68] Adele Austin Rickett. *Wang Kuo-wei's Jen-chien T'zu-hua: a Study in Chinese Literary Criticism* (Hong Kong: Hong Kong University Press, 1977), pp. 23-24.

和耳之所聞的思索，是外界物象在人腦思維中的反射[69]。我的理解是，既然人的主觀接受是一個重要程式，那麼，「境」也是人的思維對外在物象的投射。所以，由於「境」既有客觀存在的基礎，又有主觀思維的傾向，其要義便不僅在於人的主觀意識和景的客觀物象的共存，而且更在於二者的共存方式。古印度梵文中的「jneya」（爾焰）一語，指「境」中可以被人感知和認識的客觀世界；與之相對，梵文中還有「jnana」一語，指人關於客觀世界的知識和智慧，也指人獲取知識和智慧的能力及主觀過程。在「jneya」和「jnana」這一對對立統一的哲學範疇中，人的主觀性和外部世界的客觀性是相互交織而不可分離的，因此，「境」的主觀與客觀兩方面實為一體[70]。當代西方漢學家多認為，「境」的主客觀兩方面共存，其方式是寓主觀於客觀之中。但如前所述，在這共存中，有的漢學家偏向主觀，有的偏向客觀。對此，我認為過分強調主客觀孰輕孰重的問題並無太大的意義，關鍵是應該看到二者的合一。二十世紀德國哲學家海德格爾（Martin Heidegger，1889-1976）深受中國和日本之神秘哲學的影響，對佛教禪宗思想有獨到的理解[71]。他關於存在

---

[69] Eliot Deutsch. *Advaita Vedanta: A Philosophical Reconstruction* (Honolulu: University of Hawaii Press, 1973), p. 95.

[70] 本書作者並不懂古印度梵文，這一段關於梵文中「境」的論述，得益於美國著名梵文學家、MHC 學院印度裔梵文教授 Indira Peterson 的面授。這位學者有近著研究梵文修辭術，請參閱 Indira Peterson. *Design and Rhetoric in a Sanskrit Court: The Kiratarjuniya of Bharavi* (Albany: State University of New York Press, 2003).

[71] 關於海德格爾受中國古代哲學的影響，可參閱 Reinhart May. *Heideggers' Hidden Sources: East Asian Influence on His Work* (London and New York: Routledge, 1989).

（Dasein）的概念主要就是「此在」（being here）與「彼在」（being there）的合一[72]。這一概念被引入二十世紀西方文論，並且直接影響了自己的學生伽達莫爾關於「語言的視界」和「視界的融合」等概念。這師生二人關於主客觀合一共存的哲學概念，有助於我們從西方現當代文論的角度來認識「境」這一中國古代審美概念。正是在這個意義上，儘管我認為李又安有偏向客觀之嫌，但我贊同他採用音譯「jing」來翻譯「境」。不過我也要指出，由於李又安偏向於「境」的客觀方面，將「境」與「景」混同起來，又將「境」與「境界」割裂開來，認為前者是「外在之景」，而後者才是景與情的合一。若從海德格爾和伽達莫爾的角度看，我要說李又安忽視了「境」之存在的主客觀相融合的特徵，有見木不見林之虞。

西方當代漢學家對「境」的研究，多認為「境」之主觀方面的重要性，恰存在於主觀與客觀的融合關係中。美國紐約大都會美術博物館的亞洲館館長何慕文（Maxwell Hearn）博士，專長於中國古代藝術史和傳統美學理論，他在談及中國文人山水畫時指出，「中國人對自然的描繪，很少有僅僅再現一個外在世界的。相反，他們的描繪是對畫家個人心靈的表述，這就是人格風景（cultivated landscape）」[73]。他的「cultivated」一語，既指耕作，也指修養；是人對土地農田的耕作，也是人對自己心靈的耕作。自唐宋以降的文人畫家，作畫有講究「潤」字者，意在求得明暗五色。他們畫山石

---

[72] Martin Heidegger. *Being and Time* (San Francisco: Harper and Row, 1962), p. 172, p. 182.

[73] Maxwell Hearn. *Cultivated Landscape: Chinese Paintings from the Collection of Marie-Helene and Guy Weill* (New Haven: Yale University Press, 2002), p. 9.

岩壑，一筆一潤，恰若耕耘其間。他們以筆為鋤，以墨潤田，沉心靜氣，耕種修煉，最後參禪悟道。所謂人格風景，便是畫家以文人之心來耕作風景，在風景中體現文人畫家的人格修養和悟道的精神境界。南朝文學理論家劉勰，將其文論巨著命名為《文心雕龍》，實際上就暗示了文人的心靈耕耘。何慕文說，宋代文人畫家「用單色描繪老樹、修竹、山石、茅廬，而這一切卻是他們性格與精神的體現」[74]。也就是說，中國古代山水畫家將個人的人格修養，注入到自然風景中，於是原本客觀的自然山水，便因文心的耕耘，而在其筆下帶上了人格烙印，終於成為具有精神價值的主觀山水。

二、「境」的詩學溯源

這種通過客觀來強調主觀的「境」的存在方式，可以追溯到唐代詩人王昌齡的「三境」說。王昌齡在〈詩格〉中寫到：

> 詩有三境。一曰物境：欲為山水詩，則張泉石雲峰之境極麗絕秀者，神之於心，處身於境，視境於心，瑩然掌中，然後用思，了然境象，故得形似。二曰情境：娛樂愁怨，皆張於意而處於身，然後馳思，深得其情。三曰意境：張之於意，而思之於心，則得其真矣[75]。

[74] Ibid..

[75] 據傳王昌齡為《詩格》的作者，但無確鑿的史料為證。學者們推測《詩格》寫於西元 742 至 785 年間，其最早文本，收在宋代學者陳應行的《吟窗雜

在中國古代文獻中，「意境」一語首見於王昌齡的上述文字。王昌齡將三境分開，其「物境」是可視的，專指客觀物象，相當於今人所言之「景」，也是詩人和畫家筆下的山水風景。王昌齡的「情境」指詩人注入了個人情感的「景」，並非完全可視，也不是詩人和畫家筆下的單純風景，而主要是有情之景，大致類同於我們現在所說的「境」。王昌齡的「意境」指富於詩人和畫家之哲思的「景」，也大致類似於我們現在所說的主觀心象之「境」。既然王昌齡從物、情、意三方面來說「境」，我們便有理由認為，他的「境」存在於物、情、意這三個方面，也正因此，後人所說的「境」，才指三境貫通、寓心於景的人格風景。對此，美國華裔學者余寶琳（Pauline Yu）認為，王昌齡之境「既是內在的也是外在的，既是感性的也是知性的，是心與景的融合」[76]。王昌齡三境說的價值，不僅在於他指出了「境」的主客觀兩方面，而且還在於他那主觀的「情」與「意」對我們的啟發，在於我們可以進一步將主觀的內心風景，分析為情感之境和意理之境，這有助於我們對「境」之概念的深入理解。然

錄》中，見陳應行《吟窗雜錄》，北京：中華書局，1997，第206-207頁。《詩格》曾一度失傳，但因日本僧人海空法師的《文鏡秘府論》有載，於是失而復得。關於西方漢學家對王昌齡和《詩格》的研究，可參閱 Joseph J. Lee. *Wang Cangling* (Boston: Twayne Publishers, 1982)，以及 Charles Hartman, "The *Yin-ch'uang tsa-lu* Miscellaneous Notes from the Singing Window: A Sung Dynasty Primer of Poetic Composition. " Paper presented on conference "Understanding Chinese Poetics: Recarving the Dragon, " Prague, September 23-26, 2001.等專著和論文。

[76] Pauline Yu. *The Reading of Imagery in the Chinese Poetic Tradition* (Princeton: Princeton University Press, 1987), p. 186.

而，王昌齡沒有特別指出這三境的融會貫通，沒有專門指出寓主觀於客觀之中的三境共存，這雖為遺憾，但我們不能苛求前人。

清代早期的學者王夫之（1619-1692）也有關於「境」的論述，並影響到了二十世紀初期王國維關於「境」的概念。李又安專門研究過這一影響，他寫道：

> 王夫之對王國維的影響，在於後者採納了前者關於詩歌中「境」與「情」互動的觀點。幾個世紀以來，中國的詩評家們就持這個觀點，但王夫之的貢獻在於，他讓人理解了「境」與「情」的共存。王夫之說，「情」與「境」其名不同，但實不可分。於是，王國維得以將二者融合於詩中，使之成為自己關於「境界」之詩歌理論的起點[77]。

李又安關於理論承傳的的說法很有見地，但如前所言，他顯然將「景」和「境」混淆了，這段引文中的「境」，應為「景」。

詩境是詩人所創造的不同於風景的新世界，詩人將個人情感、思想、精神、人格注入到風景中，使這詩境意蘊深厚。王國維用「造境」和「寫境」來說這境與景的不同[78]，認為「境」是詩人的創造，而「景」不過是對風景的摹寫，前者帶有理想特徵，後者則有現實特徵。換言之，前者傾向於精神性、觀念性，並與情感相關，後者則是可視的，與圖像和感官相關。在這個問題上，王國維指出了「常人之境」和「詩人之境」的劃分，在他看來，「寫境」只是單純描摹雙眼所見的客觀風景，「造境」則是詩人通過眼與心而在筆端創

[77] Adele Austin Rickett (1977), p. 23.

[78] 王國維《人間詞話》，見《詞話叢編》，第 5 卷，第 4239 頁。

造出來的主觀心象，包含著詩人對世界的獨特的個人化理解，這樣，所造之境便是「詩人之境」。雖然王國維在字面上仍用「境」來說「造境」和「寫境」，但詩人的所造之境顯然不同於所寫之景，他說：「境非獨為景物也。喜怒哀樂，亦人心中之一境界」[79]。詩人筆下所造的「境」，不僅使自己和風景相溝通，也使讀者和風景相溝通，還使詩人、風景和讀者三者相溝通，從而完成從景到境的創造過程。劉若愚在談到王國維之境與景的不同時，將二者區分得很清楚：「前者將我們領往一個新世界，擴展了我們的感受與領悟，而後者則再現了我們所熟悉的世界，僅僅肯定了我們對這個世界的體驗而已」[80]。劉若愚的闡釋，強調了王國維「詩人之境」或「造境」的主觀方面。

事實上，早在詩經時代，中國詩歌就講究情景交融，美國華裔學者孫珠琴（Cecile Chu-chin Sun）在談到這個問題時指出，人格風景具有雙重功能，它既有具體的物象，用以寄託詩人的抽象情感，也以這有情之景，來喚起讀者的情感[81]。這雙重功能的貫穿，就是美學和心理學所說的「審美通感」，靠了這種通感，「境」便得以最終實現。孫珠琴這樣說詩經中的情景交融：

> 人類感情的表達，不會孤立於自己所處的環境。在樸素的鄉村環境中，花卉、植物、動物，以及物候節氣的變化，織就

---

[79] 同上，第 4240 頁。

[80] James J.Y. Liu (1962), p. 99.

[81] Cecile Chu-chin Sun, *Pearl from the Dragon's Mouth: Evocation of the Scene and Feeling in Chinese Poetry* (Ann Arbor: Center for Chinese Studies, University of Michigan, 1995), p. i.

> 了人類大戲的背景，人類演出的大戲，包括了愛情、離別、戰爭和不公，等等。對早期的詩人來說，最自然而然的事情，是通過他們在身邊環境裏的所見所聞，來表達自己的思想和情感[82]。

這「身邊環境裏的所見所聞」是景的一部分。所以，孫珠琴將中國詩歌中的情景交融，看成是「人類表達感情的一種習慣模式」[83]。照這位學者的看法，在中國詩歌發展史上，宋代是情景交融之詩藝的集大成和理論總結時期，她稱其為「綜合階段」[84]。儘管孫珠琴討論的是詩，但在論及王國維關於宋詞的境界問題時，她對詩和詞一視同仁，詩境與詞境所指相同[85]。

三、張炎的詞境

在孫珠琴之謂「綜合階段」這樣的歷史前提下，我們不難理解，為什麼今日國內的文論和宋詞學者，會將張炎的「清空」之說，解讀為詞境之說[86]。張炎在《詞源》中沒有專門討論「意境」或「境界」問題，也沒有使用「境」字，但他以「情景交煉」和「景中帶

[82] Ibid., p. 1.
[83] Ibid., p. 2.
[84] Ibid., p. 6.
[85] Ibid., p. 154.
[86] 對這個問題，國內學者孫立有綜述性研究《張炎詞學理論的美學意義》，見《南京師大學報》1992 年第 2 期，第 51-55 頁。

情」[87]之說而涉及了詞境世界，尤其是這個世界的外在和內在兩方面。在張炎看來，姜夔和吳文英的詞作，分別代表了兩種不同的詞境世界。在《詞源》的〈清空〉一節，他對姜夔和吳文英進行了比較：「姜白石詞如野雲孤飛，去留無跡。吳夢窗詞如七寶樓臺，眩人眼目，碎拆下來，不成片斷」[88]。表面看，這比較是外在的、感性的，但在字面之下，卻指出了內在世界的不同：野雲孤飛的「清空」之境和七寶樓臺的「質實」之境。在前一詞境中，姜夔那無拘無束的自由精神，像一片獨行的流雲，在長空中飛翔；在後一詞境中，吳文英筆下的物象世界，如七寶樓臺，讓人眼花繚亂。張炎為什麼褒姜貶吳？這固然是因為吳文英用詞太實，因而有晦澀之嫌。但在這表面現象的背後，我們發現吳文英的七寶樓臺多傾向於詞境的外在方面，而姜夔之野雲孤飛的清空詞境，則更傾向於內在方面，注重追求自由的人格精神。

張炎不僅看重詞境之外在與內在兩方面的融合，他更強調姜夔詞境的內在世界。除了人格精神，張炎還說姜詞「清空中有意趣」[89]。在字面上解讀，所謂「清空中有意趣」是說姜詞的清空詞境裏包含著意趣，也就是說，意趣潛藏在詞境裏面。中國當代學者之所以認為張炎的「清空」之說是意境之說，原因之一便是他們都看到了這一點[90]。張炎的意趣概念，與中國傳統詩學中的寄託這一概念相關，如果我們細究《樂府補題》中的所詠之物，便會看

---

[87] 張炎《詞源》，見《詞話叢編》，第 1 卷，第 264 頁。

[88] 同上，第 259 頁。

[89] 同上，第 261 頁。

[90] 張惠民（1995），第 288 頁。

到意趣與寄託基本同義。學者們歷來認為，由於中國詩歌內存寄託，而所寄託者為「意」，所以中國詩歌具有各種可能的潛在含義，包括《樂府補題》那樣的政治含義。張隆溪在討論詩經時談到過這個問題，他說：「我們不滿於對詩經的傳統評說，……，因為詩評家們的評詩之法，乃將詩歌僅僅看作是著上了偽裝的宣傳」[91]。雖然張隆溪對這種評詩之法不滿，但他的不滿卻從反面說明了潛在的寄託之意在中國詩歌傳統中的重要性和久遠的歷史。

關於意趣和寄託的問題，後面將專節討論，因為本書認為意趣屬於張炎詞論之蘊意結構的觀念層次。所以，此處只欲指出，在詞境中探討潛在之意，是從蘊意結構的審美層次向觀念層次的推進，是這兩個層次間的連接，揭示了各層次間貫通一體的關係。

張炎詞論中的詞境，不僅涉及外在之景和內在之意的關係，而且也涉及外在之景和內在之情的關係。在《詞源》之〈賦情〉一節，張炎論及情時，提到陸淞[92]（1147 年前後）和辛棄疾，並將他們詞中的情與景相聯繫，提出「景中帶情」[93]的看法。這既是說景中有情，更是說借景抒情。同樣，在《詞源》緊隨其後的〈離情〉一節，張炎引用姜夔和秦觀，提出「情景交練，得言外意」[94]的看法。所謂「交練」，說明張炎之謂詞境，不是情與景相互割裂的內外兩部分，而是二者的整合與融會，惟其如此，才能通過情景交融而獲得

[91] Zhang Longxi, "The Letter or the Spirit: the *Song of Songs*, Allegoresis, and the *Book of Poetry*," *Comparative Literature* 39 (1987): 193-217.

[92] 陸淞為陸游胞弟，生卒年不詳。

[93] 張炎《詞源》，見《詞話叢編》，第 1 卷，第 264 頁。

[94] 同上。

意趣。我們在此看到，張炎的的詞境，一方面是內外兩個世界的合一，另一方面是景、情、意三者的合一，而情與意更與人格精神一道，構成詞境的內在世界。

在《詞源》的〈清空〉和〈意趣〉兩節，張炎都用姜夔的兩首著名詠梅詞〈暗香〉和〈疏影〉來說清空詞境，但未作具體闡述。我根據張炎的上下文，借姜夔詞來試述之。江夔在這兩首詞前寫有小序，說自己在 1191 年到蘇州，客居范成大寓所。此序及〈暗香〉詞如下：

> 辛亥之冬，予載雪詣石湖。止既月，授簡索句且徵新聲。作此兩曲，石湖把玩不已，使工妓隸習之，音節諧婉，乃名之曰暗香、疏影。
>
> 舊時月色，算幾番照我，梅邊吹笛。喚起玉人，不管清寒與攀摘。何遜而今漸老，都忘卻春風詞筆。但怪得竹外疏花，香冷入瑤席。
>
> 江國，正寂寂。歎寄與路遙，夜雪初積。翠尊易泣，紅萼無言耿相憶。長記曾攜手處，千樹壓西湖寒碧。又片片，吹盡也，幾時見得。

《全宋詞》，第 3 卷，第 2181 頁

在這首詞中，姜夔的造境始於首句。第一句頭二字「舊時」指出了時間上的過去，並不露聲色地與時間上的現在（即江夔作詞之時）產生了潛在的對比，從而劃出了一個時間上的行程線索。第一句的後二字「月色」，提示了詞人舉目望月，看見月光穿過天空，

也提示了詞人低頭沉吟，看見月光灑滿大地，從而在天空和大地之間，有了一個滿目月光的空間。於是，「舊時月色」一句，在時間與空間兩個維度上，為這首詞織就了一個背景，一個富於詩意的自然之「景」。這景的詩意在於「舊時」和「月光」二語在中國文學傳統中所暗示的感傷情懷，前者常常意指往日之所失，而後者常常意指浪漫故事。在這首詞中，姜夔的懷舊、懷鄉與懷人之情，通過「舊時」一語而流露，其傷感之情則由「月光」一語暗示。據夏承燾的研究和考證，姜夔的詠梅詞，吟唱的是詞人之真實的愛情故事[95]。這樣，這背景所營造的感傷氛圍，便有可能使詞人走向讀者，讓讀者在後面的詞句中探究詞人何以會有此感傷情緒。

果然，詞人在第二行中走了出來，他細數自己沐浴月光的次數，將前一行的感傷之情，同自己聯繫了起來。由於詞人使用第一人稱，詞人所「算」的「幾番」便在前一行的時間與空間中，架起了連接的橋樑。這連接點是處於天地之間的「我」，因為無論是幾番，無論是舊時還是現在，月光都在「照我」。由於引入了「我」，月光便富有了生氣，獲得了生命和人性，得以與詞人的浪漫故事和感傷之情相溝通。在第三行的「梅邊吹笛」中，這一傷感之情，從月光下的朦朧，因委婉的笛聲而走向清晰。這漸趨清晰的傷感，又因詞人在梅邊吹笛，而與梅相關。正如姜夔詞題所示，詠梅是此詞之主題，而感傷之梅則有是詞人藉以表情達意的主體。如果我們說，舊時月色的時空背景，可能會是一個靜止的背景，那麼當詞人出現，並在梅邊吹笛時，這背景與前臺所構成的世界，便是一個流

---

[95] 夏承燾《姜白石詞編年箋校》，上海：古籍出版社，1981，第49頁。

淌著感傷音樂的活生生的靈動世界。在形而上的意義上說，月光從天空灑向大地，在讀者的感知中也是一個靈動的行程，而不會是靜止的。這種靈動，在第四和第五行中因動詞「喚起」與「攀折」的使用而具體化了。也就是說，在舊時月色的時空背景下，由於詞人的出現和音樂的流淌，由於喚起玉人和攀折梅花的愛情故事，姜夔所創造的詞境便從單純的「景」化而為「境」，成為一個具有生命靈動的感傷之境。

姜夔的造境並未就此而止。在「我」出場之後，詞人於第六行中用了何遜的典故，來為「我」求得一個歷史語境。何遜（?-518?）是南朝詩人，以詠梅著稱，有詩〈詠早梅〉。據說，何遜當年在揚州時，居室前有一梅，當梅花盛開，他便在梅下詠詩，對此梅情有獨鍾。後來何遜遷往洛陽，思梅心切，可是回到揚州重訪是梅，卻因情到深處而不能詠梅[96]。姜夔用典，以何遜自比，但自己能夠詠梅，於是二者間又有了一個反差和對比。這樣，姜夔對梅的情，是經過了情到深處之後，從不能詠梅而到非詠梅不可，所以會有「何遜而今漸老，都忘卻春風詞筆」之句。情的超越，深化了姜夔的詞境，使這境中的情，不是空泛地飄蕩在景中，而是深深地沉在表面之下。這個典故的另一作用，是賦予姜夔詞境以一種歷史感，將舊時的人、事、情，同現時的人、事、情貫通起來，並在二者的聯繫和對照中，造就一個反思舊情、探索當下之情的機會。這反思和探索，乃境中之意。這樣，姜夔的詞境，便有了從情到意的擴展和深化。於是我們看到，在這首詞之上片的最後，姜夔得以通過「但怪

[96] 這一傳說並非史實，可參見俞平伯編《唐宋詞選釋》，北京：人民文學出版社，1979，第224頁。

得竹外疏花，香冷入瑤席」二句，而從自己的過去回到現時，將過去的傷感，寄託於現時的梅花。

所以，姜夔對〈暗香〉詞境的進一步深化，實見於是詞下片的現時心境。「江國，正寂寂」一句，詞人的心境融化在詞境中，成為詞境的靈魂。這現時的心境又聯繫著往昔之愛的失落，故有現時的「歎寄與路遙，夜雪初積」的無奈。下片的深刻在於是詞的現時性，因為在事實上，往昔與現時不可能相會，於是才有詞人的刻骨銘心之句，「翠尊易泣，紅萼無言耿相憶」。姜夔之詞境，既能入於心境，又能出於心境，使外在之景同心境幻化為一。在全詞的上下文中看「長記曾攜手處，千樹壓西湖寒碧」一句，過去與現時、心境與景致、情感與思想，已不能區分。但是，往日失落的已經失落，猶如梅花之瓣，已一去不返。儘管詞人明年還可能來看這梅花，然而，哪怕是同一樹，卻不會是同一花。所以，詞人欲言還止，惟能說「又片片，吹盡也，幾時見得」。在此，詞人將詞首的舊時月色，同詞末的一聲歎息，通過梅花而融為一體，完成了詞境的深化，是為姜夔的造境之法。

張炎在詞境問題上推崇姜夔，尤其推崇其詠梅詞。在《詞源》的〈清空〉和〈意趣〉兩節，張炎都用姜夔的著名詠梅詞〈暗香〉和〈疏影〉來說清空詞境。對這個詞境，清代學者郭麟（1767-1831）在其《靈芬館詞話》中有描述和解說：「姜、張諸子，一洗華靡，獨標清綺，如瘦石孤花，清聲幽磬。入其境者，疑有仙靈；聞其聲者，人人自遠」[97]。在這段文字中，郭麟說姜張筆下有境，他

[97] 郭麟《靈芬館詞話》，見《詞話叢編》，第2卷，第1503頁。

沿襲中國美學和詩詞評論的形象和感性傳統，用瘦石孤花和清聲幽磬來描述二人的清空詞境，不僅涉及了詞風，更涉及了人格。如果我們說這段描述中的瘦石和孤花，只不過是一些簡單的客觀物象，僅是外在的可視之景的一部分，那麼，由於這景中有仙靈，且仙靈之聲可聞，於是，這景便獲得了一種超凡的生命，並在清聲幽磬的陪伴中，化而為境，詞人的情感和思想，在這境中得以流露和表達。

如前所述，王國維之後的二十世紀中國學者，大多認為清空即意境。蔡嵩雲說，張炎之所以推崇姜夔，是因為其古雅峭拔的詞境，張炎的清空一語，就是專門描繪這一詞境的[98]。也就是說，在張炎看來，姜夔的詞及其詞境，是對自己的清空概念的最好注釋，尤其是在審美層次上對清空詞境的最好注釋。既然在王國維之前和之後，學者們大多都承認姜夔和張炎的清空詞境，那麼，為什麼王國維偏在詞境問題上會對姜夔持有異議？探討這個問題，也許會有助於我們從審美詞境的角度進一步闡說張炎的清空概念。且讓我們先看王國維在《人間詞話》裏的說法：

> 白石寫景之作，如「二十四橋仍在，波心蕩冷月無聲」，「數峰清苦，商略黃昏雨」，「高樹晚蟬，說西風消息」，雖格韻高絕，然如霧裏看花，終隔一層。梅溪、夢窗諸家寫景之病，皆在一「隔」字。北宋風流渡江遂絕[99]。

[98] 夏承燾、蔡嵩雲《詞源注、樂府指迷箋校》，北京：人民文學出版社，1981，第 41 頁。

[99] 王國維《人間詞話》，見《詞話叢編》，第 5 卷，第 4248 頁。

在王國維看來，姜夔的問題在於「隔」，即所謂「隔境」。他在《人間詞話》的另一處從反面解釋這個術語說：「語語都在目前，便是不隔」[100]。王國維的「語語」二字，指再現或描述景象的文字，也指被文字所再現或描繪的景象。照王國維所言，如果詞人用文字的描述來將景象直接呈現在讀者眼前，便不會「隔」。因此，姜夔詞境的問題，是其景象未被文字直接呈現，其詞境沒有直接出現在讀者的視覺接受中，也即在景象與讀者之間，有一層隔膜。

就「隔境」問題，美國學者勃納爾自有解釋，他寫道：「對王國維來說，能夠抓住真情真景之本質的詩歌，便具有直接或透明的品質，他稱之為『不隔』」[101]。對於「隔境」的成因，勃納爾也有解釋，他說，「平庸的詩人，其作品是不透明的，即所謂『隔』。這是因為他們過度使用典故、引語、代詞，以及諸如此類的文學手法」[102]。另一位學者李又安也談討論過這個問題，認為「隔」就是「無法接近」。他說：「有的詩歌看上去像是隔著一層紗或霧，而另一些詩歌卻沒有這些隔膜，可以讓人直接體驗」[103]。李又安指出了詞中的兩種隔膜，一是詞人沒有聚焦於詞作所描繪的主體，如詠物詞中的所詠之物，而是過分注意對詞人之個人感情的表達，造成詞之讀者與所詠之物的隔膜。二是詞作過分依賴比喻和典故之類手法，造成修辭對主體的遮掩[104]。勃納爾和李又安討

[100] 同上。

[101] Joey Bonner (1986), p. 124.

[102] Ibid..

[103] Adele Austin Rickett (1977), p. 28.

[104] Ibid., p. 28-29.

論的是王國維的詩學問題，而非姜夔的詞。他們對王國維的闡釋，基本上停留在字面的解讀。當談到姜夔時，他們只是順應王國維之說，以姜詞來佐證之，他們不可能在王國維之「隔境」問題上為姜夔申辯。可是王國維本人對姜夔倒是比較公允，他在說姜夔的「隔境」問題時，也指出了姜夔的不隔之詞，例如〈翠樓吟〉[105]。是詞有六行最為王國維稱道：

> 此地。宜有詞仙，擁素雲黃鶴，與君遊戲。玉梯凝望久，歎芳草、萋萋千里。
>
> 《全宋詞》，第3卷，第2184頁

這幾行中的詞仙，與素雲黃鶴一道，被詞人直接呈現在讀者眼前。由於這三者的形象具有可視性，讀者可以直接在頭腦中將三者視覺化，因而三者合為一景。由於視覺呈現的直接性，讀者竟可以同詞仙直接互動，故有「與君遊戲」一句。這一直接性也來自詞人自身的直接介入，例如，「玉梯凝望久」一句，便可看成是詞人與讀者的直接交流。這樣，以領字「歎」引起的兩句，就成為詞人對讀者的直接訴說，其間並無隔膜。

可是無論如何，王國維在「境」的問題上傾向於看低南宋詞。他在比較北宋詞和南宋詞時寫道：「然南宋詞雖不隔處，比之前人，自有深淺厚薄之別」[106]。在他看來，南宋詞的「隔境」問題，主要是景象與讀者之間、情感與讀者之間的隔膜。由於南宋詞的隔膜相

---

[105] 王國維《人間詞話》，見《詞話叢編》，第5卷，第4248頁。

[106] 同上。

對較深較厚，因而詞中景象與讀者之間的距離也就較大，詞中情感與讀者的距離也同樣較大。李又安認為姜夔的〈揚州慢〉、〈點絳唇〉、〈惜紅衣〉三詞，就有這樣的隔膜和距離。但是，他的解釋卻有生硬之嫌：

> 姜夔在詞中總想讓讀者相信，月亮寒冷無情，不會安慰舉頭望月的斷腸人。姜夔也想讓讀者認為山峰是可憐的，讓人想像該怎樣忍受傍晚的山雨。他還想讓讀者相信，樹上的鳴蟬居然可以說話。在這些詞中，姜夔被自己的孤獨之情淹沒了，他為自己的傷感而悲吟，卻忘記了自然的限度，結果將自己的情感強加給外在的自然之物[107]。

在我看來，李又安的上述描述，不僅不是姜夔的不足，反倒是姜夔的造境之法。他讓讀者認為寒月無情，實際上是在月景中傾訴自己的傷感之情，也就是將自己的情感延伸到自然之景。王國維對姜夔的指責，當代學者通常都是附和，例如中國學者孫維城就與李又安持類似的態度。孫維城在研究王國維的「隔境」之說時，指出了四種「隔境」[108]。第一種稱「景隔情」，即在讀者與詞人的真情之間有景的隔膜，於是讀者對詞人之真情的理解便受到了妨礙。第二種稱「景隔景」，即在讀者與詞所描繪的真景之間有景的隔膜，讀者對真景的體驗受到了妨礙。孫維城認為，在這兩例「隔境」中，詞人有意製造隔膜，來干擾真情的表達和真景的描繪。這是因為中

107 Adele Austin Rickett (1977), p. 29.

108 孫維城《隔境：一個重要的意境範疇》，見《文史知識》，1995，第 6 期，第 64-69 頁。

國的傳統美學講究表達和描繪的間接性，唯有這樣的間接表達和描繪，才可以給讀者的感受和想像，造就一個更廣擴的空間，也才能使意境更深遠，使意境的蘊意更豐富。照孫維城的解讀，王國維實際上很推崇這兩種具有間接性特徵的「隔境」。但是，第三和第四種「隔境」，卻是王國維所反對的，這才是姜夔之「隔境」的真正問題。

孫維城將第三種「隔境」稱為「情隔景」，指虛情遮掩了真景，將第四種「隔境」稱為「情隔情」，指虛情妨礙了真情。這裏的虛情，是一種不真摯的矯飾的傷感之情。按孫維城對王國維的解說，這兩種「隔境」是姜夔之短。為了支持自己的說法，孫維城分析了姜夔詞〈點絳唇・丁未過吳淞作〉：

> 燕雁無心，太湖西畔隨雲去。數峰清苦，商略黃昏雨。
> 第四橋邊，擬共天隨住。今何許？憑闌懷古，殘柳參差舞。

《全宋詞》，第 3 卷，第 2171 頁

孫維城說，姜夔在這首詞中提到了雁、雲、峰、雨、柳，但並沒有描繪它們，讀者無法獲得它們的視覺形象。姜夔在詞中只關注自己，關注自己那過分的情感表達。這過分的情感是矯飾的虛情，成為詞中隔膜，妨礙了讀者對雁、雲、峰、雨、柳之類真景的體驗，是為「情隔景」。孫維城特別指出，「數峰清苦」一句，有失自然，因為該句以詞人為中心，將景置之一旁[109]。與此相似，孫維城認為，在姜夔的其他詞作中，那高潔超然的用字，過分主觀而有斧鑿之

[109] 同上，第 67 頁。

痕，如「冷」、「寒」、「老」、「月」、「冰」、「雪」之類，甚至有潔癖之嫌。由於使用這些過猶不及的斧鑿之詞，作者的情感便不自然，而真情實感則被遮掩了，是為「情隔情」[110]。

孫維城對姜夔詞的上述解讀，是為了印證王國維對姜夔之「隔境」的非難。儘管王國維的意境之說不是本書的主題，但探討王國維在「隔境」問題上對姜夔的責難，卻有助於我們在審美層次上理解張炎的清空詞境。顯然，王國維在詞境問題上對姜夔的非難，與張炎對姜夔之清空詞境的倡導背道而馳。本書無意去調和這兩種完全不同的觀點，而希望借王國維與張炎的不同，來另闢一途，通過分析姜夔詞作並討論「隔境」問題，來進一步探討張炎詞論中的詞境問題。在此，本書的另闢之途，是就孫維城的所說的後兩個「隔境」問題而與之商榷，指出其加諸姜夔的「情隔景」和「情隔情」之責是一個不實的命題。

姜夔的〈點絳唇〉一詞，上片一開始便描繪了一幅寬廣的景色，那象徵著自由精神的大雁，就飛翔在這寬廣的太湖水天之間。詞人一落筆，即著力於詞境的創造，為這水天之間的世界，賦予了追求自由的人格精神。然後，詞人轉而描繪這個世界本身，但仍以人格精神為重。「清苦」一語為擬人用法，使水天之間的山峰具有了人格，而動詞「商略」則進一步強化了山峰的人格，使這景中靜止的山峰同飛雁、流雲和暮雨等活動的物象化為一體，山水之景由此而獲得了靈動之氣。

---

[110] 同上，第 68-69 頁。

姜夔筆下的物象既在空間上化為一體，又因暮雨將至和山峰待雨的時間性而在時間上化為一體。這些物象的時空特徵，為姜夔所追求的精神自由，提供了一個實現的場所，這就是這首詞的人格之境。這樣，下片第二行的動詞「住」，便有可能與上片第二行的動詞「去」以及第四行的動詞「商略」相呼應，使這人格之境在下片裏得到強化。姜夔在詞中所流露的個人情感，無論是否過於感傷，實際上都是詞人之精神的顯現，並借詞中雁、雲、峰、雨、柳等物象而表達出來，沒有遮擋這些物象。姜夔的情，很難說是一種過渡渲染的虛情，更不是真景、真情的隔膜。孫維城所說的「情隔景」和「情隔情」，是一種形而上的說法。儘管文學研究在某種意義上應該是形而上的，但立論的求證或結論的推演應該遵循相對嚴格的形式邏輯。孫維城對姜夔的〈點絳唇〉之兩種隔境的解讀，以王國維對姜夔的非難作為預設前提來立論，其論證的過程，則是在姜詞中尋找「情隔景」和「情隔情」的例子，最後得出與王國維之說相同的結論。這種研究方式本身無可厚非，但在孫維城的預設前提和結論之間，卻是一種自我引證的非邏輯關係，類似於闡釋的循環。

其實，姜夔是詞的「不隔」，早就有人指出了。比王國維稍早的晚清學者陳廷焯（1853-1892），說這首詞「通首只寫眼前景物」[111]。同時，陳廷焯也指出，這不是一首簡單的寫景之詞。照我的理解，是詞所寫之景，尤其是景中飛翔的大雁，象徵了詞人的自由精神，而「數峰清苦」一語，則展示了姜夔超脫塵世的高蹈之氣。陳廷

111　陳廷焯《百雨齋詞話》，見《詞話叢編》，第4卷，第3798頁。

焯還評說，姜詞下片的最後三行，流露出對往昔的感傷，詞人「感時傷事，只用『今何許』三字提唱」[112]。下片提到的天隨，是唐代詩人陸龜蒙（約 881 前後），姜夔崇慕其高潔的人格，但二人生不同世，故詞人只能在內心中感到孤獨與傷感。如果說姜夔詞中的所寫之景，都如陳廷焯所言，是直接呈現在讀者眼前的，因而不存在「隔」的問題，那麼，姜夔詞中的所述之情，也如陳廷焯所言，「無窮哀感，都在虛處」，因而也不存在「隔」的問題。所謂虛處，詞中的陸龜蒙便是一例，因為詞人沒有直接描寫這位往昔詩人，而僅僅是在橋邊憑欄沉思時，表達了欲與其相會的內心願望而已。正因此，陳廷焯才說，姜夔之詞，「特感慨全在虛處，無跡可循」，因為「白石則如白雲在空，隨風變滅」[113]。進一步說，姜夔在詞中並沒有過分誇大他因不能與陸龜蒙相會而感到的憂傷之情，他「只用『今何許』三字提唱」，引而不發，將情感融入了他所直接描繪的景中。

孫維城之所以說姜夔詞中有兩種隔境，是為了應和王國維。雖然他對幾種隔境的辨認，有助於我們理解王國維，但卻無助於我們認識姜夔。孫維城不僅沒有看到姜夔為何要強調個人情感，更沒有看到姜夔怎樣強調個人情感，因為他沒有把握姜詞中景與情的關係，而只用王國維的觀點作為預設前提來進行論說。姜夔的寫景是直接的，而抒情則是間接的，直接的描寫包容著間接的表達，其思想和情感既未誇大，也不會妨礙讀者對所寫之景的體認。

---

[112] 同上。

[113] 同上，第 4 卷，第 3797-3798 頁。

姜夔所造的詞境，是景與情的融合，其間更融入了詞人的思想、精神和人格。這一切，雖有超凡脫俗的高蹈之處，但都是真實、真摯的。這樣的詞境，就是張炎所推崇的清空詞境，在可感之景中深藏著情感、思想、精神和人格的寄託。

第四節　觀念層次：意趣的內蘊

本書在前一節討論張炎詞論的審美詞境時，強調了詞境的主觀內在與客觀外在兩方面。在審美詞境中，所謂主觀的內在方面，主要指詞作者的托物言志和借景抒情，這不僅指志趣、情感和思想，也指作者的人格精神，尤其是在宋末元初這一特殊歷史時期中國文人的獨立人格和自由精神。詞作者對作品之內在方面的經營謀劃，是觀念的運作，即通常所謂構思。正是在這樣的意義上，張炎清空詞論的蘊意結構，得以從審美的層次，上升到觀念的層次，而形式、修辭、審美、觀念四層次的貫通，則使蘊意結構的整體建構得以完成。當然，這四個層次的貫通，是一個形而上的進程，而非具體的時間推進。

觀念層次是張炎清空詞論之蘊意結構的第四個層次，在這個層次上，張炎主要論及了「意趣」問題，涉及構思詞作時的立意和達意問題。立意關涉詞作的主題，達意關涉作詞的方式，立意和達意的過程，是觀念運作的思考過程，也就是觀念化的過程。要之，張炎的意趣，涉及觀念和觀念化二者。

一、意趣與寓意

儘管張炎的「意趣」在觀念層次上涉及了構思的重要性，涉及了怎樣立意和達意的問題，但無論是在中國的文學史研究界還是在西方的漢學界，「意趣」問題在張炎詞論的形式、修辭、審美、觀念四者中，是學者們討論得最少的問題。究其原因，是學者們不認為「意趣」乃張炎清空詞論之一方面，而認為意趣與清空、雅正相並列，且各自獨立。例如，中國當代學者艾治平便認為，張炎詞論所倡導者有三，清空、雅正、意趣[114]。這是學術界頗有代表性的一種觀點，結果，在與清空和雅正的並存中，意趣便顯得相對次要。正是在這一點上，本書對張炎「意趣」的認識和闡釋，不同於其他學者的通常觀點，而且，本書也強調意趣之於清空詞論的重要性。

「意趣」是張炎《詞源》第七節的題目和主題，張炎開宗明義：「詞以意趣為主，不要蹈襲前人語意」[115]。在夏承燾校注的《詞源》版本中，〈意趣〉節的首句是「詞以意為主」[116]。兩個版本的一字之異讓我們看到，在張炎的「意趣」之論中，「意」最為重要，它具有兩個相關的所指：作品的通篇之意和某行某詞之意，前者側重主題之意，後者側重用語之意。二者的關係是，前者以後者為存在

---

[114] 艾治平《婉約詞派的流變》，瀋陽：遼寧大學出版社，2000，第 347 頁。

[115] 張炎《詞源》，見《詞話叢編》，第 1 卷，第 260 頁。

[116] 夏承燾《張炎詞源注》，北京：人民文學出版社，1981，第 18 頁。

基礎，後者包含著前者，同時又以前者為綱，二者不可分割。無論是通篇的主題之意還是某行的用詞之意，「意趣」一詞的關鍵均在於「意」。

「意」的字面含意，可見於許慎《說文解字》:「意，志也」。許慎的進一步闡釋，說明了主題之意與用語之意的關係:「察言而知意也」。清代段玉裁為許慎之「意」作注:「意即識」，並解釋說是「心所識也」[117]。因此，在字面上說，「意」與「志」同指意向、志向和意圖，關涉作品的終極指向。

「意」與「趣」詞義相聯，一方面，一首詞作的意之所在，也是其趣之所在；另一方面，「意趣」可理解為意之趣。許慎對「趣」的解說是「趣疾也」，指朝著某一方向疾行，即後人所謂「趨」。段玉裁對許慎之「趣」的注釋，偏重疾行的方向、目的和意圖，其「趣」有興趣、利益和利害關係之義:「又濟濟辟王，左右趣之。箋云，左右之諸臣皆促急於事」[118]。也就是說，個人行動的趨向，由其意圖決定。正是在這一點上，「意」與「趣」不僅發生了字面上的聯繫，更有語意和語用學上的聯繫。

西方漢學家有討論「趣」者，如美國學者喬納森・查韋斯（Jonathan Chaves），他在論及明代後期的「公安派」詩人時，這樣說「趣」:

> 這是事物的中心實質，不可名狀，具有精神特徵。一個人若通過外部世界來觀照「趣」，則「趣」又獲得心靈的特

---

[117] 許慎、段玉裁《說文解字注》，上海：古籍出版社，1981，第 502 頁。

[118] 同上，第 63 頁。

> 徵。這與中國的許多批評術語一樣具有二元功能，它們既可以用來描述外部世界，又可以用來描述其觀照者的內心世界[119]。

雖然查韋斯所說的「趣」，是比張炎晚了三百多年的詩人和批評家袁宏道（1568-1610）的「趣」，但他卻把握了這一術語的本質，即二元性，並由此而道出了「趣」與詩人之觀念和意圖的關係，也道出了「趣」與詩人所造之「境」的關係。由於歷史時代和社會文化環境各異，張炎之「趣」與袁宏道之「趣」有所不同，但是公安派的「趣」，卻可以為我們理解張炎的「趣」提供一個歷史的參照。對公安派的詩人和批評家來說，「趣」有時一般性地指樂趣或興趣，有時指文學作品的文體或風格，有時則如查韋斯所說，指「文藝作品或生活經驗的本質」[120]。在張炎的詞論中，「趣」體現了「意趣」的「意」，而「意」又在語法上修飾並限定了「趣」。所以，公安派之「趣」與張炎之「趣」的共同點是，二者都指意圖、意向，都關涉作品的終極含義。

在中國傳統美學、詩學和文藝批評中，不少術語都用了「趣」字，如情趣、理趣、野趣、真趣，等等。這些術語的要旨，是「趣」被修飾和限定。在這樣的語境前提下，張炎的「意趣」便指詞作的意圖和主題，指詞作之用語和行句之語意所揭示的詞意。照張炎的意思，正是意趣所決定的用語之意和主題之意的獨特性，才

---

119 Jonathan Chaves, "The Panoply of Images: A Reconsideration of the Literary Theory of the Kung-an School," in *Theories of the Arts in China*, eds. Susan Bush and Christian Murk (1983), p. 345.

120 Ibid., p. 346.

使某一詞作獨一無二。在〈意趣〉一節，張炎舉出了不少著名詞人的詞作來說明這獨一無二，如蘇軾的〈水調歌頭・中秋〉、〈洞仙歌・夏夜〉，以及王安石的〈桂枝香・金陵〉和姜夔的詠梅詞〈暗香〉、〈疏影〉。張炎就此而評說到：「此數詞皆清空中有意趣，無筆力者未易到」[121]。張炎在此說得很清楚，清空中包含著意趣，意趣存在於清空中，是清空的一個方面。在我看來，意趣既是清空之境中與外在客觀世界相對照的主觀內在方面，也是張炎清空詞論中與形式、修辭、審美三者並存的一個方面，即觀念和觀念化的方面。照張炎所言，意趣的重要性，在於使作品獨一無二，也就是使一首詞因其主題獨特而不同於其他詞，使一個作者對情感和思想的表達，不同於其他作者。例如姜夔的詞作，既有與他人類似的一般性傷感之情，又有他個人獨有的交織著愛之失落和北宋淪亡的傷感之情。張炎推崇姜詞的意趣，而姜詞之意趣的獨特性，在於個人情傷和北宋國殤的交織合一。

前面已經談到，張炎的意趣之說，涉及觀念和觀念化兩方面，我們在此先討論第一個方面，即作為觀念的意趣。

既然張炎的意趣潛在於作品之中，關涉作品的終極指向和終極含義，那麼通過上面所言，我們便可以說，張炎的「意趣」基本上相當於西方文論中的「寓意」(allegory）概念，二者的同義關係，可以幫助我們從西方視角來闡述「意趣」。在西方文論中，「寓意」這一術語具有主題和修辭兩重相關的指涉，即作為主題的所寓之意，以及作為修辭的意之所寓。換言之，語言所描述者為一物，而語言通過這一物

[121] 張炎《詞源》，見《詞話叢編》，第1卷，第261頁。

所指涉者則為另一物。在詩歌中，所詠之物所暗含的意義，在該物之外，甚至在該詩之外，也就是所謂寄託。有學者為西方概念的「寓意」與中國概念的「寄託」之可比性關係進行爭論，認為中國文論中的「寓意寄託者」與西方文論中的「寓意寄託者」不同，西方「寓意」與中國「寄託」之間毫無可比性。對此，美國學者蘇源熙（Haun Saussy）持不同意見，她寫道：「對含義微妙的『寓意』一語來說，其定義應該具有足夠的伸縮性，以便在其所處的不同語境中理解這一術語。這個問題是文化特殊性和修辭特殊性的試金石」[122]。按照蘇源熙的觀點，儘管中國文論與西方文論不同，儘管中國文論有文化語境的特殊性，但因修辭方式的共性，西方文論的概念「寓意」可以借用來研究中國詩詞和詞論，尤其適合於研究中國詠物詞的托物言志問題，因為中國的「寄託」通常都超越了所詠之物而另有所指，例如張炎參與寫作的《樂府補題》便是一例。

加拿大學者方秀潔也持類似看法，說西方的「寓意」概念適合於對中國詞的研究，因為「寓意」指詞所涉及的雙重含義，即詞中表面的所托之物和隱藏的所寄之意[123]。也就是說，對詞之寓意的解讀，在於把握詞作者的寫作意圖。方秀潔指出，宋代的詞評家們早就通過解讀寓意來闡釋詞作了，這繼承了漢代以來闡釋詩經和楚辭的傳統。她談到了楚辭對唐代詩人陳子昂（661-702）的影響，說陳子昂筆下的花卉：

[122] Haun Saussy. *The Problem of a Chinese Aesthetic* (Stanford: Stanford University Press, 1993), p. 17.

[123] Grace Fong, "Contextualization and Generic Codes in the Allegorical Reading of *Tzu* Poetry," *Tamkang Review* 19 (1988), p. 663.

> 就像《離騷》中的花卉一樣，象徵了詩人的懷才不遇和高潔人格。陳子昂的離騷式象徵，說明寓意的方式在中國詩歌中有悠久的傳統，說明早在詠物詞之前，寓意的方式就已有先例可循[124]。

其實，詩歌中的寓意方式，不僅在中國有悠久的歷史，而且中國詩人從詩經和楚辭起就傾向於在詩歌中寄託自己的政治抱負和個人情感。儒家的「詩言志」就是一種寓意，如果我們接受《詩大序》之所言，那麼詠物詞所寄託的思想和情感，就可以看成是詞人之「志」。所以，方秀潔在談到蘇軾的詠物詞時，強調了詞人的聲音，詞人正是借所詠之物來抒發自己的個人感情和志向抱負。方秀潔寫道：「如果對所詠之物的描寫能夠藉以表達詞人的思想和感情，並由此而達於語言之外的維度，即比喻的維度，那麼詞就可以『言志』」[125]。詞人在詞作中採用的這種言志方式，是寄託達意的方式，是主觀的觀念化方式。方秀潔談到了詞人的方式：

> 他們的詠物詞代表作，都明白無誤地有著極主觀的傾向。詞中的所詠之物，只不過提供了一條線索，詞人用這條線索來將過去那些片段的記憶、一閃即逝的思想和微妙的情感串聯起來。這串聯的方式，既是形式（傾向於所詠之物）的方式，更是個人（傾向於自身）的方式[126]。

---

[124] Grace Fong (1987), p. 83.

[125] Ibid., p. 84.

[126] Ibid., p. 90-91.

此種處理方式，目的在於使詞人的主觀之志得以外化、客體化，而這正是觀念化的要義。

二、意趣與意向

因此，在詞作中寄託寓意，也是作者的寫作意向。按照二十世紀西方解構主義的觀點，這意向呈現在作品中，便成為作品的意向（intent，intention，intentionality）。張炎清空詞論中的意趣，不僅涉及西方古典文論的寓意之說，也涉及西方現當代文論的意向之說。討論意趣與意向的關係，有助於我們進一步理解張炎意趣的觀念性。

就張炎詞論而言，意趣源自詞人的主觀之志，經由詞人的寓意或寄託處理，而暗含於所詠之物中。作為張炎詞論之理論語境的一個方面，與張炎同時代的學者王灼（1145-1163 前後），也談到過在詞作中寄託寓意的問題。王灼從詞之起源的角度，談到詞人之志與托物言志的關係。他在《碧雞漫志》第一卷的開篇寫道：

> 或問歌曲所起，曰天地始分，而人生焉，人莫不有心，此歌曲所以起也。《舜典》曰「詩言志，歌永言，聲依水，律和聲」。《詩序》曰「在心為志，發言為詩，情動於中，而行於言。言之不足，故嗟歎之。嗟歎之不足，故永歌之，永歌之不足，不知手之舞之足之蹈之」。《樂記》曰「詩言其志，歌詠其聲，舞動其容，三者本於心，然後樂器從之」。故有心則有詩，有詩則有歌，有歌則有聲律，有聲律則有樂歌[127]。

[127] 王灼《碧雞漫志》，見《詞話叢編》，第 1 卷，第 73 頁。

王灼是中國文學史上第一個用「詩言志」之說來討論詞的文論家，對他來說，「志」之於詩與「志」之於詞一樣重要。王灼眼中的「志」，並非某種特定的個人情感或思想，而是具有普遍意義的情感和思想，因而在不同的語境中可以有不同的含義和解釋。當代西方漢學家們將中國古典文論中的「志」譯為「意圖」、「意向」（intent）[128]。翻譯是一種闡釋，用「意圖」和「意向」來翻譯「志」，即是將「志」釋為「意圖」和「意向」。因此，如果我們用二十世紀西方現當代文論的術語來說，王灼所闡述的「志」，反映在作品中，便相當於西方現當代文論的「意向」，既關涉作者的潛在創作意圖，也關涉與之相應的作品的潛在主旨，二者都涉及作品的終極指向和終極含義。

二十世紀前期的西方形式主義文論不承認詩歌的意向，因為詩歌意向來自詩人，處在自治的文本之外。美國形式主義的新批評學派用「意向的謬說」之論，來否認意向的重要性[129]。但是到了二十世紀後期，西方文論的主流發生了大方向的變化，形式主義觀點不再占主導地位。八十年代達於鼎盛的解構主義文論強調文學作品中意向目的的重要性，美國耶魯學派的解構主義理論家保羅・德曼（Paul de Man，1919-1983）便不贊同新批評的觀點。德曼論意向時從對新批評的批評入手，他談到了詩人的意向與詩本身的意向。新批評家們強調文本存在的客觀性，否認作者的寫作意向對於作品

128 Stephen Owen. *Reading in Chinese Literary Thought* (Cambridge: Harvard University Press, 1992). P. 40.

129 W.K Wimsatt and M.C. Beardsley, “The Intentional Fallacy,” in William K. Wimsatt, *Verbal Icon* (Lexington: University of Kentucky Press, 1954), p. 4.

的可能作用，認為文學作品是一個客觀實體。德曼認為新批評的一個盲點就是對文本的主觀性視而不見。他用比喻來闡述這個問題：

> 當獵人瞄準一隻兔子時，我們可以認為他的意向是要食用或者出售這隻兔子。在此，瞄準便從屬於瞄準這個行為之外的另一個意向。但是，當他向一個人造的靶子瞄準時，他的行為便不會有別的意向，而是為瞄準而瞄準。這個意向構成了一個完美的封閉和自律的結構[130]。

為了闡述這個問題，德曼還用了木匠和椅子的比喻。木匠製造椅子的部件，是為了組裝一把椅子，這些部件的結構方式，體現了「被坐」的意向。新批評認為通過作者的意向去解釋作品，會破壞作品之文本存在的客觀完整性，德曼則認為，意向的存在不僅不是對作品整體性的破壞，反而有助於這個整體的確立。在解構新批評時，德曼是把作者和作品的意向聯繫起來看的。

起自胡塞爾（Edmund Husserl，1859-1938）的現象學、闡釋學文論，以及由此引出的讀者反應批評和接受美學理論，也都認為詩歌中暗含有意向，而批評家和讀者對作品的解讀，則與作品的意向直接溝通。當然，儘管作者的意向暗含於作品中而成為作品的意向，二十世紀後期的西方主流批評家們，多強調作品的意向。

中國的傳統文論從來就強調意向，但偏向於作者的意向。按照清代詞學批評家陳廷焯的看法，暗含於詞作主題中的意向，之所以

[130] Paul de Man. *Insight and Blindness* (Minneapolis: University of Minnesota Press, 1983), p. 20-26.

重要，就在於它是詞人的意向，所以他才強調「意在筆先」[131]。與之相仿，張炎所推崇的詞人姜夔，也從作者的角度強調作為意向的「志」。他在《白石道人詩說》中先說了境中之志，然後寫道：「意格欲高……。故始於意格，成於字句。句意欲深、欲遠，句調欲清、欲古、欲和」[132]。儘管姜夔此說乃關於詩，但清代詞評家謝章鋌（1820-1888）卻在其《賭棋山莊詞話》中明確指出，此說也適用於詞[133]。姜夔所說的意格，指意圖或意向的高下，類似於張炎之意趣的高下。姜夔的意格高下之說，引出了另一個詩學概念「思」，即思考和構思。這是對詩詞之意的思考，也即觀念化的構思過程。姜夔看重這個過程之於詩詞寫作的重要性，他問道：「不思而作，雖多奚為？」與構思相關，姜夔為寫作詩詞設立了四項標準：「詩有四種高妙，一曰理高妙，二曰意高妙，三曰想高妙，四曰自然高妙」[134]。四者雖然名稱不同，但所指皆互涉，其理、意、想可以是詩歌作品中某個特定的主題或思想，而「自然」則既可以是某個特定的主題或思想，也可以是這主題或思想的存在狀態或顯現方式。

張炎的意趣之說，也如姜夔，強調作者的意向，是為意趣的獨特之處。作者在具體作品中的具體意向各有不同，使不同作品在立意和達意方面亦各不相同。為了說明此問題的重要性，張炎在《詞源》附錄中收錄了楊纘的《作詞五要》。這五要中的第五點「要立

---

[131] 陳廷焯《白雨齋詞話》，見《詞話叢編》，第 4 卷，第 3777 頁。

[132] 姜夔《白石道人詩說》，見《詩話叢刊》，臺北：弘道公司，1971，第 524 頁。

[133] 謝章鋌《賭棋山莊詞話》，見《詞話叢編》，第 4 卷，第 3478 頁。

[134] 姜夔《白石道人詩說》，見《詩話叢刊》，第 521 頁。

新意」[135]，便指作者意向之獨特。新意之立，重在袖手於前，是為觀念化的過程。楊纘解釋說：「若用前人詩詞意為之，則蹈襲無足奇者。須自做不經人道語，或翻前人意，便覺出奇」[136]。楊纘乃張炎恩師，其「新意」之說為張炎「意趣」的先聲，然張炎之意，又較楊纘為新。如前所述，張炎之意趣涉及詞作全篇的主題之意和詞作之某句某行的用語之意兩者，前者見於他談構思製曲時所言之「命意」[137]，後者見於他談壽詞時所言之「語意新奇」[138]。新意現於這兩者，雖然一涉全篇，一涉某行，但兩者實不可分，不僅因為全篇所命之意，隱於各行，並由各行之和而得彰顯，更因為全篇之意和各行之意，皆出自作者，是作者意向在作品中的彰顯。

三、姜夔詞的意趣

詞作之通篇詞意與各行語意的上述關係，使我們有可能在詞作的整體與部分之間往返，以此解讀詞作的意趣。張炎論說意趣，推崇姜夔，尤其是姜夔的兩首詠梅詞〈暗香〉和〈疏影〉。前一節分析〈暗香〉時，我們已述及姜夔的暗含之意。中國當代學者王季思說，姜夔詠梅，潛在用意有二，一是追憶舊情，二是哀傷北宋的淪

135 張炎《詞源》，見《詞話叢編》，第1卷，第268頁。
136 同上。
137 同上，第258頁。
138 同上，第266頁。

亡[139]。前者事關姜夔在合肥的紅顏知己，一位琵琶女，即〈暗香〉中的「翠尊易泣，紅萼無言耿相憶」所寫。另一位學者夏承燾也談到姜夔的紅顏知己，但認為琵琶女是一對姐妹。夏承燾根據對姜夔詩詞的解讀、根據文獻資料而推測說，姜夔對這琵琶姐妹充滿愛意，只要去合肥，便與她們相會。但是，1191 年姜夔最後一次去合肥時，這對姐妹卻不知所終，詞人從此再沒有見到她們；後來姜夔寫了好幾首詠梅和詠柳的詩詞來追憶這段舊情[140]。正因此，我們才說，儘管〈暗香〉在表面上是一首關於梅花的詞，但追憶舊情卻是姜夔寫作的一大潛在意向。

姜夔之詠梅詞的第二個意向，是對北宋的淪亡表示哀傷。〈疏影〉云：

> 苔枝綴玉，有翠禽小小，枝上同宿。客裏相逢，籬角黃昏，無言自倚修竹。昭君不慣胡沙遠，但暗憶江南江北。想佩環月夜歸來，化作此花獨幽。
>
> 猶記深宮舊事，那人正睡裏，飛近蛾綠。莫似春風，不管盈盈，早與安排金屋。還教一片隨波去，又卻怨，玉龍哀曲。等恁時，重覓幽香，已入小窗橫幅。

《全宋詞》，第 3 卷，第 2182 頁

是詞上片的前六行，仍關舊情，但後四行，看似用典故來指舊情，實則同時指涉北宋的滅亡。張炎在《詞源》的〈意趣〉一節，

139　王季思《白石暗香疏影詞新說》，見《文學遺產》，1993，第 1 期，第 71-75 頁。

140　夏承燾《姜白石詞編年簽校》，上海：古籍出版社，1981，第 49 及 269-282 頁。

將姜夔的〈暗香〉和〈疏影〉列為意趣的典範之作。王季思在討論〈疏影〉時，建議將是詞與宋徽宗（1082-1135，在位 1100-1125）的〈眼兒媚〉相參照，尤其是宋徽宗詞中的「胡沙」、「羌管」、「梅」等用語和意象與姜詞上片後四行的對應。王季思認為，由於姜夔用典與宋徽宗詞相關，所以姜夔寫作〈疏影〉的潛在用意是表達因北宋淪亡而生的傷感之情。王季思進一步指出，歷史上的昭君長於彈琵琶，因而姜詞中的昭君之典便讓讀者聯想到姜夔的紅顏知己[141]。這樣我們便不難理解，姜夔詠梅詞極可能有個人和國家兩重用意，其意趣在於這兩種用意的交織。

昭君乃西漢朝廷的妃子，漢元帝（西元前 48-32 年在位）將其作為政治和外交工具，在西元前 33 年許予匈奴王。就姜詞中關於北宋淪亡的國家政治問題，〈疏影〉之典以漢與匈奴的關係來暗示宋與金的關係，尤其是金人鐵騎蹂躪揚州。與之相應，昭君遠嫁胡地，離開自己的故土，讓人聯想到姜夔最後一次合肥之行的失落。據說昭君善彈琵琶，由於琵琶的關聯作用，姜詞中的個人情感與國家政治得以合一，於是詞中雙重寓意的交織便成為可能，他將自己對琵琶女的愛，同自己對故國的情化而為一。對於姜詞用典的互涉性，有些學者總是力圖區分詞人的兩個不同意向，而忽視了姜夔詠梅詞中個人情傷和北宋國殤的交織。由於姜詞用典互涉的複雜性，有的學者便稱姜詞為謎，認為姜夔的真正意向和詞作的真正寓意無法解讀。

在我看來，姜夔將個人情事同國家之亡相融合的立意構思，正是其詠梅詞的意趣所在。換言之，只有看清這二者之和，我們才能

---

[141] 王季思（1993），第 71-73 頁。

解讀姜詞的意向和意趣。姜夔生活於南宋中前期，那是一個相對繁榮的時期，也是中國歷史的盛衰分水嶺。在經濟生產、商業發展、科技創新和文化生活方面，南宋達於歷史的最高峰，但由於在軍事和外交方面的軟弱，南宋同時又是中國由盛轉衰的時期。姜夔詞的創作始於 1176 年的〈揚州慢〉，當時他剛二十多歲。姜夔的最後一首詞寫於 1207 年。在這三十多年中，姜夔目睹了南宋的繁榮以及繁榮下的陰影，看到了國家的繁榮昌盛和這繁榮昌盛所掩蓋的內外交困。作為懷才不遇的落魄文人，親眼所見的這一切，尤能引起內心的共鳴和感慨。正由於他內心世界與外部世界的呼應，姜詞所涉的琵琶姐妹才別具家國的意義。

姜詞的意趣是個人化的，正如張炎所言，意趣具有獨一無二的特徵。意趣的獨特在於詞人人格精神的獨特。在〈暗香〉和〈疏影〉中，姜夔以象徵之法而將自己的紅顏知己同梅花相聯繫，而這當中卻又何嘗沒有他自己的身影。在中國文化的象徵傳統中，梅花是詩與畫的常見主題，梅花以其傲霜鬥雪而象徵逆境中高潔的人格精神。這種人格正是懷才不遇的姜夔所崇尚的孤傲精神和追求自由的出世精神。這種精神可以追溯到莊子的〈逍遙遊〉：「藐姑射之山，有神人居焉，肌膚若冰雪，綽約若處子。不食五穀，吸風飲露。乘雲氣，御飛龍，而遊乎四海之外」[142]。莊子神人之無拘無束的絕對自由，是上千年來中國文人在塵世中所渴求的出世精神，是個人內在修養的最高境界。南宋學者陳郁（1253 前後）在其所著《藏一話腴》中對姜夔有一段描寫，與莊子對神人的描寫頗為相似。陳郁寫道：

---

[142] 《莊子集釋》，北京：中華書局，1985，第 1 卷，第 28 頁。

> 白石道人姜堯章氣貌若不勝衣，而筆力足以扛百斛之鼎，家無立錐而一飯未嘗無食客，圖史翰墨之藏充棟汗牛，襟期灑落如晉宋間人，意到語工，不期於高遠而自高遠[143]。

這段描寫雖是外在的，但內在精神卻無處不有，如「筆力足以扛百斛之鼎」 和「不期於高遠而自高遠」等語。

姜夔〈疏影〉潛藏著莊子式遺世獨立的人格精神。詞人在是詞開篇為愛的失落而流露的傷感之情，引出了他對北宋淪亡的傷感，而對北宋的淪亡的傷感，則賦予前一傷感以超越個人情感的內含。愛的失落使個人處身寒冬，北宋的淪亡使國家處身寒冬，二者的合一，使姜夔有機會在詞中表現自己理想的人格精神。由於這是一種抽象的精神，他便用梅花來象徵，是為姜夔詠梅詞的意趣。

四、意趣的觀念化

在以上討論意趣與寓意和意向的關係時，以及討論姜夔詞的意趣時，雖然我們主要涉及的是意趣的觀念方面，卻也觸及了意趣的觀念化方面。所謂觀念化，是關於如何達意的構思問題，如姜夔在詞作中採用互涉交織的方法來寄託個人情傷和北宋淪亡之國殤的立意及其達意方法。

同西方詩歌的哲學和宗教寓意相較，尤其是同西方中世紀的寓意傳統相較，中國詩歌的寓意傳統，在大體上偏向歷史的和政治的

143 《四庫全書》，陳郁《藏一話腴》，卷下，第2頁。

關注，而非哲學的和宗教的關注。與之相應，中國文論對詩歌的闡釋，也偏向歷史的和政治的解讀。儘管這是籠統之論，但對姜夔而言，卻適用於我們解讀其詞，因為他的詞作的確有著歷史和政治的關懷。姜夔並不是一個大聲疾呼的政治詩人，他不同於辛棄疾和陸遊，他在詞作中幾乎沒有直接的歷史和政治意圖，但他卻有強烈的歷史和政治意識，即便是在他早期初登詞壇時，其作品就已經暗含了他關於歷史和政治的態度，例如他最早的詞作〈揚州慢〉。事實上，在這首詞中，歷史和政治的寓意相當明確。

在這個意義上，如果我們聯繫到〈暗香〉和〈疏影〉兩首詠梅詞，並從互文性的角度來解讀〈揚州慢〉，那麼便有可能通過姜夔的歷史敏感和政治態度，來把握其意趣的觀念化問題，也就是他在詞中對寓意的寄託。二十世紀西方文論之結構主義和解構主義所說的互文性（intertextuality），涉及不同作品之符號系統間的互動關係。姜夔的不同詞作，大致有相似的個人和社會語境，雖然意趣各有不同，但處在南宋的大語境中，它們也各自相關，這是互文性的存在前提。姜夔在〈揚州慢〉詞前寫有小序，給出了歷史和政治的背景參照：

> 中呂宮。淳熙丙申至日，予過淮揚。夜雪初霽薺麥彌望。入其城，則四顧蕭條，寒水自碧，暮色漸起，戍角悲吟。予懷愴然，感慨今昔，因自度此曲。千岩老人以為有黍離之悲也。淮左名都，竹西佳處，解鞍少駐初程。過春風十里，盡薺麥青青。自胡馬窺江去後，廢池喬木，猶厭言兵。漸黃昏，清角吹寒，都在空城。

杜郎俊賞，算而今、重到須驚。縱豆蔻詞工，青樓夢好，難賦深情。二十四橋仍在，波心蕩、冷月無聲。念橋邊紅藥，年年知為誰生。

《全宋詞》，第 3 卷，第 2180 頁

是詞小序中的「予懷愴然，感慨今昔」一句，起自詞人在揚州所見之斷垣殘壁，揭示了詞人寫作是詞的意向。所以，正如序中所言，姜夔的恩師千岩老人蕭德藻（1147 前後）指出，詞人在是詞中因目睹荒蕪而流露的哀傷之情，與詩經〈黍離〉之悲相似。詩經中的〈黍離〉，寫周幽王之都城鎬京，因叛亂而毀，詩人見之，其心傷悲。西周亂後，周平王遷都東移，建東周洛邑。姜夔眼中的揚州，與詩經〈黍離〉中的西周鎬京，具有可比性。在姜夔造訪揚州寫出〈揚州慢〉之前四十年的 1130 年，金人鐵蹄初踏揚州，兵火遍城。隨後在 1162 和 1165 年，金人又兩次蹂躪揚州，使其成為荒城。據夏承燾所言，在 1171 年，以揚州為中心的江淮東路地區，仍有四十萬畝農田荒蕪[144]。面對這一切，南宋詞人有以詞表達憤懣者，如張孝祥（1132-1170）、陳亮（1143-1194）、劉過等。他們在自己的作品中，流露了清楚的政治態度和強烈的反抗情緒。姜夔與他們不同，他的政治態度是明確的，但表達的卻是深切的哀傷之情。關於這一點，清代詞評家陳廷焯有精闢的論說。他針對姜夔〈揚州慢〉上片第六、七、八行，寫到了詞人的歷史意識，並涉及詞人寄託的寓意：

[144] 夏承燾（1981），第 2 頁。

> 白石〈揚州慢〉「自胡馬窺江去後，廢池喬木，猶厭言兵。漸黃昏，清角吹寒，都在空城」數語，寫兵燹後情景逼真。「猶厭言兵」四字，包括無限傷亂語。他人累千百言，亦無此韻味[145]。

陳廷焯在「猶厭言兵」四字中看到了詞的寓意，把握了姜夔的意趣。有趣的是，在姜詞的序中，詞人直接點出了詞的寓意，但在詞作中，這寓意則是間接的。美國學者林順夫在討論姜夔是詞時，也專門談到了詞前小序的直接性和詞作本身的間接性問題[146]。如果我們不考察姜夔所處的歷史環境、不瞭解姜夔的政治立場，那麼，我們將無法把握姜夔在詞中寄託的政治寓意，無法洞悉詞作者的歷史意識。林順夫對這一點很敏感，他在論姜夔的專著中寫道：

> 姜夔的荒城之行，並非這首詞的主題，而是這首詞的背景、情境、參照系，或曰語境，即「詩人處境」（poetic situation）……。姜夔在詞序中陳述的創作意圖，將讀者從詩人處境引向其寫作行動。詞人對揚州之荒蕪的全部體驗，並不僅僅是對這個城市之荒涼景象的體驗，詞人的全部體驗成為〈揚州慢〉的主題[147]。

林順夫所說的「詞人對揚州之荒蕪的全部體驗」，包括了一個城市所象徵的民族興衰，是一種歷史的體驗，而絕不局限在雙眼所見的

---

[145] 陳廷焯《白雨齋詞話》，見《詞話叢編》，第 4 卷，第 3777 頁。

[146] Shuen-fu Lin (1978), p. 72-76.

[147] Ibid., p. 76.

荒城之景。換言之，姜夔觸景生情，喚起了歷史的意識，他落筆賦詞，在詞中寄託了政治的寓意。此處的問題是，姜夔是怎樣在詞中寄託寓意的。為了尋求答案，我們可以從兩個角度來閱讀這首詞，一為細讀姜詞的用語，另一是研讀姜詞的用典。

關於細讀姜詞的用語，我們採用對照閱讀的方法，例如對比詞中的「名都」與「空城」二語。二十世紀前期西方形式主義的新批評所主張的「細讀法」，是要讀出用詞的微妙之處，尤其是詞義的多重性、複雜性，以及由上下文決定的可變性。但是，既然姜夔已經在詞序中給出了是詞的歷史背景，點出了作詞的政治用意，那麼，我們的細讀便可以超出新批評的形式主義局限，從而關注詞中用語的歷史和政治內涵。這樣，無論姜夔的用語有多麼隱晦，只要我們把相關的詞語放到一起，二者的異同就有可能會揭示姜詞意趣的觀念化方式。〈揚州慢〉上片開篇的「名都」與上片篇末的「空城」，都指揚州，前者讓讀者聯想到該城往日的繁華，後者則是今日的荒蕪。今昔對比是歷史性的，而繁華與荒蕪的不同則是政治性的，歷史與政治的交織，是這兩個詞語的意趣所在，也是這首詞之意趣的觀念化所在。在此，詞人以二者的交織來引導讀者，讓讀者去追尋揚州從名都變為空城的原因。這也是姜詞意趣的觀念化方式。

與此相似，如果我們對照姜詞上片中的「春風」和「清角」二語，便能感受到春日和風的爽意和淒厲號角的寒意。「春風」一語在其特有的語境中，還有可能指涉姜夔過去造訪揚州所經歷的美好時光，而「清角」則指涉後來經歷了兵荒馬亂的揚州。這樣的對照也同樣揭示了姜詞中的歷史和政治寓意。同樣，上片中的「薺麥青青」和「廢池喬木」也具有可比性，但比較出來的是二者的相似之處，即荒涼感，正如姜夔在詞序中直接寫出的「四顧蕭條，寒水自碧」。我們通過對照閱讀而發現的這些異同，都揭示了姜夔的歷史意識，指向了姜詞的政治寓意。如前所述，這一切正是〈揚州慢〉的意趣所在和姜詞意趣的觀念化方式。

就研讀這首詞的用典而言，我們應注意姜夔在下片中涉及唐代詩人杜牧（805-852）關於揚州之繁榮和美麗的詩句。由於金人鐵蹄的蹂躪，杜牧筆下的繁榮和美麗早已不再，姜夔在揚州所見只是衰草殘壁。所以，無論是對姜夔還是對杜牧來說，若目睹南宋時的揚州，或許都會感歎「縱豆蔻詞工，青樓夢好，難賦深情」。由於姜夔的感歎，我們讀姜詞下片的用典，與讀上片的用語，便可遙相呼應，因為二者的意趣是一致的。再者，對比杜牧在揚州之所見與姜夔在揚州之所見，也可以深化我們對姜夔在詞中流露的歷史意識的認知。

〈揚州慢〉的意趣，也為我們解讀姜夔其他詞作的意趣提供了互文性參照，這就是詞人對北宋淪亡的傷感，以及他在個人情感中寄託的家國之殤。當然，國殤的寓意不在詞的字面上，而是寄託在字面之下。〈暗香〉和〈疏影〉的字面是詠梅，但由於梅花具有象徵意義，於是我們不得不在閱讀姜詞時透過字面去解讀之。在中國的文化傳統中，梅花的象徵意義是眾所周知的，即傲霜鬥雪的玉骨冰心。然而，姜夔的象徵寓意並非這樣簡單易讀，要真正解讀姜詞，還得透過字面、透過表層的一般性象徵意義，去發掘姜夔個人的、屬於某地某時的特定的象徵意義。例如，姜夔的個人經歷、他所處的歷史時代和社會環境，以及他的政治傾向，由此方能在他個人與環境的互動中讀獲其詞的意趣。

姜夔是有強烈政治傾向的詞人，但他同時卻又是低調、隱晦、間接的，〈暗香〉與〈疏影〉的意趣，以及意趣的觀念化方式，在於國家政治與個人情愛的交織。姜夔的政治寄託，隱藏在他的歷史意識中，他的國殤之哀，暗含在個人情愛的失落中。二者的交織，伴以往昔與今日的對比，超越了單純的感世傷時，透露了詞人對個人和家國之未來的焦慮。

這就是姜夔詞作之意趣的獨特處。張炎在《詞源》的〈雜論〉一節，讚揚了姜夔意趣的這種獨特：「詞之賦梅，惟姜白石暗香疏影二曲，前無古人，後無來者，自立新意，真為絕唱」[148]。張炎論述意趣，強調命意的重要性，對他來說，構思作詞的觀念化過程，是考慮如何在詞中寄託寓意的過程。寓意本身的獨特性和寄託寓意之方法的獨特性，是意趣的要義。在我看來，這也是張炎清空詞論在觀念層次上的要義。

[148] 張炎《詞源》，見《詞話叢編》，第 1 卷，第 266 頁。

第四章　雅化與清空詞論的歷史意識

上節討論張炎的意趣之說，我們論及了志與意向問題。張炎寫作《詞源》，志在復雅，誠如他在《詞源》篇首的〈序〉中開宗明義所寫：「古之樂章、樂府、樂歌、樂曲，皆出於雅正」，然後又在〈序〉末作結時說自己「嗟古音之寥寥，慮雅詞之落落」[1]。對張炎來說，寫作《詞源》並主張清空的目的，是要恢復業已喪失的雅正或騷雅的美學理想。張炎在《詞源》最後的〈雜論〉節，又重申了自己的關於詞的復雅之志：「詞欲雅而正，志之所之」[2]。之者，意向所至也。張炎詞論力主清空，他用自己所推崇的姜夔及其他詞人的作品，來說明為詞之道，說明怎樣寫作清空之詞，怎樣達到復雅的美學理想。本章旨在說明，張炎清空詞論的復雅意向，既體現了詞史發展的雅化意向，也開拓了後世詞論的復雅意向。

第一節　詞史的雅化趨向

考察中國詞史，我們可以看到，從詞的起源到南宋詞之峰巔，詞的發展軌跡為由俗向雅，而張炎清空詞論的意向則在於詞的復

---

[1] 張炎《詞源》，見《詞話叢編》，第 1 卷，第 255 頁。

[2] 同上，第 266 頁。

雅。要之，在中國詞史發展的語境中，用歷史演進的眼光看，張炎詞論的雅化理想，體現並呼應了詞的發展趨勢，是為張炎詞論潛在的歷史意識。

一、「雅」的音樂與政治內涵

張炎在《詞源》中用了幾個大同小異的術語來說自己的美學理想：雅、騷雅、古雅、雅正。這些術語所指相同，都指可以追溯至詩經的雅正之風。當然，以雅論詞，並非張炎首創。在他之前，宋代詞人已有使用這個術語者，如北宋的萬俟詠（生卒年不詳）便稱自己的詞為「雅詞」。兩宋之際，以「雅」命名詞集為時尚，南宋有曾慥所編《樂府雅詞》，以及《復雅歌詞》、《典雅詞》等[3]。詞之「雅」本指音樂性和詞牌，張炎重新命意，用雅指音樂和詞藝的考究精湛，包括遣詞造句等。清代學者沈祥龍在談到宋詞之雅時解釋說：「俗俚固非雅，即過於濃豔，也與雅遠。 雅者其意正大，其氣和平，其趣淵深也」[4]。儘管這一闡釋並非為張炎之雅下定義，但卻從立意和語氣等方面為張炎之雅作了注解。換言之，張炎之雅，與俗俚相對、與濃豔相對，講究正大之意、平和之氣、淵深之趣。

---

[3] 《復雅歌詞》和《典雅詞》在宋元以後失傳，但清代學者朱彝尊為《典雅詞》寫過跋，可見其清代尚存。祥見張廷傑《論南宋詞學審美之變異》，《文學遺產》1997 年第 4 期，第 55 頁。

[4] 沈祥龍《論詞隨筆》，見《詞話叢編》，第 5 卷，第 4055 頁。

為了說明張炎之雅的內涵，我們先從歷史角度進行考察。如前所言，「雅」這一術語原本用於音樂，其淵源可以溯至詩經。遠在漢代之前，雅指中原地區的方言古音，也就是說，漢都地區的方言為漢音之正，即雅正之音[5]。中國史書所記的第一王朝夏（西元前2140-西元前1711），地處中原，而西周（西元前1066-西元前711）都城豐鎬即在原夏址。西周學者毛萇認為，夏地為央，夏音為正，他在詩大序中說：「言天下之事，形四方之風，謂之雅。雅者，正也，言王政之所由廢興也」[6]。照毛萇的意思，國家之事，唯皇室有話語權，皇室所言，為權威的標準發言。一方面，中原的雅正之音，不同於四海方言，另一方面，中原的雅正之音，又代表了四海方言而成為官方語言。到漢代，「雅」的意思是宏大、綽約、精緻、品位高尚等等，既涉文學風格，也涉生活風姿，漢代的大賦即是雅的文體。從西漢到東漢，「雅」的內涵從音樂的指涉漸漸轉向文風和審美的指涉，如漢大賦的狀物寫景之宏大，及其對官方禮儀的宣揚等，即為其例。自漢以降，雅的內涵通常是在文風和立意方面。

在中國文論中，「雅」與「俗」為相互對立的範疇。「俗」本指民歌俚曲的品質，如詩中方言俗語的使用。詩經的大部是民歌，該部分稱為「風」，毛萇說：「是以一國之事，繫一人之本，謂之風」。詩經國風為各地民歌，包括關於淫奔的豔歌。但是，孔子刪詩，從周室原先採集到的三千多首，刪減為三百零五首，其中的豔歌雖然仍名為風，但刪減後符合周禮之雅。若孔子刪詩之說為實，那麼他

[5] 關於漢都方言之音的論述，可參見於迎春《雅俗觀念自先秦至漢末的演變及其文學意義》，《文學評論》1996年第3期，第119-128頁。

[6] 郭紹虞《中國歷代文論選》，上海：古籍出版社，1979，第30頁。

的取捨標準，當為周室的政治、道德和審美標準，因為孔子主張「克己復禮」，即恢復周禮。孔子生活在春秋末期的亂世之時，他目睹了周王朝的崩潰而夢想恢復之。他以周禮為標準來刪詩，是為克己復禮的途徑之一，詩三百首也由此成為儒家經典。儒家學者以詩經的民歌為政治諷喻，這樣，經孔子刪減後的國風便代表了周禮和孔子的倫理道德，故不俗。到漢景帝（西元前156-西元前140）和漢武帝（西元前140-西元前86）時，董仲舒（西元前179?-西元前104?）主張獨尊儒術，儒家思想從此成為中國的官方正統思想。在中國學術界的解經歷史中，詩經總是政治化和道德化的文本，美國學者保羅・儒澤（Paul Rouzer）在談到這個問題時寫道：

> 要追溯解經的意識形態問題並不困難。為了順應儒家學者關於社會等級制的道德觀，詩經的解讀便需要統一的固定闡釋。其結果，正如我們所知，……每一首詩都被直接置於中國周代某一特定的政治和道德語境中[7]。

保羅・儒澤以毛萇和其他儒家學者解讀詩經國風中的〈木瓜〉為例，說這首豔情詩被解讀為含有政治的寓意，用以說明兩國之間投李報桃的外交關係。

如果我們並置且比較儒家的政治和張炎的詞論，也許會有牽強之嫌，但是這樣的並置和比較並非全無意義，因為孔子和張炎各自的語境和意向都有相關之處，他們都哀傷於前朝的淪亡、都主張恢復往日的理想，區別在於一為政治理想，一為美學理想。再者，孔

---

[7] Paul Rouzer. *Articulated Ladies: Gender and the Male Community in Early Chinese Texts* (Cambridge: Harvard University Press, 2001), p. 17.

子想要在禮樂崩壞的時代恢復周朝的社會秩序，張炎想要在異族統治的時代恢復已失的雅正詞藝，「雅」便是二者的連接點。歷代學者和詩人在闡釋「雅」時，多將雅同詩經相聯繫，例如清代學者劉熙載就說「樂中正為雅」[8]。這「樂」與禮樂相關，而張炎關注的並不僅僅是音樂，他所說的詞之雅化，包括了形式、修辭、審美和觀念多方面，超越了音樂的局限。

當代海外漢學學者對張炎之雅的闡釋，頗有可取之處。美國華裔學者連信達（Xinda Lian）認為，張炎的復雅，就是要回到詩經的「言志」傳統，以免「為情所役」[9]。前面已經論及，「志」與意趣相關，這既是一般意義上的詞作立意之志，也是某位作者或某首詞作的特別意義上的主題之志。例如，連信達在討論辛棄疾時，認為辛詞之志，揭示了這位詞人的狂狷與高傲。同時，連信達也說，張炎主張個人情感的抑制，是為雅的另一方面。換言之，連信達認為張炎之雅有言志和抑情兩方面。關於張炎之雅的「志」，這位學者說：「張炎反覆訴求於儒家詩學的事實說明，他的雅正觀並不只是一種詩藝，而更是一種道德和倫理觀」[10]。此一說法揭示了張炎之雅的關鍵：不僅是詞藝的美學，也是政治的美學。

我在此處所說的政治的美學，指儒家倫理道德與國家興亡的關係。孔子與門徒談論音樂時曾說：「惡鄭聲之亂雅樂也」[11]。孔

---

[8] 劉熙載《藝格》，見徐中玉、蕭華容編《劉熙載論藝六種》，成都：巴蜀書社，1990，第 103 頁。

[9] Xinda Lian. *The Wild and the Arrogant: Expression of Self in Xin Qiji' s Song Lyrics* (New York: Peter Lang, 1999), p. 11.

[10] Ibid., p. 12.

[11] 錢穆《論語新解》，香港：新亞研究所，1964，第 608 頁。

子將鄭聲與雅樂相對，視鄭聲為亡國之音，視雅樂為興國之音。鄭乃春秋小國，鄭聲為靡靡之音，《禮記》說「鄭衛之音，亂世之音也」[12]。在南宋文人看來，北宋末期的詞，離鄭衛之音不遠，預言了北宋之衰。與之相對，南宋詞評家同陽居士（生卒年不祥）在《復雅歌詞・序》中讚揚南宋初期詞的上進之音，他將興國之音與雅詞相提並論，認為南宋初的詞「蘊騷雅之趣」[13]。正是在這樣的意義上，雅詞才具有政治的美學內涵。張炎身在宋末元初，雖然他不是文天祥（1236-1283）那樣的反元者，但也不是賣身求榮者，他推崇雅正之詞，以復雅為其清空詞論的意向，這應和了他的政治態度。

二、詞的起源與俗雅關係

在詞中「雅」的概念從音樂的所指轉向政治的內蘊，經歷了一個發展的過程。有學者從中國文學史的角度看這個過程，認為詞從俗到雅的發展過程，可大體分為三個階段。第一階段是唐、五代、北宋初，其時，詞作為一種通俗樣式漸被文人接受，文人們在詞的寫作實踐中進行了遣詞造句的雅化嘗試。第二階段從北宋初到南宋中期，其時，文人對詞的雅化改造使詞的發展趨向高潮。第三階段自南宋中期到南宋末，其時，雅詞的發展幾近完美[14]。這種斷代比

---

[12] 鄭玄、孔穎達編《禮記正義》，北京：北京大學出版社，1999，第 265 頁。

[13] 同陽居士《復雅歌詞・序》，見《詞話叢編》，第 1 卷，第 56 頁。

[14] 歐明軍《宋詞雅化規範化之宏觀透視》，《紹興師專學報》1993 年第 1 期，

較接近史實，清代詞論家朱彝尊也談到過詞之發展的問題，他寫道：「世人言詞，必稱北宋。然詞至南宋始極其工，至宋季始極其變，姜堯章氏最為傑出」[15]。清代另一位詞論家汪森（1635-1726）在談到這個問題時，對南宋後半期的詞更有精闢論述：

> 鄱陽姜夔出，句琢字煉，歸於淳雅。於是史達祖、高觀國羽翼之；張輯、吳文英師之於前，趙以夫、蔣捷、周密、陳允衡、王沂孫、張炎、張翥效之於後[16]。

朱彝尊和汪森都從歷史的角度看到了雅詞的重要意義，把握了雅詞發展的歷史脈絡。美國學者余寶琳認為，詞作為一種文學樣式，其發展不僅在於自身的壯大，也在於與詩並駕齊驅，並建立了自身獨有的典範模式[17]。正是在詞之發展的這種意義上，我認為，張炎詞論的復雅之說，應和了詞的發展趨向，指明了詞之發展的雅化主流。

為了說明上述觀點，為了說明詞之發展的雅化趨向，我們需要對詞作本身進行考察。這一考察首先著眼於早期詞，尤其是敦煌發現的民間詞。美國學者瑪莎・瓦格納（Martha Wagner）研究過敦煌詞的口語特徵，認為這些民間詞用語粗糙、表達露直，顯示了盛唐時期民間文學之俗的方面。瓦格納舉出了一首這樣的詞，〈鵲踏枝〉：

第 78-83 頁。

[15] 朱彝尊《詞綜發凡》，見朱彝尊、汪森《詞綜》，上海：上海古籍出版社，1978，第 10 頁。

[16] 汪森《詞綜・序》，同上，第 1 頁。

[17] Pauline Yu (1994), p. 94.

> 叵耐靈雀多謾語，送喜何曾有憑據？幾度飛來活捉取，鎖上金籠休共語。
>
> 比擬好心來送喜，誰知鎖我在金籠裏。欲他征夫早歸來，騰身卻放我向青雲裏。

在這首民間詞中，起句所用的「叵耐」一語、詞中女人和喜鵲表達情感的直露、通篇的對話體式，都顯現了這首民間詞的粗俗。美國學者孫康宜在翻譯這首詞時，用「Damn! The magpie often lies」(媽的！這鳥老說謊)一語[18]，把握了中文原句的粗俗，將詞中女人對喜鵲的咒罵傳神地轉述了出來。對於何為粗俗的問題，瓦格納解釋說：「打油詩的特點，在於意象的重複、用詞口語化、以動物為主題、露直的情感表達、戲劇式的敘述、對話的方式、突兀的轉折、不完整的結構，等等」[19]。孫康宜在討論這首詞時也同樣談到了粗俗的問題，並強調了是詞的對話體形式。孫康宜認為，通俗民歌用詞粗俗，而且，民間詞之俗與文人詞之雅的區別，除了語言的不同，還在於選題和表達方式的不同。她寫道：

> 文人詞與民間詞在選題上的明顯不同，揭示了二者之表達方式的根本不同。文人詞多用抒情的表達方式， 而民間詞則有各種各樣的表達方式，包括敍述式、戲劇式、抒情式。事

---

[18] Kang-i Sun Chang (1980), p. 20.

[19] Martha Wagner. *The Lotus Boat: the Origin of Chinese Tz'u Poetry in T'ang Popular Culture* (New York: Columbia University Press, 1984), p. 6.

實上，敦煌民間詞的絕大部分，都是敍述和戲劇式的，而抒情式的卻絕無僅有[20]。

孫康宜認為，文人詞的抒情方式是「有節制地表達詞人的情感，因為詞人對外部世界的現時感受，被轉化為自身當下之內在的藝術世界的一部分」[21]。在此，孫康宜關於有節制的表達個人情感的說法，與張炎關於不可為情所役的說法相呼應。正是在這樣的意義上，文人詞更加雅致，而民間詞卻相當粗俗。

瓦格納考察中國詞的起源與發展，認為民間詞對詞的起源至關重要，尤其是江南一帶民間的採蓮曲對詞的起源有直接意義。但是對於詞的發展，城市裏的青樓歌女則做出了更重要的貢獻。瓦格納在其《採蓮曲：唐代通俗文化與中國詞的起源》一書中寫道：

若無南方城市之青樓歌女的貢獻，文人要想對詞的發展有所作為幾乎是不可能的。青樓歌女和樂舞表演者集通俗歌曲之大成，隨後才有詞的出現。充足的史料說明，正是文人狎妓，他們得以向深通曲藝的青樓歌女學得賦曲填詞的藝術[22]。

雖然文人詞得益於民間詞，但有意思的是，在第一部文人詞的合集《花間集》的序中，詞人兼詞評家歐陽炯（896-971）卻力圖貶低民間詞對於文人詞的這種重要性，並竭力區分二者的不同。瓦格納認為，歐陽炯之所以如此，是為了提倡文人詞，使其在內容和

---

[20] Kang-i Sun Chang (1980), p. 19.

[21] Ibid..

[22] Martha Wagner (1984), p. ix.

形式兩方面都能成為一種高雅的文學樣式。按瓦格納所說，歐陽炯「為了提升詞的社會地位，便否認詞與青樓文化的關係，認為青樓歌女應該採用文人詞的形式，並放棄採蓮曲的粗俗」[23]。看來，正是在文人詞與民間詞的這種互動關係中，詞之雅化才漸得實現。瓦格納進一步談到了二者的這種互動：

> 在長安或南方城市，當文人士大夫狎妓於青樓時，他們與歌女同曲共賦。其間，歌女向文人學得了遣詞造句的精緻藝術和擇腔用韻的複雜技法，而文人則在與歌女的親密接觸中，獲得了鮮活的詞藝，如簡潔與直接的表達，以及音樂的抒情性[24]。

要言之，文人士大夫與青樓歌女在樂曲歌詞方面的互動，使詞從俗到雅的轉化發展成為可能。

三、雅詞的發展

就早期詞的雅化而言，宋代之前的兩個詞人溫庭筠（812?-866）和韋莊（836-910）做出了較大貢獻。溫庭筠開婉約詞風，使之後來成為詞的主流，而韋莊則對這一詞風進行了革新與推進。關於這兩位詞人的貢獻，瓦格納認為，後代詞人效法溫韋的婉約詞風，講

---

[23] Ibid., p. xi-xii.

[24] Ibid., p. xv.

究詞藝的精湛，摒棄了民間詞的粗俗，使雅詞成為正宗[25]。當然，溫韋二人有所不同，前者的語言過於考究，意象過於繁複，後者則在雅俗之間尋求平易曉暢。加拿大學者葉山（Robin Yates）對這個問題講得比較具體，他通過分析詞作來說明韋莊的遣詞造句以及詞的雅化問題，並寫道：「韋莊的詞文風平易，他用簡潔的語言來表達深沉的個人情感，這對後代詞人產生了深遠影響。這種詞風最終被文人接受，而成為詞的正宗」[26]。

我在此述及瓦格納和葉山對詞之發展的研究，是為了說明這樣一個問題：在詞的早期發展階段，文人詞與民間詞在形式上有何不同，例如語言使用的不同？葉山在探討這個問題時，對比了敦煌民間詞和韋莊詞〈菩薩蠻〉第三首：

> 如今卻憶江南樂，當時年少春衫薄。騎馬倚斜橋，滿樓紅袖招。翠屏金屈曲，醉入花叢宿。此度見花枝，白頭誓不歸[27]。

這首詞以一個老年人的語氣，來寫往日和今夕，道出了老人的傷昔之情。葉山這樣評說這首詞：

> 是詞採用敘事結構，詞的含義從一行到下一行，緩緩流出，暢通無阻。是詞語言平易簡潔，但與敦煌民間詞相比，這語

---

25 Ibid., p. 143.

26 Robin Yates. *Washing Silk: the Life and Selected Poetry of Wei Chuang (834?-910)* (Cambridge: Harvard University Press, 1988), p. 47.

27 龍榆生《唐宋名家詞選》，香港：商務印書館，1979，第 16 頁。

> 言卻更精緻，更高雅。韋莊有時也對自己的讀者（聽眾）直陳其詞，毫不婉轉，但在這首詞中，卻未用直露的語言[28]。

如前所言，語言的直露即為不雅。按照葉山所言，韋莊詞既有民間俗詞的某些特徵，又有文人雅詞的某些特徵，前者如結構的敘事性和語言的直露，後者如不甚直接的語氣和表情達意時用詞的講究。

要說韋莊詞與民間詞的相似之處，〈菩薩蠻〉中部分用詞的口語化即為一例，如第一行中的「如今」、「江南樂」以及第二行中的「當時」等用詞。這些詞語本身並不一定粗俗，但我們在其所處的上下文中閱讀，並體會這些詞語同其他詞語的互動，例如「如今」與「當時」的互動，便能感受到這些詞語的口語特徵。二者在作品中對照連用，相互強化了對方的口語性。同時，口語特性不僅來自俗詞間的相互強化，也來自雅俗之間的對比，例如第二行中的「年少」一詞沒有口語特徵，使用此詞的結果，是反襯了其他辭彙的口語性。

但是，韋莊詞在使用語言方面的更重要特點，卻是與民間詞的雅俗之別。我們讀〈菩薩蠻〉，能看到韋莊遣詞造句的講究，例如上片的「春衫薄」、「依斜橋」二語，以及下片「醉入花叢宿」一行中的「入」與「宿」二字，都透露了作者的推敲之功。韋莊處在詞風由俗向雅轉變的時期，他不可避免地受到過去民間詞的影響，但作為一位文人詞作者，他顯然對民間詞的粗俗有清醒認識，尤其是對民間詞之語言的粗俗有相當的洞察。作為開拓文人雅詞的先驅者，韋莊的遣詞造句，注意對民間詞進行去粗取精的處理，以此進行詞的語言改造。在〈菩薩蠻〉上片的最後一行，「滿樓」、「紅袖」、

---

[28] Robin Yates (1988), p. 45.

「招」三語都有一定的口語特徵，但是，當這三者被放到一起而構成一行時，這一行卻細緻入微且又準確精當地表現了作者面對青樓女子的誘惑而表現出的節制，這與民間詞的率直表達完全不同。這裏的「紅袖」是一個複合意象詞，其所狀之色因明亮豔麗而顯粗俗，但是，當這明亮豔麗的衣袖被用以指稱青樓女子時，卻成為一個精當的替代詞。雖然葉山並沒有討論韋莊詞的這幾個具體用語，但他看到了韋莊詞藝的要點，他寫道：「韋莊借鑒民間詞的傳統，並改造之，使其具有文人詞的精緻品味，這是他對中國文學之發展所作出的傑出貢獻」[29]。在我看來，韋莊對民間詞之語言的改造，是詞之雅化的重要方面。

美國學者孫康宜也討論過韋莊的同一首詞，其視角和觀點都不同於葉山。孫康宜對韋莊詞的解讀，專注於政治內涵，這讓我們看到了遣詞造句和詞之雅化的另一方面，即政治的方面。孫康宜先探討了黃巢起義（875-884）的歷史背景，及其對韋莊之生活和作品的影響，然後指出，韋莊詞的上下片形成一個對照，下片最後兩行說明，由於政局不穩、社會動盪，韋莊一生飄泊不寧，到了老年仍客遊異鄉，有家不得歸。因此，「考慮到生活的磨難，他發誓不到白髮不回家」[30]。自韋莊以降的文人詞中，類似這樣的政治潛臺詞不少，這要求詞人使用更加精當的語言，要求詞人把握更加機智的表達方式。也就是在這樣的意義上，我們說韋莊對詞之雅化發展的貢獻是歷史性的，他不僅關注語言方面的遣詞造句，也關注用語言傳遞資訊的方式，以及語言所傳遞的資訊。

---

[29] Ibid., 47.

[30] Kang-i Sun Chang (1980), p. 48.

四、張炎雅詞的實踐

韋莊的〈菩薩蠻〉一例，不僅說明了某一首詞從俗到雅的精雕細刻，也說明了早期文人詞之雅化發展的一般情形。到了南宋的姜夔和張炎時期，文人雅詞已高度發達，張炎不僅實踐雅詞的寫作，更進行理論的總結。在張炎詞論中，清空與騷雅不能割裂，而清空騷雅的最高詞藝則由姜夔作品體現。雖然《詞源》沒有專門論雅的章節，但張炎在形式、修辭、審美、觀念四個層次上對清空的論述，都旨在指出雅化的詞藝方向，他為此引用了姜夔的八首詞來作為這最高詞藝的範例。張炎推崇姜夔，並身體力行，以姜夔為詞藝楷模。宋末元初學者仇遠（1247-1326）在為張炎詞集《山中白雲詞》寫的序中，指出了張炎對自己的雅詞理論的實踐，說他的詞「律呂協洽」、「意度超玄」，詞藝直比姜夔[31]。這說的當是音韻和意趣兩方面的詞藝。清代學者劉熙載也持相似觀點，說張炎的詞「清遠蘊藉」、「蒼涼纏綿」與姜夔相仿[32]。清代詞評家陳廷焯則直接而清楚地說明了張炎向姜夔學得詞藝，並與姜夔相伯仲：「玉田乃全祖白石，面目雖變，托根有歸，可為白石羽翼」[33]。

在本書前面的章節中，我們已經討論過詞在形式、修辭、審美、觀念四方面的雅化問題，並涉及到張炎本人詞作的具體例子，如〈解

[31] 仇遠《山中白雲詞・序》，見朱祖謀編《彊村叢書》，上海，1922，第 4 頁。
[32] 劉熙載（1990）第 109 頁。
[33] 陳廷焯《白雨齋詞話》，見《詞話叢編》，第 4 卷，第 3963 頁。

連環〉的用詞、〈水龍吟〉的再現等修辭手法。至於張炎詞的審美境界，〈聲聲慢・都下與沈堯道同賦〉可為一例，是詞將個人身世的感傷之情與南宋滅亡的哀國之思融為一體，又將這情思化入詞境之中，有姜夔「數峰清苦」的意境。我們且讀張炎的詞：

> 平沙催曉，野水驚寒，遙岑寸碧煙空。萬里冰霜，一夜換卻西風。晴梢漸無墜葉，撼秋聲、都是梧桐。情正遠，奈吟湘賦楚，近日偏慵。
>
> 客裏依然清事，愛窗深帳暖，戲撿香筒。片瞬歸程，無奈夢與心同。空叫故林怨鶴，掩閒門，明月山中。春又小，甚梅花，猶自未逢。

《全宋詞》，第5卷，第3464頁

這首詞寫於1290年，是時張炎赴元大都應徵為皇室抄寫大藏經，但沒有得到這一職位。張炎此次北行一無所獲，連北方的風景也讓他覺得傷感。是詞上片頭兩行裏的「曉」與「野水」，分別在時間和空間的向度上，為一幅寒意襲人的風景勾畫出了輪廓。第一行看似客觀的寫景，但第二行的「野」、「驚」、「寒」之類的形容詞和動詞等，則有相當的主觀成分，揭示了詞人的懊悔心緒，使客觀的風景獲得了主觀的內蘊。隨後的三行，尤其是「一夜換卻西風」，更強化了懊悔的主觀之情。由於情緒低落，當詞人聽到蕭瑟的寒風、看到梧桐落葉時，他的思緒便隨風隨落葉而去，從當下寒冷的北方風景，行往南方。然而，過去的南方風景溫暖宜人，但在宋亡之後，也變得一片淒涼。由於南宋的淪亡，張炎失落在過去與現在、南方與北方兩個不同世界之間的鴻溝裏。對張炎來說，過去已經結束，現在充滿惡意，未來毫無希望。在北方，他與異族元蒙格格不入，在南方，他一無所有。這不僅是物質生活材料的一無所有，更是精神依託的一無所有。這種關於一無所有的感傷與思緒，深化了他筆下風景的憂傷之境，第十行「奈吟湘賦楚」便是這憂傷的流露。這首詞之詞境的深化，得自多方面因素的交融，一是詞中所寫的北方淒景與詞人暗示的南方淒景的交融，二是詞人個人生活之傷感與國家淪亡之悲哀的交融，三是詞人知道寫這樣的傷情之詞既無意義也無用處。於是，是詞下片最後的「春又小，甚梅花，猶自未逢」三行，便道出了張炎在傷情之下對北行的絕望。在這首詞中，張炎寫景述情的用詞非常講究，詞義微妙、詞藝精巧，而融合北方與南方、過去與現時的修辭手法，也十分精湛成熟。這一切都服務於他的造境目的，終使詞境高妙，成為雅化的一個範例。

張炎詞在觀念化方面的雅化處理，有名作〈解連環·孤雁〉為例，本書在前面討論虛詞的章節中已引用此詞。對這首詞，學者們有多種解讀，其中就雅化問題而言較有意義者，是認為詞中的飛鳥等形象暗示了宋末文人在入元時期的分化，象徵了三種不同的文人，即宋遺民抗元者、不與元合作的避世者和降元者[34]。這是在觀念層次上的一種政治解讀。〈孤雁〉詞上片的最後三行，「料因循誤了，殘氈擁雪，故人心眼」，借漢代蘇武出使匈奴而不得歸的典故，來指第一種抵制異族統治的宋遺民，例如著名抗元者文天祥。下片第四五行的「想伴侶、猶宿蘆花」中的雁暗指第二類不與元蒙合作的避世者，張炎便屬於這一類，他們忠於前朝，不肯與元蒙合作，

34 劉揚忠《唐宋詞流派史》，福州：福建人民出版社，1999，第 500 頁。

但又無力反抗。下片結尾的最後三行,「未羞他、雙燕歸來,畫簾半卷」,以歸燕來象徵第三類降元者。這三種形象的潛在隱喻,暗示了張炎對統治者和南宋三種文人的政治態度,是為〈孤雁〉一詞的意趣所在。解讀〈孤雁〉一詞,我們可以看到,張炎傾情於文人中的前兩者而憎惡後者。當然,由於這首詞的寫作在語言、修辭、造境、達意等方面都高度精緻微妙,詞人的用意隱晦婉轉,字裏行間所潛藏的政治涵義不易讀出。

在清空詞論的形式、修辭、審美、觀念四個層次上,張炎力主詞藝的精湛,目的是要在這四個方面求得詞的雅化,而張炎的實踐,則使自己的詞作與姜夔作品一樣成為雅化的典範。對此,清代詞評家陳廷焯指出了張炎詞之雅化的精妙,說張詞有如「並剪哀梨,爽豁心目」[35]。陳廷焯的這段評說,用語有如張炎對姜夔的評說:「姜白石詞如野雲孤飛,去留無跡,……讀之使人神觀飛越」[36]。不僅這兩段詞評的用語有神似之處,而且張炎和姜夔的詞作也有神似之處,這就是他們的詞藝之雅。所以陳廷焯進一步說,張炎「至謂可與白石老相鼓吹」[37],其雅詞皆為「詞中之上乘也」[38]。

張炎詞作之雅,與其詞論的復雅意向相一致。所以,他的同時代人和後人,都以騷雅或雅正來述其詞藝。

[35] 陳廷焯《白雨齋詞話》,見《詞話叢編》,第 4 卷,第 3814 頁。
[36] 張炎《詞源》,見《詞話叢編》,第 1 卷,第 259 頁。
[37] 陳廷焯《白雨齋詞話》,見《詞話叢編》,第 4 卷,第 3814 頁。
[38] 陳廷焯《白雨齋詞話》,見《詞話叢編》,第 4 卷,第 3968 頁。

第二節　雅化的理論語境與影響

清空與雅詞發展的關係說明，張炎詞論在中國詞史和文論史上的重要性，存在於詞史和理論的上下文中，存在於其對後世詞史和詞論的影響中，而這影響則見於後世詞評家們對張炎詞論和詞作的評說。

一、張炎詞論的理論語境

我們先說張炎詞論的理論語境。如前所述，南宋早期學者曾慥在張炎之前就倡導雅詞，他在 1146 年編印詞集《樂府雅詞》，以雅為選詞標準，並在詞集序中闡述自己的標準為「涉諧謔則去之」，因為非此而不能有雅詞；而且，「當時小人或作豔曲，……今悉刪除」[39]。除了曾慥，在張炎之前或與張炎大致同時的詞人學者中，也不乏倡導雅詞而排斥粗俗者，如胡寅（1098-1156）、湯衡（約 1170 前後）、陳應行、同陽居士等。他們取雅去俗，形成了張炎詞論的理論語境。當然，張炎詞論的理論語境實際上要複雜豐富得多，例如，與張炎大致同時代的詩評家嚴羽（1197?-1255?），以《滄浪詩話》而著名，其詩論便構成這理論語境的重要部分，並為我們理解張炎詞論的意義提供了重要參照。

[39] 曾慥《樂府雅詞・序》，商務印書館《叢書集成・樂府雅詞》，出版年代不詳，第 1 頁。

張炎詞論力主清空、旨在雅正，與嚴羽詩論的內在精神相通。我們且將張炎詞論的〈清空〉和〈意趣〉兩節同嚴羽《滄浪詩話》的下面一段作文字比較：

> 詩者，吟詠性情也。盛唐諸人惟在興趣，羚羊掛角，無跡可求。故其妙處透徹玲瓏，不可湊泊。如空中之音，相中之色，水中之月，鏡中之象，言有盡而意無窮[40]。

即使是在字面上，二人所用的辭彙和短語，都有相近者，如嚴羽上文中的「無跡可求」、「妙」、「透徹玲瓏」、「空中之音」、「言有盡而意無窮」等，與張炎對姜夔清空之詞的描述，異曲同工，特別是描述中意象和隱喻的使用。如果我們超越字面，則能發現嚴羽的「無跡可求」與張炎的「去留無跡」都是對詞藝之自然天成的品質的追求。嚴羽同張炎一樣生於宋季，但年歲為早。學術界沒有發現任何文獻說明二人相識，沒有任何材料證明《詞源》受《滄浪詩話》的影響。於是，二人在各自文論中用語的可比性，便不僅說明他們對詩詞的文風及審美理想具有相似的興趣，而且更說明這興趣與他們所處的時代相關。要之，詩詞的雅化取向揭示了當時文化趨勢的一個重要方面，在宋末元初之際，這種文化趨勢與文人逃避政治和社會現實直接相關。在詩詞之外，當時的繪畫和書法藝術也同樣顯示了雅化的文化趨勢，例如躲入禪林的僧人畫家牧溪（1207-1291）[41]和宋室後裔趙孟頫（1254-1322）的作品便是例證。

---

[40] 嚴羽《滄浪詩話》，見《詩話叢刊》，第 1 卷，第 614-615 頁。

[41] 關於宋末元初畫家牧溪，筆者在〈夏圭山市晴嵐圖〉一文中有所述及，見臺北《典藏古美術》，2003 年第 8 期。

詩詞雅化的具體方法，涉及遣詞造句以及文風和立意等若干方面。嚴羽在論及詩法時提出的體制、格力、氣象、興趣、音節五法[42]，便與張炎清空詞論在形式、修辭、審美、觀念四層次上的雅化處理有對應之處。在詩詞發展的雅化趨向這一歷史背景下，嚴羽同張炎一樣，也倡雅貶俗，提出「學詩先除五俗，一曰俗體，二曰俗意，三曰俗句，四曰俗字，五曰俗韻」[43]。美國學者宇文所安（Stephen Owen）在談到嚴羽除五俗的背景時，對俗在南宋詩壇的負面影響有三點解釋，他寫道：

> 首先是文人寫作用半文半白的語言（甚至《滄浪詩話》也使用了這樣的語言），其次是識字教材推廣造成教學方式的改變，第三是混雜的詩風影響廣泛，尤其是黃庭堅和稍後的楊萬里的詩風。黃楊之詩有強烈的內在對比，特別是「高級」之「詩」與「低級」之「話」的對比[44]。

宇文所安對嚴羽詩話之文化背景的解說，也適用於對南宋詞之雅化趨勢的背景解說。儘管宇文所安和嚴羽都沒有言及南宋詞，但嚴羽的時代是在姜夔與張炎的時代之間，他們的歷史和文化背景大致相近，所以宇文所安對嚴羽反俗崇雅之背景的解釋，也大體上適用於我們對張炎之所以推崇雅詞的背景的解釋。

進一步說，嚴羽和張炎之文論的相似，除了二人的時代和文化背景而外，也見於他們個人的生活經歷。雖然我們沒有關於嚴羽生

---

42 嚴羽《滄浪詩話》，第 612-613 頁

43 同上。

44 Stephen Owen (1992), p. 412.

平事蹟的詳細記載，但從他自己的詩作和他的同代人的評說中，我們可略知一二。嚴羽的先輩是唐朝的皇室官員，其家庭有詩學淵源。有學者考證說，嚴羽在宋末成為忠於前朝的遺民[45]，退隱於詩藝之中。這樣看來，嚴羽同張炎的生活經歷大有相似之處，他們都退而獨善其身，在詩詞藝術中追求復雅。

除了嚴羽，張炎的同代人沈義父（約 1247 前後），也以其詞論而為張炎詞論提供了上下文的語境。沈義父在詞論《樂府指謎》中同樣論及典雅的審美學理想，認為這是文人雅詞與民間俗詞的區別：

> 蓋音律欲其協，不協則成長短之詩。下字欲其雅，不雅則近乎纏令之體。用字不可太露，露則直突而無深長之味。發意不可太高，高則狂怪而失柔婉之意[46]。

在這一段文字中，沈義父的議題與張炎的議題相關。加拿大學者方秀潔認為，在沈義父的這段文字中，有四個要點，分別是音樂性、雅、間接性、感受性。她解釋說：「在這四者中，感受性可歸入雅類，因為這二者都是有關語言和表達的。雖然間接性一開始也涉及詩歌語言的使用方式，但實際上卻是關於理想的再現方法」[47]。按照這樣的理解，我便可以說雅是沈義父詞論的重要方面，存在於語言、再現方式和表達情感的方式中。就其與張炎詞論的關係而言，

[45] 這種說法尚需年代方面的進一步推算考證。見李銳清《滄浪詩話的詩歌理論研究》，香港：中文大學出版社，1992，第 2、6、14 頁。

[46] 沈義父《樂府指謎》，見《詞話叢編》，第 1 卷，第 227 頁。

[47] Grace Fong (1987), p. 46.

沈義父之例與嚴羽之例相仿，二者都是張炎詞論之語境的一部分，二者都說明了那個時代的文人對雅文化的共同興趣。

二、張炎詞論的影響

我們沒有文獻資料來說明張炎詞論對其同代人的影響，但是，張炎與《樂府補題》的詞人朋友有著相似的審美理想，正是共同的藝術志趣使他們走到一起，寫出了《樂府補題》的詞章。再者，張炎繼承了姜夔的詞藝，並將其傳給後代詞人和詞評家，例如，他的詞論影響了元初詞家陸輔之、清初詞家朱彝尊和汪森，以及清代中前期浙西詞派的其他詞人和詞評家。

陸輔之是張炎的學生，著有《詞旨》來闡述張炎《詞源》，尤其是雅詞觀念。陸輔之說自己著述的目的就是要提倡張炎的雅詞觀，他在《詞旨》的序言中寫到：

> 夫詞亦難言矣，正取近雅，而又不遠俗。（詞格卑於詩，以其不遠俗也。然雅正為尚，仍詩之支流。不雅正不足言詞矣）[48]。

然後他在命意、用字、雕刻、清空等方面來解釋雅的含義[49]。在某種意義上說，陸輔之說雅的這些方面，與張炎論清空的四個方面（形式、修辭、審美、觀念）相呼應。再者，張炎在闡釋清空時

---

[48] 陸輔之《詞旨》，見《詞話叢編》，第 1 卷，第 301 頁。

[49] 同上，第 301-303 頁。

舉出了周邦彥、秦觀、高冠國、姜夔、史達祖和吳文英來作說明，陸輔之在釋雅時也舉出了其中的四人：

> 命意貴遠（曲則遠也）。用字貴便（生則不便）。造語貴新（纖巧非新，能清而新，方近雅也）。煉字貴響。……詞不用雕刻，刻則傷氣，務在自然。周清真之典麗，姜白石之騷雅，史梅溪之句法，吳夢窗之字面，取四家之所長，去四家之所短，此翁之要訣[50]。

引文中的「翁」指張炎，這是陸輔之對張炎詞論的闡述。在觀念的層次上說，陸輔之的「命意貴遠」是說作詞的立意要高、要深，要獨一無二，惟此方能與眾不同。在形式的層次上說，陸輔之的「用字」是說遣詞造句的精雕細刻，而「造語」則是說語言的雅而不俗。所有這些，都以雅為中心。細讀陸輔之，我們可以看到，他所主張的雅，實際上是清空之雅，恰如他關於清空的一段名言所說：「清空二字，亦一生受用不盡，指迷之妙，盡在是矣」[51]。陸輔之認為雅與清空實不可分，他所列舉的四位詞人，都以遣詞造句和詞藝精到而有清空特徵，並因此而趨向雅詞的理想。

當然，陸輔之對張炎詞論的推崇，主要在於詞法，也就是姜夔和張炎的作詞技巧。正如後來的詞評家和文學史學家們指出的，與張炎《詞源》相較，陸輔之的《詞旨》了無新意，只不過是復述張炎的話而已[52]。其實，陸輔之自己也承認這點，他曾這樣做夫子自

[50] 同上，第 301-302 頁。

[51] 同上，第 303 頁。

[52] 方智範等著《中國詞學批評史》（1994），第 133 頁。

道：「予從樂笑翁遊，深得奧旨制度之法，因從其言，命韶暫作詞旨」[53]。儘管陸輔之沒有對詞學理論作出新的貢獻，但他卻在張炎詞論的指導下，將清空的雅詞之藝系統化了，方便了後來的習詞者。在《詞旨》中，陸輔之不僅為學習作詞的人提供了分條細縷的詞作佳句作為模仿的範例，更為詞藝教學提供了不可多得的具體教案，而這才是他對詞藝的最大貢獻。

由於陸輔之作《詞旨》的目的是為初學作詞者闡釋張炎的清空詞論，「俾初學易入室」[54]，所以他的詞論方法便是「語近而明，法簡而要」[55]。陸輔之將清空雅正作為對學詞者的要求，並在張炎詞論的形式、修辭、審美、觀念四方面為學生設立了作詞的規範。陸輔之《詞旨》的大部分都以清空雅詞為大綱，分別討論命意、篇章結構、句法、用詞等具體的寫作技巧。他提供的例句，多選自張炎詞作，也選周邦彥、姜夔、史達祖、吳文英、周密、王沂孫等人的詞作。我們沒有具體文獻來說明陸輔之的《詞旨》對當時元代詞壇的影響，但按照清末詞評家況周頤（1859-1926）所言，《詞旨》使作詞者對遣詞造句更加著迷，並因此而「啟晚近纖妍之習」[56]。況周頤的「纖妍」一語並非讚美之詞，他對陸輔之也並不推崇，但他之所述卻說明了陸輔之對張炎詞論的宣揚和傳播。

用歷史的眼光看，元明兩代是詞與詞論發展的低潮時期，但到了清代，詞與詞論都得到了復甦。在清初，詩詞作者和詞評家們談

---

[53] 陸輔之《詞旨》，見《詞話叢編》，第 1 卷，第 301 頁。

[54] 同上。

[55] 同上。

[56] 況周頤《惠風詞話》，見《詞話叢編》，第 5 卷，第 4444 頁。

到姜夔及其詞風的追隨者時，看重的仍然是遣詞造句，例如雲間詞派的宋征壁（生卒年不祥）就曾談到過「姜夔之能琢句」的話[57]。在清初，詞的復興主要歸功於朱彝尊和浙西詞派，正是這派詞人和詞評家給了張炎詞論以應有的重視。

朱彝尊對清初詞之復興的貢獻、他對姜張詞派的倡導、他對張炎清空詞論的弘揚，主要見於他與汪森合編的《詞綜》。這部詞集初版於 1678 年，選錄了唐宋元金四代的詞作，其遴選標準為「醇雅」，這個概念基本上相當於張炎的清空騷雅之說。有當代學者認為，朱彝尊對雅詞的推崇，「實際上是給雅詞劃定了一個較為具體的審美標準：一是以騷雅清空為體的高格響調，二是以寄託人品襟抱借詞言志為特徵的深層內涵，三是以嚴格協律按譜受制於詞樂為準則的外在形式」[58]。照這位學者所言，醇雅是朱彝尊的審美理想，也是朱彝尊選錄和評價詞作的準則，換言之，朱彝尊的詞學理想，呼應了張炎的清空詞論。《詞綜》計三十六卷，所選逾六百五十詞人，凡兩千兩百餘首詞作。由於以清空騷雅為選詞標準，姜夔、張炎以及姜張詞派的入選率最高。姜夔詞存世者今有八十餘首，但在朱彝尊的時代，卻僅有二十八首被確認為姜夔所作，《詞綜》全部收錄之，入選率百分之百。入選率第二的是姜張詞派的周密，在其一百五十多首詞中選錄了五十七首，約百分之四十。吳文英與張炎入選率大致相同，約為百分之十五。在吳文英的三百五十多首詞中有五十七首入選，在張炎的三百多首詞

[57] 徐圭《詞源叢談》，《叢書集成初編》，北京：中華書局，1985，第 4 卷，第 67 頁。

[58] 李康化《明清之際江南詞學思想研究》，成都：巴蜀書社，2001，第 273 頁。

中，有五十八首入選。與這些詞人的情況相反，一些詞作極多的著名詞人，入選率反而較低，例如在北宋蘇軾的三百多首詞作中，僅錄十五首，入選率為百分之五。顯然，朱彝尊以醇雅為準則，蘇軾並不完全符合他的審美理想。

如前所引，朱彝尊在談到有關醇雅的審美理想時，曾寫到：「詞至南宋始極其工，至宋季始極其變，姜堯章氏最為傑出」[59]。在這段話中，「極其工」和「極其變」最為重要。有當代學者指出，「工」指詞的寫作，在立意和語言兩方面都涉及清空騷雅的詞學理想，而「變」則指詞的發展，是詞朝清空雅詞方向的發展[60]。我欲據此進一步說，朱彝尊的「醇雅」論，是一個關於詞怎樣朝向騷雅而發展、演變、革新的概念。

朱彝尊對清初詞的復興所作的貢獻，不僅在於編撰《詞綜》、弘揚姜張詞法，他自己也身體力行，以姜張詞作為楷模而寫作了大量詞作，包括應酬詞《江湖載酒集》、詠物詞《茶煙閣體物集》和豔情詞《靜志居琴趣》三種。其中，《靜志居琴趣》游走於私情之雅和情色之俗的邊界，但又保持了雅的特徵。對此，加拿大學者方秀潔有專門論述：

> 朱彝尊在作詞上崇尚高雅，這的確使他的豔情詞在某種程度上保持了正統的詞風。他的詞總的來說避免了使用俚語，與一般的豔情詞保持有距離。如果說在主題上有越禮之處，至

---

59 朱彝尊《詞綜發凡》，見朱彝尊、汪森《詞綜》，上海：上海古籍出版社，1978，第 10 頁。

60 方智範等（1994），第 231 頁。

> 少在把握語言上相當得體。然而，朱彝尊的豔情詞正是以描寫「禁區」裏的情欲為主線的。這些詞在表現欲望時幾乎可以說是超越了禮的極限，即以家庭的「內部世界」而不是以社交的「青樓」為背景。他的豔情詞引人注目地表現出兩性關係上那種物質世界和倫理觀念的界線是怎樣被打破和逾越的[61]。

朱彝尊所面對的界線具有兩面性：他既責難蘇軾的豪放詞風，又責難明代粗俗詞風，目的都是為了求得騷雅。此處的明代詞風，主要指明代詞人仿自《草堂詩餘》的詞風[62]。

汪森與朱彝尊共編《詞綜》，他也對清初詞的復興、對倡導姜夔和張炎的清空雅詞也作出了貢獻。如前所述，汪森認為所謂醇雅在於遣詞造句和詞藝修飾，他看重張炎詞論的形式方面。朱彝尊和汪森的追隨者對倡導張炎詞論同樣有所貢獻。厲鶚（1692-1752）將騷雅詞風追溯到詩經，以說明雅詞之正統地位[63]。厲鶚之謂雅，在於寄託，這與張炎詞論所涉的寄託有相通之處。厲鶚評詞講究一個清字，他推崇姜夔和張炎的清空詞作[64]。與此相似，另一位學者王昶也對詞的復興有所貢獻，他也將雅詞追溯到詩經，並在一篇詞

---

[61] Grace Fong. "Inscribing Desire: Zhu Yizuns Love Lyrics in *Jingzhiju qinqu*." *Harvard Journal of Asiatic Studies* 54 (1994), p. 448.

[62] 《草堂詩餘》為宋代詞集，編於 1195 年前，編者不祥。關於這部詞集在明代中期和清代前期的流傳，可參閱方智範等（1994），第 151 頁。

[63] 厲鶚《群雅詞集序》，見《樊謝山房文集》，載《四部備要》，北京：中華書局，1981，第 3-4 頁。

[64] 同上。

序中寫道：「夫詞之所以貴，蓋詩三百篇之遺也」[65]。在這篇序中他談到了姜夔和張炎，以證所言之確：

> 姜張諸人，以高賢志士放跡江湖，其旨遠，其詞文，托物比興，因時傷世，即酒食遊戲，無不有黍離周道之感，與詩異曲而同工，且清婉窈眇；言者無罪，聽者落淚，有如陸氏文圭所云者，為三百篇之苗裔，無可疑也[66]。

當然，儘管浙西詞派對清代詞之復興有極大貢獻，但該派仍有偏重形式的局限。加拿大學者葉嘉瑩談到過這個問題，她寫到：「浙西詞派倡導姜夔和張炎的精湛詞藝，……但他們的偏執卻將雅詞的精湛降格為淺薄的遣詞造句，而於內容則無所取」[67]。汪森所言，讓我們看到了他對遣詞造句之形式方面的強調，以及對其他方面的忽視。但是無論如何，姜夔和張炎對浙西詞派的影響，尤其是張炎詞論的影響，可以從他們對姜張詞派的推崇中見出。

三、影響與意向

到了清代中期，在浙西詞派之後，常州詞派也對清代詞之復興做出了貢獻。但是，這二派所重者並不相同，浙西詞派強調形式，

---

65 王昶《姚苣汀詞雅序》，見《春融堂集》，載《四庫全書》，第 41 卷，第 8 頁。
66 同上。
67 Florence Chia-ying Yeh, “The Chang-chou School of Tzu Criticism,” in Hightower and Yeh (1998), p. 439.

常州詞派強調內容，並以寄託寓意來反對前者獨重遣詞造句。常州詞派不象浙西詞派那樣專門推舉姜夔和張炎，但我們應該看到的是，寄託寓意之於張炎詞論與遣詞造句同樣重要。事實上，常州詞派的領軍人物張惠言（1761-1802）將姜夔和張炎同兩宋若干大詞家並列，如蘇軾、周邦彥、辛棄疾等，肯定他們在內容上的深刻之處，說他們「淵淵乎文有其質焉」[68]。這文與質的關係，說明語言的深刻在於語言所表達的內容的深刻，也即語有所寓。誠如葉嘉瑩所言：「在某種程度上說，傳統的中國文論總是在個別事件和人物中關注其寄託含義和隱蔽的指涉，這正是常州詞派的要義」[69]。在此，寄託寓意的深刻性與詞的騷雅相關。有當代學者強調，張惠言在十九世紀初選編《詞選》時，以騷雅為主要的選詞標準之一[70]。這就是說，儘管常州詞派與浙西詞派對立，但在與張炎詞論相涉時，張惠言所重的騷雅與朱彝尊所重的醇雅仍然有關聯。

當然，常州詞派對張炎的一些觀點也持不同意見，加拿大學者方秀潔在對南宋詞人吳文英的研究中，就談到過常州詞派不苟同張炎對吳文英的批評[71]。常州詞派的第二位領軍人物周濟（1781-1839）曾批評張炎「過尊白石，但主清空」[72]，還批評他「只在字句上著功夫，不肯換意」[73]。按照本書對張炎清空詞論的分析，張炎的意趣之說，主張的恰是新意，所以，我認為並不是張炎不肯換意，而

---

68 張惠言《詞選序》，見《詞話叢編》，第 2 卷，第 1617 頁。

69 Hightower and Yeh (1998), p. 440.

70 方智範等（1994），第 296 頁。

71 Grace Fong (1987), pp. 167-173.

72 周濟《介存齋論詞雜著》，見《詞話叢編》，第 2 卷，第 1629 頁。

73 同上，第 1635 頁。

是浙西詞派過於強調字句，忽略了張炎的命意，所以周濟才會有此一說。

清代中後期的另一位詞評家戈載（約 1821 年前後）也不贊同張炎對吳文英的批評，認為吳文英在詞的內容、結構、語言方面都是深刻的，而非炫人眼目、晦澀不明[74]。儘管周濟和戈載對張炎頗有微詞，但他們為吳文英而作的申辯，卻從反面說明了張炎詞論對後世的影響。周濟貶低張炎對遣詞造句的強調，戈載讚賞吳文英的雕琢，周戈二人殊途同歸，都因對張炎的批評而說明了他們對張炎詞論和張炎之影響的重視。

在清代詞之復興的背景下，對於上述詞評家批評張炎，我的看法是，其一，這些批評家過於看重張炎詞論的形式方面，而沒有看重其觀念方面，例如張炎詞論的意趣、寄託等內含；其二，清代詞評家們對張炎的批評，從反面說明了張炎詞論對詞之發展的重要性，以及對詞學批評之發展的重要性。

張炎詞論對後世的影響、姜夔張炎以及姜張詞派之詞作對後世的影響，說明了張炎詞論在兩方面的意義，一是對作詞之具體方法所具有的意義，二是對詞這一重要文體之發展所具有的意義，前者是詞法技巧方面的，後者是文學史方面的。這兩方面不可分割，因為詞之為體由俗向雅的發展，表現在具體詞作的形式、修辭、審美和觀念等各個層次。也就是說，離開了具體便不會有一般，詞的雅化歷史是由具體詞作來共同展現的。換言之，就張炎詞論而言，清空的四個層次既是具體的為詞之藝，也是詞史發展的雅化之道。

---

[74] 戈載《宋七家詞選題詞》，香港：文昌書局（無出版日期），第 4 卷，第 38 頁。

在此，這為詞之藝和雅化之道不僅揭示了張炎詞論的意向，揭示了詞之發展的意向，而且也揭示了張炎詞論與雅詞發展的關係，這關係揭示了張炎詞論的真正意義，即美學和歷史的價值。

第五章　尋求結論

這是本書的最後一章，與本書的第一章「導言」相呼應。在第一章裏，本書開宗明義，指出本書論題是中國古代詩學之詞論，指出本書旨在整合西方現當代文學批評理論、西方當代漢學研究、中國古代文論研究和文學史研究，從比較和相互參照的視角出發，來研究南宋詞人、詞論家張炎的詞論文本《詞源》，並通過這一研究，既重新闡釋張炎詞論，又提出「蘊意結構」的一家之說。有了這樣的論題，本書之論述的邏輯起點，便是在考察和綜述海內外前輩學者和當代學者之詞論研究的基礎上，指出其對張炎詞論之闡釋的不盡人意處，並由此開始本書對張炎詞論的探討。

本書對張炎詞論的探討，由大處入手，從《詞源》的內在結構切入，在第二章「張炎詞論與清空概念」中，通過對《詞源》話語系統的結構分析，指出「清空」概念是張炎詞論的中心，指出清空是一個關於形式、修辭、審美和觀念的詞論概念。對《詞源》文本的這種分析，揭示了清空概念和張炎詞論的內在結構模式，即形式、修辭、審美、觀念四個層次的貫通，本書將此模式稱為「蘊意結構」，並從二十世紀西方文論和批評方法的角度，對「蘊意結構」的一家之說進行了理論的匡正。

在此，本書對張炎詞論的闡釋，也是對「蘊意結構」這一家之說的闡述。第三章「張炎清空詞論的蘊意結構」是本書重點，不僅分別探討了張炎清空詞論的形式、修辭、審美、觀念四個層次，也探討了各層次的關係，以及它們整合而成的結構整體。由於本書的結構分析是建立在解讀張炎詞論之文本的基礎上，因而可能會有文本自治的形式主義之嫌。形式主義的文本自治觀，是西方二十世紀文藝理論的重要成就之一，它使文學研究不僅尊重文學本身，而且也使文學研究得以深入具體。但是，形式主義忽略甚至否認文學作品之生存環境和外在條件的重要性，結果也就迴避了文學作為一種文化形態而具有的歷史和社會價值。本書探討張炎詞論的價值，看重的正是其歷史和社會性。所以，本書特別注意超越文本自治的形式主義局限，注重從歷史和社會的角度來探討張炎詞論的文化意義。

在介紹張炎生平和家世時，本書就已經特別關注其與南宋社會政治和歷史變遷的關係，這為張炎清空詞論的歷史和社會根源給出了初步解說。在第四章「雅化與清空詞論的歷史意識」中，本書專門研究張炎《詞源》文本之外的文學史問題，但又不脫離文本，旨在揭示張炎清空詞論的雅化意向，以及這一意向同南宋詞史之發展的關係，並因此而揭示了張炎清空詞論的文化意義，即清空詞論的雅化意向蘊含了中國文化在宋末轉向內傾的歷史趨向，清空思想是中國的內向文化在文學、詩詞、文論裏的反映。正是因為這樣的認識，本書才得以超越形式主義的局限，得以闡述張炎詞論的社會歷史價值和文化意義。

有了上述這一系列邏輯的論述，本書在最後這一章裏便達於對張炎清空詞論的總結。要之，清空不是一個僅關虛詞使用的技巧概念，也不是一個僅關風格的概念，更不是一個僅關意境的概念。張炎的清空是一個在形式、修辭、審美、觀念四個層次上關於詞之雅化的概念，它產生於南宋末期歷史巨變的特殊社會環境，具有文化和歷史的意蘊。正是由於張炎清空詞論的文化和歷史意蘊，本書才提出「蘊意結構」的一家之言。所謂「蘊意結構」，是本書對張炎詞論的獨特認識和闡釋，是對文學之本體存在形態的認識和闡釋，也是本書對文藝批評之內在構成的認識，是對批評方法的闡述。就文藝理論和批評方法而言，「蘊意結構」的價值，不僅在於本書對張炎詞論的闡釋，而且還在於我們可以用這樣的觀點去看待文學作品和文學現象。換言之，從本體論上說，文學作品的存在，至少有形式、修辭、審美、觀念四個貫通的層次；在認識論上說，我們可以從結構的角度，去洞悉作品的內在與外在因素；在方法論上說，我們至少可以在形式、修辭、審美、觀念這四個層次上研究作品，以求闡釋的全面和深入。

「蘊意結構」的要義在於意向。按照二十世紀後期美國解構主義理論家保羅・德曼的理論，文學作品以其內在的意向而成為意向客體（intentional object）。本書所論述和揭示的是，雅化乃張炎清空詞論之蘊意結構的意向，張炎清空詞論以其雅化意向而成為意向客體。德曼之意向客體的理論，突破和超越了新批評的形式主義藝術自治觀，本書借鑒德曼的理論，意在說明作者意向之於作品意向的的重要性和決定性。張炎寫作《詞源》的意向是復雅，其清空詞論的意向也是復雅，二者的一致，呼應了詞作為一種文學樣式之發展的歷史趨向，也呼應了中國文化在南宋末季轉向內傾、更趨精雅的歷史趨勢。因此，雅化不僅是張炎詞論的內在意向，也是文人詞在南宋末期的發展意向，更是中國文化之發展的歷史意向。正是這一切，使張炎的清空詞論因雅化意向而具有歷史和文化的意義與價值。

意向指創作意圖，這個術語的全稱是「作者意向」（authorial intention）。早在二十世紀中期，當時掌握著西方批評理論話語權的形式主義理論家們，承認作者意向的存在，但反對用作者意向來對文藝作品進行批評的闡釋。這派理論家看重文本自治，也即看重作品本身，而不關心作品之外的其他因素。在文學界，這種形式主義理論被名為英美「新批評」（New Criticism），這是針對過去的社會倫理和傳記式批評而言的。如前所述，美國新批評派的著名理論家維姆薩特（William K. Wimsatt）在其形式主義經典《語詞之象》一書中，寫有〈意向的謬論〉一文，反對過去的文藝批評對作者意向的強調，並在該文結尾處寫到：「批評的探討不得依賴於對神喻的諮詢」[1]。他所說的「神喻」，就是指作品本體以外的因素，尤其是作者的意向。

到二十世紀後期，後結構主義者（post-structuralists）掌握了理論的話語權，這派批評家不贊同新批評對意向的否定，但他們所主張的意向，並非作者的意向，而是作品的意向。因此，後結構主義在這個問題上與形式主義一樣，仍然看重自治的作品本身。美國後結構主義與解構主義最重要的理論家保羅・德曼提出「意向客體」的觀點，認為作品本身具有特定的意向，因此一件作品就是一個意向客體。如前所述，在德曼的名著《盲目與洞見》中，有〈美國新

---

[1] William K. Wimsatt. *The Verbal Icon: Studies in the Meaning of Poetry*. Lexington: University of Kentucky Press, 1954, p. 18.

批評的形式與意向〉一文，他在文中打了兩個比方來說明何為意向客體。第一個比方是木匠製作椅子。德曼說，製作椅子的每一塊木頭完成後，這些木頭之間的結構關係便十分重要，正是由於這種關係，椅子才得以組裝起來。在這結構關係的背後，存在著椅子的「被坐」意向。所有木塊的組合拼裝，都以「被坐」的意向為原則。在這個意義上說，椅子就是一個意向客體，其意向是「被坐」[2]。

本書也曾述及，德曼還有獵人打野兔的比方。獵人打野兔的意向，或為食肉或為出售，但是，當獵人打靶時，其瞄準的意向僅僅是為了瞄準本身。德曼說，這時的瞄準構成了一個完美的封閉體系，瞄準的目的和意向就是瞄準，而不是瞄準之外的任何其他目的[3]。德曼認為，作為一個封閉的意向客體，文藝作品最重要的因素，是自身的意向和與之相應的結構。我不能苟同德曼的說法，因為獵人打靶的目的，除了遊戲，也還是為了練習槍法，而練槍法的最終目的是為了打獵而非打靶。與此相似，即便是椅子「被坐」的意向和結構關係，也是由木匠決定的，木匠的意圖就是作者的意向。德曼也看到了作者的意向，不過，他稱作者意向為「偶然」因素[4]，認為這無益於批評的闡釋。

當然，德曼的意向論對本書之「蘊意結構」的意向觀頗有啟發。本書在第二章討論張炎詞論的內在結構時，曾引述德曼《美國新批評的形式與意向》中的兩段重要文字：

2　Paul de Man. *Blindness and Insight*. Minneapolis: University of Minnesota Press, 1983, p. 25.

3　Ibid., p. 26.

4　Ibid., p. 25.

> 對一個意向行為或一個意向客體的解釋，總暗含著對意向本身的理解。……要解釋一個意向，只意味著要去理解它。在已經存在的現實中，不必添設什麼新的關係，而只是要去發現那些本來就已存在於其中的若干關係。這不僅是那些關係本身，而且更是那些為我們而存在的關係[5]。

這裏的「為我們而存在」的是一種已存的先在結構關係，德曼稱之為「先在知識」，它將文本的意向、作者的意向、讀者的解讀聯繫了起來：

> 對詩歌文本的闡釋者來說，這種先在知識就是文本本身。只有當他理解了文本，暗含的知識才顯示出來，並全面展示那些本來就已經存在著的事物[6]。

用德曼的眼光看張炎詞論，清空之說在形式、修辭、審美、觀念四個層次上顯示了張炎詞論的雅化意向，而這意向又將這四者整合起來，構建了張炎清空詞論的蘊意結構。

在二十世紀最後二十年，後現代主義者奪取了理論的話語權，在後現代的眾聲喧譁中，呼聲最高的是文化研究。這些理論家們十分關注作者的意向，他們從文學本體之外的視角，來闡釋和評價作品。這些外在的視角，主要有政治視角和社會倫理視界。英國批評家雷蒙・威廉斯（Raymond Williams）認為，文藝作品來自人的思

---

5 Paul de Man （1983）, p. 29

6 Ibid., p. 30.

想和語言，所謂價值、真理、觀點等等，即便是審美的，也不局限於文學的形式本身[7]。所謂「人的思想和語言」，便是作者的意向。

「意向」涉及觀念，為了進一步說明本書之「蘊意結構」的意義和價值，我在此將呼應本書第一章「導言」的相關論述，重複再述「觀念化」問題。西方漢學中的「觀念化」研究，是指理論的抽象或概括，這可在西方學者對南宋文化的研究中得到見證。本書在「導言」中已經談到，美國普林斯頓大學已故華裔教授劉子健在其專著《兩宋之際文化內向》中提出了一個「觀念化」的理論，他通過分析一些有代表性的宋代文本，指出南宋以前的中國文化是一種向外擴張的文化，但到兩宋之際，卻開始向內收縮，自此內斂成為中國文化的特徵。他打比方說：

> 宋代中國看上去就像一株枝繁葉茂的老樹，生命力旺盛得驚人，它越長越高越長越大，新枝嫩葉蓬蓬勃勃，地下老根龍須如盤。然而，暴風雨季節一來，老樹的內在生命被消耗了，其殘存的活力轉化為一種保護性機制。雖然這株樹仍在生長，但它的大小和外形卻不再變化。

用我們的俗話說，這株樹不再向外長，而是向內長，以便保護內在的生命力，所以外面不見擴展，裏面卻漸趨精緻。劉子健接下去說，中國「十二世紀的精英文化更注重在全社會鞏固並貫徹自己的價值觀，比以往更注重回顧和內省，因而變得更加謹小慎微，有

---

7 Raymond Williams. "The Works of Art Themselves?" in Francis Frascina and Jonathan Harris, eds. *Art in Modern Culture: an Anthology of Critical Texts*. London: Phaidon, 2003, pp. 316-7.

時甚至悲觀絕望。一句話，北宋之特徵為向外伸，南宋之實質乃向內轉」。他的觀點是：「從十二世紀起，中國文化轉向內傾。」[8]劉子健的「向內轉」之說，是一個學術觀念，是他對兩宋文化史之研究的理論概括，即「觀念化」。

在美國漢學界的其他領域，也有人提出過類似觀點，只不過是針對某一具體文化形態，如詩歌和繪畫，而非普遍意義上的南宋文化。密西根大學的華裔學者林順夫教授在七十年代末討論南宋詞時，就姜夔的詠物詞而提出過「撤退」的觀點。更早在六十年代初，加州大學的中國古代美術史學家高居翰教授談到過南宋軍事上的失利和北方遊牧民族的入侵，對中國文化的性格產生的影響。高居翰寫道：「宋代不同於外向的唐代，宋代文化轉向內傾；……其唯一的養分來自內部，……一種特殊的擬古主義出現於北宋後期，並保留下來成為南宋藝術的主要成分；……藝術風格上重大的革新創造只屬於過去和未來；這一時期是一個內省和回顧的時期，是一個綜合和總結的時期。」他進一步說：「南宋文化的另一引人注目的傾向，是極度的唯美主義，也就是那時期對超級精緻的追求。」[9]林順夫通過對姜夔詞的研究，提出了南宋詞內向的「撤退」觀，高居翰則通過對南宋繪畫的研究，提出了南宋藝術轉向內在精緻的觀點。如果說這二位學者的「觀念化」還沒有超出詩詞和繪畫的話，

---

[8] James T.C. Liu. *China Turning Inward: Intellētucal-Political Changes in the Early Twelveth Century*. Cambridge: Concil on East Asian Studies, Harvard University Press, 1988, pp. 10-11.

[9] James Cahill. *The Art of Southern Sung China*. New York: Asian House, 1962, pp. 8-9.

那麼劉子健關於南宋的文化之樹向內長的比喻，便超越了某一具體的文化形態，而具有普遍性或一般性的「觀念化」意義。

本書在第一章〈導言〉中，總結國內外學術界的張炎研究現狀，尤其是總結學者們對清空詞論之研究的不足，進而提出了一系列問題。對這些問題的探討，構成了本書的主體，而這一系列探討的過程，則給了這些問題以肯定回答。

首先，張炎生活在宋末元初，儘管他被學者們歸為宋末詞人，但他的《詞源》卻完成於元初之際。那麼，王朝興廢和歷史巨變，尤其是異族入主，對張炎的生活、思想、著述有沒有影響？若有，會是什麼樣的影響？也就是說，張炎詞論究竟有沒有歷史的因素？對這樣一個如此重要的問題，上述學者竟鮮有論及者，即便有，也屬蜻蜓點水。

其次，張炎清空詞論的價值，是不是如上述學者所言，僅在於語言、風格、意境和批評標準等方面？若否，那麼張炎清空詞論的意義究竟何在？對此意義的探討，既然直接聯繫到對清空這一概念之含義的解讀，那麼，我們可否從文學發展的角度來解讀清空概念，進而探討清空詞論的意義和價值？

第三，清空是不是一個孤立的詞論概念，如果不是，那麼我們可否將其置於中國古代文論發展的語境中，來比較地探討清空與其他相關概念的聯繫，進而解讀清空的可能含義，並探討其意義與價值？

本書對以上三大問題的回答都是肯定的，因此，本書在研究張炎詞論、研究中外當代學術中的詩學批評的過程中，以及在參照中國當代學術與西方當代漢學研究的過程中，提出了自己對張炎清空詞論的新見解，並進而提出了關於詩學之「蘊意結構」的理論觀點。這一己之見的價值，並不局限在對張炎詞論的具體闡釋，而更在於詩學理論和文學批評的普遍意義上。

最後，我簡要總結本書通過研究張炎詞論而提出的蘊意結構的結構模式。

如前所述，這個結構有四個貫通一體的層次，即形式、修辭、審美和觀念的層次。形式層次是文學作品之最基本、最外在、最表面的層次，主要涉及文字和語言。在根本上說，文學作品是以文字和語言的形態而存在的。修辭層次涉及語言的使用，這是與形式最接近的層次。這個層次上的修辭有兩個含義，一是作為語言藝術的修辭格，如排比句式等方法，涉及單個句子的寫作；二是作為作品之藝術構思的修辭設置，涉及作品的整體構思，如象徵、寓意等修辭設置。這種整體的修辭設置是修辭格的發展，接近第三層次的審美創造。審美層次是文學作品所展示的一個整體的藝術世界，不僅訴諸讀者的生物感官，而且訴諸讀者的心理和思想，因此，審美的層次最接近觀念的層次，恰如張炎在其詞作的意境中寄託了自己的思想一樣。蘊意結構的最高層次是觀念層次，在這個層次上，文學的表像已被超越，作品的可能含義得以揭示。這既是一個關於作品之隱藏含義的具體層次，也是一個形而上的層次，批評家可以在這個層次上使批評的主觀潛能得到實現和發揮。

這四個層次的一體化貫通，是因為意向的作用，這不僅是因為作為「意向客體」的文本意向之故，更是因為作者意向之故。在張炎的個案中，這兩個意向是一致的，其一致性來自張炎之時代、社會和文化的向內轉，也即來自時代和社會文化的主流意向。就宋詞的發展而言，其發展主線是雅俗互動，這是兩宋時期詞的發展意向。正如本書所述，詞起源於民間俗文化，然後才發展為文人雅詞。就整個中國文學史的發展而言，雅俗互動也是歷史意向。例如，詩經的主體是民歌，後來才有文人寫詩。到宋末雅詞達於峰巔，粗俗的元曲就出現了，而元曲趨雅則是後來的發展。張炎個案中文本意向和作者意向的一致性，是由其時代、社會和文化等外在因素決定的，因此，由形式、修辭、審美和觀念四個層次所構成的蘊意結構，不是一個封閉的結構，而是一個開放的結構。反過來說，也正是這種開放性，才使具體的文本不是漂浮於真空，而是植根於歷史和社會的現實基礎上。

這種開放性，使我們可以用蘊意結構的眼光來探討中國詩歌的發展和中國文學的發展。是為蘊意結構之說的史學價值和文論意義。

附錄

在紐約追尋南宋山水畫

今年五月在紐約大都會美術博物館看了一個畫展，《浪潮：高麗與日本藝術中的中國主題》，意在展示中國古代文化對鄰國的影響。見到展廳裏陳列有南宋畫家夏圭的《山市晴嵐》圖，我有點詫異。《山市晴嵐》是長卷《瀟湘八景》中的一幅，我曾在〈浮世春宮與中國山水〉（臺北《典藏古美術》2003 年 1 月號）一文裏，對夏圭作有此長卷的說法表示過懷疑。由於見了真跡後的詫異與惶然，我便對這一宋代山水畫在海外的蹤跡，作了一點追尋。本文既是對這一追尋的記述，也想略談宋代山水畫對日本藝術的影響。作者還寫有〈紐約的「山市晴嵐」圖〉（臺北《典藏古美術》2003 年 8 月號），本文即根據這兩篇文章重寫、擴展而成。

一、瀟湘八景

對古代山水畫家而言，瀟湘八景除了作為風景畫本身的審美價值外，還另有兩重價值，一是隱，二是諫。隱乃窮則獨善其身，有忿怨之情；諫乃達則兼善天下，含勸喻之功。北宋范仲淹因慶曆新政被貶，作〈岳陽樓記〉述懷，洩露了瀟湘八景的玄機：貌似寫景抒情，實為牢騷議政，有如屈原作《離騷》。范仲淹的覽物之情、去國懷鄉之思，無論居廟堂之高，還是處江湖之遠，都涉及「吾誰與歸」的人生終極問題。當然，後來的畫家，不管文人也好，禪僧也罷，雖難達「先天下之憂而憂，後天下之樂而樂」的境界，但也能各出機樞，納洞庭瀟湘之八百里山水於胸臆，並訴諸尺素筆墨。

從地理上說，瀟湘指春秋戰國時期的楚國一帶，因湘江向北流入洞庭湖而得名。湘江有一支流，名瀟水，這兩條河的流域，相當於現在的湖南省。瀟湘八景並無確切的所指，而是古代楚地在一年中不同季節和物候、一天中不同時段和氣象的八類自然景觀，其中不乏人文因素。同時，瀟湘八景也是觀照楚地風物的八種方式、八個角度。中國古代文人對瀟湘風景的描繪，可以追溯到兩千多年前的屈原，而關於瀟湘的傳說，更可追溯到舜帝和湘妃。屈原的牢騷和湘妃的哀怨，形成了瀟湘文化的傳統，繼承這一傳統而寫瀟湘的大文人，有宋玉（約西元前 290-223）、賈誼（西元前 201-168）、王逸（約 89-158）、沈荃期（約 650-714）、張說（667-731）、李白（701-762）、杜甫（712-770）、韓愈（768-824）、柳宗元（773-819）等。到了宋代，更有范仲淹和蘇東坡等大家。往日的瀟湘，曾是朝庭流放文人的窮山惡水之地，面對瀟湘風景，遷客騷人都將內心的鬱忿訴諸筆端。但是曾何幾時，瀟湘在世人眼裏，一變而為美景，成為藝術靈感的無盡源泉。一〇五九年，蘇東坡與父親、胞弟一行三人來到此地，於泛舟之際，作詩百首。對蘇東坡而言，面對瀟湘流水，賦詩作畫，不僅是發思古之幽情，而且也是對現世的諷諭。

對後來的文人士大夫來說，洞庭瀟湘是遠離塵囂、追古憮今的好去處，畫家們也會於有心無心之際，在筆下山水中流露些淡淡的怨愁。

最早記載繪畫中瀟湘八景的，是北宋沈括的《夢溪筆談》:「度支員外郎宋迪，工畫，尤善為平遠山水，其得意者，有『平沙雁落』、『遠浦歸帆』、『山市晴嵐』、『江天暮雪』、『洞庭秋月』、『瀟湘夜雨』、『煙寺晚鐘』、『漁村落照』，謂之八景，好事者多傳之」。沈括文中所記的宋迪（約 1015-1080），洛陽人，世家出身，其先輩在唐朝任官，宋迪本人在北宋朝庭任職，並與大官僚司馬光為友，後捲入新舊黨爭，因反對王安石變法，被栽贓暗算，遭朝庭罷黜。《瀟湘八景》是宋迪被貶後所作，立意與杜甫流落楚地時寫的憂憤之詩相關。

組畫《瀟湘八景》，在日本頗有影響，而影響日本繪畫的瀟湘圖，並不止一家，其中流傳較廣者，還有南宋禪僧畫家牧溪的水墨《瀟湘八景圖》和南宋另一位禪僧畫家玉澗的潑墨《瀟湘八景》。牧溪姓李，佛名法常，四川人，生卒年約為 1207-1291。蒙古滅南宋後，牧溪流落到杭州，因不滿於異族對漢族文人的高壓，出家為僧。牧溪在杭州禪林習畫時，逢日本僧人聖一前來研習佛法，二人同門從師，相結為友。至聖一返國，牧溪以《觀音圖》、《松猿圖》、《竹鶴圖》相贈。然而，聖一實際收藏了牧溪的大部分作品，並悉數攜回日本。曾讀到旅日學人周閱女士的文章〈瀟湘八景在東瀛〉，說牧溪的《瀟湘八景圖》中，現在仍有四幅分別收藏於東京的富山紀念館、根津美術館、京都的國立博物院和出光美術館，另四幅惜已失傳。

在日本東京的靜嘉堂美術館，還收藏有南宋的院體長卷《瀟湘八景》，作者夏圭，八幅山水俱在。我查遍了手頭資料，未見夏圭畫有瀟湘八景的記載。不過，從「夏半邊」的經營位置和院體山水畫的用筆用墨來說，這組瀟湘八景的長卷看上去倒像是夏圭手筆。夏圭是南宋院體山水畫家，錢塘人，生卒年不詳，其畫風多樣，既有精工細密者，又有清遠空靈者，而最具個人特點的，是近濃遠淡的小品畫，以半邊取景而聞名於世，時稱「夏半邊」。

令人難以置信的是，中國的瀟湘圖卷，主要收藏在日本，我們國內反倒所剩無幾。所以，今天美國學者研究這個課題，都往日本跑，然後帶回來很多資料，並以英文發表其研究成果。這倒有個好處，我們不必去日本，只要不搞故紙堆裏的考證，在美國查閱英文資料便足矣。

美國研究瀟湘八景的學者，先有里查德・伯恩哈特（Richard Barnhart），他早在六十年代就研究宋代山水，九十年代更對宋代山水進行了梳理，從中辨認瀟湘八景的圖像意象，給後來學者的研究奠定了視覺文本的基礎。

另一位學者瓦勒瑞・沃迪茲（Valerie Malanfer Ortiz）對瀟湘八景也很有研究，她在一九九九年出版了《夢縈魂繞的南宋風景：中國繪畫的視覺力量》（雷頓布雷爾 1999 年版），對南宋山水畫，尤其是瀟湘八景的主題，進行了全面研究，更用圖像學的解讀方法，對李公麟（1049-1106）的傳人，一位南宋李姓佚名畫家的《瀟湘臥遊圖》進行了獨到的闡釋，並力圖以此理清院體畫、文人畫、禪畫的關係，尤其是三者在山水題材上的互動情形。

在研究瀟湘八景的學者中，最有成就的應數阿爾弗雷達・莫克（Alfreda Murck），她原任職於紐約大都會美術博物館，是亞洲藝術部中國館的負責人，最近幾年據說長居北京。莫克在八十年代寫有《王洪的瀟湘八景》（見方聞編《心印》，普林斯頓大學 1984 年版），九十年代寫有〈瀟湘八景與北宋的流放文化〉（紐約《宋元研究》雜誌 1996 年，總第 26 期）。在前一篇文章中，莫克將中國古代詩文和繪畫中的瀟湘八景，放到唐宋時期的歷史、文化、政治環境中進行探討，並逐一解讀了八景圖像。在後一篇文章中，她對前文進行了補充和深化，著重以詩釋畫。隨後，她出版了專著《中國宋代的詩與畫：表達異議的微妙藝術》（哈佛大學 2000 年版）。她在書中以瀟湘山水為案例，追溯屈原、杜甫詩歌的政治寓意，在南宋的政治、文化語境中，闡釋了文人畫家借瀟湘八景圖而表達的憂憤與不平。

美國學者對中國藝術的研究，通常傾向於政治解讀，他們將中國的古典藝術，看作政治寓言。其觀點和結論，是亦非亦，我不去爭辯，但其政治解讀在方法論方面，倒是頗有啟發。

二、山市晴嵐

在紐約大都會美術館見到夏圭的《山市晴嵐》原作，我吃驚不小。日本學者早川聞多在《鈴木春信的春畫》一書中，認為春信一組春宮畫的原型來自夏圭《瀟湘八景》，但他並沒有討論夏圭的畫。我再次查閱手邊關於夏圭的中文資料，確信沒有《瀟湘八景》的記載，心裏方坦然了一點。然後，我仔細對照了大都會和靜嘉堂的《山市晴嵐》，發現二者的格式、構圖、風格、筆墨等，均在似與不似之間。我又將這兩幅畫同夏圭的其他作品進行比較，看其同專家們認證了的夏圭真跡究竟有何異同。與臺北故宮博物院收藏的夏圭長卷《溪山清遠圖》相比，靜嘉堂《山市晴嵐》的筆墨還真是可信，二者墨中水份都不太多，筆跡較乾，前景墨色亦都較為濃重。與美國波士頓美術館收藏的夏圭《雨中歸帆圖》相比，則大都會的《山市晴嵐》可信一些，二者的筆墨風格較為接近，僅石頭的用線和樹葉的點筆劃法略有區別。總的說來，這些夏圭山水，墨色都比較幹，用筆都比較硬，景物佈局大體相似。但夏圭也是多樣化的，他那幅收藏在美國堪薩斯市納爾遜－艾特金斯美術館的長卷《山水十二景》，用筆濕潤，其水墨風格，竟與收藏在日本的牧溪瀟湘八景幾無二至，兩者都墨色淺淡，幾乎不用中鋒勾線，也都非常空靈清雅。

比較了半天，不得要領，只好打電話到紐約大都會美術博物館，找到亞洲藝術館負責人何慕文（Maxwell Hearn）博士，問了他兩個問題：其一，大都會收藏了夏圭《瀟湘八景》中的多少幅、是哪幾幅、其餘幾幅在何處；其二，大都會展出的《山市晴嵐》，是否真的出自夏圭手筆。何博士說，大都會的瀟湘八景，只有《山市晴嵐》一幅，其餘七幅不知所終，也不知是否還在這世上；此獨幅瀟湘圖的作者，應當是夏圭。我說，我查過中文史料，未見夏圭畫有瀟湘八景的記載。他告訴我，說夏圭是原作者，是考據和學術的推斷，儘管沒有文獻記載、沒有確鑿的物證，但經過美術史學家們的研究，學術界已普遍認為夏圭是原作者。當然，要論嚴肅的科學態度，應說《山市晴嵐》被歸於夏圭名下（attributed to Xia Gui）才對。所以，莫克在她的書中選用大都會的《山市晴嵐》時，便注明是「歸於名下」。

我還向何博士講到東京靜嘉堂的夏圭《瀟湘八景》，說起其在格式、構圖以及筆墨風格等方面與大都會《山市晴嵐》的異同，何博士說，他沒聽說過日本有這樣一組夏圭。

連大都會的何館長都不知道東京有一組完整的夏圭瀟湘八景，我自然又疑心重重了。放下電話，又查早川聞多的書，未見「歸於名下」字樣，便給他寫去一份電子郵件，問這組夏圭山水的真實性和原作者問題。早川聞多的回信言之鑿鑿，說這八幅畫上每幅都有「夏圭」印章。但他又說，夏圭是僧人，1478-1493 年間，生活於日本京都等地。看來，彼夏圭或非此夏圭。南宋的此夏圭，早在寧宗朝（1195-1225）就是畫院待詔，理宗朝（1225-1265）時仍服務於畫院，還得過皇上「賜金帶」的殊榮。他既未削髮為僧，又比遠遊日本的彼夏圭早了差不多兩百五十年。也許，這就象何博士所說，在夏圭之後，有很多人模仿他的風格和畫法，甚至製造贗品、偽託其名。另一方面，在日本，學畫的徒弟以師傅之名為己名，乃公認之傳統，而非欺世盜名。例如，江戶時期有不少浮世繪畫家，或在師傅去逝之後，或在娶了師傅的女兒之後，改用師傅之名，並堂而皇之地簽名於畫上。

說到日本畫家模仿中國畫家，除了研習技法和製作贗品外，還有別的原因。北京學者周閱教授在她關於牧溪《瀟湘八景》的文章裏說：「到了日本的戰國時代，室町幕府勢力日漸衰微，牧溪的繪畫遭到豐臣秀吉、德川家康等新的權力者的分搶，從此在戰亂中四散，分藏於各地大名的寶庫中。於是，再現『天下名寶』的全貌，成為當時統治階層的一個夢想。江戶時代中期，『八景圖』曾一度被整體臨摹複製，臨摹者是狩野榮川，其摹本現在收藏於根津美術館。為這一複製工程而收集『八景圖』的是江戶幕府八代將軍德川吉宗。他首先從手下大名那裏索回各部分掛軸，對不知去向的部分則按照以前的摹本再度臨摹。由於德川吉宗的努力，終於留下了一個八景俱全的完整摹本。」

如果早川聞多的彼夏圭，的確模仿了南宋的此夏圭，那麼，被模仿的會不會就是大都會收藏的畫？若是，豈不證明了大都會藏畫的可靠性？

歸於夏圭名下的兩幅《山市晴嵐》圖，除前面指出的筆墨風格之異同外，在立意、選景、佈局方面都大體相仿，惟左右對換，有如鏡中映射。二者的遠景均為若有若無的淡淡山峰，筆墨清淺平直，僅有隱約輪廓；中景峰巒疊嶂，輪廓稍加勾勒，並以淡墨略為烘染，間以樹木點綴；近景為畫面主體，有江岸樹石、小橋村舍，其間人影綽約，往來於集市。陣雨過後，中景與近景之間，雲水霧靄盤繞。紐約大都會的《山市晴嵐》，小橋置於左下角，東京靜嘉堂的《山市晴嵐》，小橋則在右下角；大都會的山村集市，掩映在林木中，靜嘉堂的山村集市，林中有江岸小路引出，空間略為開闊。二者的集市，並不繁華喧嚷，反象世外桃源。

關於《山市晴嵐》，莫克就「山市「（山村集市）二字，討論了北宋時期王安石推行新法及其與司馬光的衝突，涉及了當時政府的市場、經濟和稅收政策，以及農民的疾苦。我們知道，王安石的改革，旨在重振北宋經濟、應對外來威脅，但他的手段，卻在實際上不乏對農民小生產者的豪取和剝奪。改革也威脅了大官僚的既得利益，所以遭到司馬光等保守勢力的強烈反對，這使得王安石兩起兩落，最後掛冠而去。《山市晴嵐》裏的點景小人，為買賣蠶絲者，莫克認為這影射了宋庭的新舊黨爭和王安石變法，她引用僧人惠洪（1071-1128）的詩來與畫相互作注，揭示了文學藝術同經濟政治的聯繫

惠洪七言詩〈山市晴嵐〉云：

宿雨初收山氣重，炊煙日影林光動。
蠶市漸休人已稀，市橋官柳金絲弄。
隔溪誰家花滿畦，滑唇黃鳥春風啼。
酒旗漠漠望可見，知在柘岡村路西。

這是惠洪《瀟湘八景》中的一首。如前所述，宋迪因反對王安石新法遭到罷官，忿而不能言，遂作八景圖為諷諭。《山市晴嵐》一畫，在視覺上以「蠶市漸休人已稀」為詩眼，以山鄉集市的清淡，來針貶時政（也有人說，表現了宋代經濟的繁榮）。這一諷諭傳統，被後來的山水畫家繼承，並在其中寄託個人身世和家國的寓意。

三、圖像的威力

宋末元初與牧溪大致同時的另一禪僧畫家玉澗（生卒年代不詳，約為十三世紀中期），畫有潑墨山水《瀟湘八景》，現僅三副存世，均藏於日本，我只見過其中《山市晴嵐》和《洞庭秋月》兩幅的複製品。玉澗的意詣是禪，應該沒有塵世之忿，既如此，其諷喻便不可言傳。於是，只有他的潑墨之法，可為外人道。日本最著名的水墨畫家、室町時代禪僧雪舟（1420-1506），曾到中國學畫，他

先學夏圭的院體畫，後又繼承了玉澗的潑墨衣缽，在晚期畫出了大寫意山水，據說這甚至還影響到了二十世紀中期美國的抽象表現主義。當然，雪舟的意詣也是禪，其諷喻只可意會，而後來的抽象表現主義有何寓意，則不在本文討論之範圍內。玉澗的《瀟湘八景》，都題有七言絕句，其《山市晴嵐》云：

> 雨拖雲腳斂長沙，隱隱殘紅帶晚霞。
> 最好市橋官柳外，酒旗搖曳客思家。

畫家像個心無牽掛、唯喜酒肉的花和尚，同時又像是不露聲色、冷眼看世界的憤世哲人。不管孰是孰非，詩與畫都象雲一樣飄逸，誰也無法將其禪意講出來。

幸好，夏圭不是禪僧，對他的《山市晴嵐》圖，我看重的便是寓意。說不定正是宋迪、夏圭、牧溪、玉澗以來的瀟湘寓意和他們在八景圖中寄託寓意的妙想，才使後人津津樂道，並不厭其煩地重畫此一題目，也才使模仿和偽造者眾。其實，我對夏圭式的院體畫筆墨毫無興趣，除非其在繪畫發展史上，具有文化和風格的價值，特別是在文化影響和藝術的比較研究方面的價值。也正因此，早川聞多指出鈴木春信的原型是夏圭的瀟湘八景，才引起了我的注意，我得以從這個原型的寓意，來探討日本浮世繪，並由此見出中國文化在日本和高麗的深層影響。

鈴木春信（約 1725-1770），日本江戶時期的浮世繪大師。關於他大致的藝術背景，我已在《浮世春宮與中國山水》裏談到，此處僅略說其以夏圭為原型的兩組作品，美人畫《閨室八景》和春宮畫《風流閨室八景》，特別是其中的《摺扇晴嵐》圖和《琴柱落雁》圖。

夏圭的《山市晴嵐》，以初夏陣雨過後的晴雲青山、爽風流水為山村集市的環境，鈴木春信美人畫中的《摺扇晴嵐》，畫一女子由侍女陪同外出，她以摺扇遮陽，身上的和服因清風而微亂，呼應了夏圭的「晴嵐」環境，以夏圭為立意構思的原型。與此相關，鈴木春信春宮畫中的《摺扇晴嵐》，以楚王夢見巫山雲雨的故事而呼應了夏圭。鈴木春信畫一賣摺扇的美少年，向一戶人家的女傭推銷摺扇，不料卻被那性趣大發的女傭上下其手。畫中的摺扇，不僅提示了夏天的來臨，還有揮去女傭之汗濕性趣的功能。作為隱喻，汗濕即雲雨，也就是楚王夢中的巫山雲雨（楚王的國土正是洞庭瀟湘一帶）。畫中的賣扇少年，為汗濕的女傭帶來了「晴嵐」，她終於得到了性的滿足。滿足過後，雨去雲散，正合了夏圭山市晴嵐的筆意。除了對「晴嵐」的呼應，賣扇買扇，也應了「山市」的構思。鈴木春信的美人畫和春宮畫，並非山水風景，與瀟湘八景看似無關，但他在立意構思和敘事設計方面，卻著意將夏圭的畫，用作自己的母題，足見中國山水畫對日本藝術的深層影響。

關於夏圭的《平沙落雁》，話題得回到杜甫。當年杜甫自我放逐到瀟湘，寫了兩首歸雁詩：

萬里衡陽雁，今年又北歸。
雙雙瞻客上，一一背人飛。
雲裏相呼疾，沙邊自宿稀。
繫書元浪語，愁寂故山薇。

欲雪違胡地，先花別楚雲。
卻過清渭影，高起洞庭群。

塞北春陰暮，江南日色薰。

傷弓流落羽，行斷不堪聞。

衡陽是瀟湘極地，杜甫晚年流落到那裏，孤身一人，貧病交加，在蕭瑟的秋風中，似乎走到了生命的盡頭。杜甫的詩，以失群的「落雁」自比，而「平沙」則暗涉三國時期的孔明，蓋因孔明在平沙上作八陣圖。據說，那平沙是湘江之沙渚，即今日長沙。我們還記得，杜甫曾在蜀相詩中為諸葛亮的壯志未酬大鳴不平：「出師未捷身先死，常使英雄淚滿襟。」不難看出，詩人多少都有些自比自況。

《平沙落雁》一題，有如音樂之變奏，雖意在鴻鵠高遠之志向、逸士幽憤坦蕩之胸懷，在中國古代文化中影響深遠，但因涉及藝術的不同領域，具體含意各異。除了詩歌和繪畫，此題也是音樂經典。古琴曲《平沙落雁》，最早刊於明代《古音正宗》(1634)，又名《雁落平沙》，原作者不能確考，有說唐代陳立昂的，有說宋代毛敏仲或田芝翁的，又有說明代朱權的。《平沙落雁》的曲意，各種琴譜的解說也不盡相同，但《古音正宗》之說當為可取：「蓋取其秋高氣爽，風靜沙平，雲程萬里，天際飛鳴。借鴻鵠之遠志，寫逸士之心胸也。……通體節奏凡三起三落。初彈似鴻雁來賓，極雲霄之縹緲，序雁行以和鳴，倏隱倏顯，若往若來。其欲落也，回環顧盼，空際盤旋；其將落也，息聲斜掠，繞洲三匝；其既落也，此呼彼應，三五成群。飛鳴宿食，得所適情；子母隨而雌雄讓，亦能品焉。」全曲委婉流暢，雋永清新，以其意境內含而溝通聽覺與視覺世界。

鈴木春信的《琴柱落雁》，畫的即是少女彈奏古箏的場面，其中究竟有多少杜甫式不平之意，我們並不知道。但是，春信深悉「平沙」與「落雁」的象徵、寓意、寄託，並從浮世人生的角度，將杜甫的「悲世」一變而為江戶的「歡世」，將人生的盡頭，變成人生的開端，這或許有點黑色幽默的味道：浮世者，苦鬥享樂之短世也。

在牧溪的《平沙落雁》中，遠方有依稀可見的大雁，近處另有四隻大雁，與水上落霞相呼應。日本靜嘉堂夏圭的《平沙落雁》是立幅，景分三層，遠景為長空行雲，中景有隱隱山林，近景是江岸孤松。在中景與近景之間，瀟湘二水相彙，一行大雁沿江迤邐遠去，尋找歇腳的江渚，隊尾似有一羽落伍者，讓人想起宋末詞人張炎的「孤雁」名句：「寫不成書，只寄得、相思一點」。有趣的是，夏圭的畫和張炎的詞，都代表了中國文化在南宋末年走向高度精緻的特點，這是中國文人在亡國之際，獨善其身的表現。如果說「夏半邊」的畫是南宋半壁江山的哀歌，那麼，「張孤雁」的詞就是元初宋遺民的絕唱了。哀歌也好，絕唱也罷，正是這樣的天鵝之歌，將古典藝術推向了美的極致。

我相信，鈴木春信洞悉了這一切，他力圖將這一切同日本文化的精緻之處相貫通，並在平凡的日本家居生活中發揚之，甚至在性愛中，把握陰陽相交的精緻藝術，享受兩性獨善的精緻之美。鈴木春信美人畫《閨室八景》中的《琴柱落雁》，以夏圭《平沙落雁》為典。畫中兩位閨室少女的面前，古箏橫陳，那弧形的箏面，暗示了洞庭沙岸；沙岸上支撐琴弦的一行橋柱，則暗示了隨晚霞而落足的大雁。門外一簇半掩的樹枝樹葉，回應了夏圭山水在初秋時節的緩緩風聲；少女和服上的松樹圖案，則與夏圭的那株孤松遙相呼應。彈罷古箏，少女注視著自己的指尖，回味著樂曲的餘韻；另一位少女則在樂聲中會心閱讀，她手裏捧著的，該是本詞曲集。這一閨室景象，乃生活的優雅方面，鈴木春信欣賞這種優雅，同時又在秋天的夕陽中，借兩個孤獨的少女，來表露淡淡的愁思。畫家和她們一樣，攔不住瀟湘的流水，擋不住秋去的歸雁，他只能用咫尺畫幅，來留住少女的青春，留住音樂的餘韻。

於是，享受有限的生命之樂，便成為浮世人生的重要內容。鈴木春信春宮畫《風流閨室八景》中的《琴柱落雁》，同樣典自夏圭《平沙落雁》，畫一對少年男女，擁坐於古箏前，那古箏同樣暗示了「平沙」與「落雁」。畫中少女的雙手仍在琴弦上，她正回頭與少男親吻，而少男的一隻手，已探向少女的和服。這既是少男少女之情歡性愛的開端，也是人生的開端。在這樣的開端處，性愛、人生、藝術合而為一。這正如杜甫詩歌所暗示的人生終結，在終結處，性愛、人生、藝術已不可分。就禪的意義而言，開端是終結之始，而終結則預示了下一回合的開端。如果說美人畫裏的《琴柱落雁》還執著於視覺上的引經據典，追求唯美的情緒，那麼春宮畫裏的《琴柱落雁》，便進一步發揮，超越了唯美情緒而達於觀念的境界。畫家在畫上題寫了三行名家漢詩：「或為箏樂所引，今年初來群雁，翩然降自天外」。這是以雁喻禪。在閨室的屏風上，畫家也直接畫了一幅《平沙落雁》圖作為背景，其立意構圖均無言地提示著夏圭的山水。

的確，中國文化對高麗和日本文化的影響不是膚淺表面的。紐約大都會美術館的《浪潮：高麗與日本藝術中的中國主題》展，在夏圭的《山市晴嵐》圖旁邊，並列展出了十五世紀高麗一位佚名畫家的兩件山水條幅，和十六世紀日本一位佚名畫家的三件山水條幅。高麗的畫，在構思、構圖、筆墨等方面，都有夏圭的影子，雖然沒有文字記載來說明二者的直接關係，但模仿夏圭畫風，卻是當時的一種時尚。日本的畫，題名乾脆就是《瀟湘八景》，但其畫風，卻與夏圭相去甚遠，恰似鈴木春信，表面上與夏圭毫不相干，暗地裏卻以夏圭為隱蔽的原型。我想，在大都會的展廳裏，通過圖畫的並置，來揭示中國藝術對高麗和日本藝術的影響，當是策展人的用意所在。

代後記

尋師天涯

一、良師益友

對一個沒有宗教信仰的人而言，若無心靈導師，會如大海上的夜行船，沒有導航之星。所謂心靈導師，不僅是學問和人生的良師，也是有共同語言的益友。不過，可以為良師者，或因師道尊嚴的古訓而不能成為益友，而益友也未必可以擔當良師的職責。

當年劉備到南陽三顧茅廬，求得孔明出山，任自己的軍師。劉備求師是居高臨下，所以孔明才在〈出師表〉中寫道：「先帝不以臣卑鄙，猥自枉屈，三顧臣於草廬之中，咨臣以當世之事」。劉備是漢家正宗，孔明信守儒家規範，講究君君臣臣，所以三顧之後，即使立志作避亂躬耕的布衣，他也自當為國效力。我輩尋師，非因社稷大事，而為個人修行，故每每舉頭仰視，卻因光耀炫目，無以能見，或因立足低下，一葉障目，終無益友良師。

多年前有次去紐約，住在畫家朋友陳丹青家裏。入睡前，畫家拿出一疊列印稿相示，是他即將出版的文集《紐約瑣記》。打開文稿，一讀就入了迷，竟一氣讀完，很難相信一位畫家能寫出這麼好的文章。次晨起來，同畫家談起文稿，說他的文筆渾然天成，沒有斧鑿的痕跡。畫家先是一愣，再微微一笑，說還是認真修改過的。後來才知道，陳丹青在紐約拜師為文，遍讀古今中外的文學大師，不僅涉獵中國古代的詩文策論，也涉獵歐洲當代的哲學與批評。我沒問過誰是陳丹青所拜之師，直到今年國內熱炒，才知道是集畫家與作家於一身的木心，其散文集《哥倫比亞的倒影》已在國內出版。

陳丹青將木心看得很高，說他的書寫超越了魯迅和周作人。儘管此言一出，國內文壇譁然，但所謂名師高徒的說法，總歸有道理。記得陳丹青在一篇文章裏說，當年在北京讀油畫研究生，導師是著名畫家吳作人，可是他在幾年裏也就見過導師幾次而已。看來木心之於陳丹青，也許就是孔明之於劉備了。如果礙於君臣之禮而不能說孔明是劉備的良師兼益友，那麼木心與陳丹青的忘年莫逆之交，總該算是良師益友了。

二、求師得失

要說追隨良師，我也曾經有幸，而後又有大不幸。古人說智者千慮必有一失，對我來說，那一失可謂千古恨。

文革時無書可讀，文革後上大學，狂讀，讀得最多的是外國小說。有些書圖書館借不出，如《十日談》之類。於是便到處打聽，看哪位老師家能借到好書，結果得知張欽堯教授藏書無數，於是拜到張老師門下。張老師受業於五四時期的詩人穆木天，研習外國文學。後來穆木天在反右運動中獲罪，連累其高足，張老師從北京被發配到山西。這倒好，要不是這一發配，我不會有機會結識張老師。

大學畢業後考取研究生，師從研究西方文學的前輩學者周駿章老先生。周老先生是翻譯家出身，三十年代供職於國民政府的中央編譯局，後來深居簡出，一心做學問，為人簡約、處事持中。周先生只招了兩屆研究生，我輩關門弟子，共得四人，來自四方。先生不願對誰偏心，初次見面就明言，以後見面得四人同行，不可獨來。先生之言銘記在心，受業三年，未敢逾越。倒是畢業之後，與先生通信，總得其推心置腹之言。

後來到加拿大留學，攻讀美術教育的碩士學位，師從大衛・帕里斯。大衛是藝術心理學家，他在哈佛求學時的博士導師是《藝術與視知覺》的作者阿恩海姆（Rudolf Arnheim）。這師徒二人都是猶太人，二戰期間阿恩海姆受納粹迫害，從德國亡命美國；大衛的父母也從歐洲逃到美國，故師生二人惺惺相惜、情同手足。大衛既有猶太人的敏銳和學者的嚴謹，又有藝術家的寬厚與直爽，我們初次見面，全無師生高下之別，之後也一直如師如友。

好事不常有，好人不常遇。讀博士時擇師不當，曾幾度想撤退，卻又總念著孔夫子的忠義之言，對導師要從一而終。於是十年寒窗，忍辱負重，直至身心俱憊，不堪其教，無奈之下才不辭而別。雖然改換了門庭，但歲月蹉跎，荒廢了十年生命。記得被十年文革荒廢了的一代人，曾仰望蒼天悲憤發問：人生能有幾度十年？對這位博士導師，我造了一個英文詞贈之：acadevil。

三、情繫英倫

前不久收到一份來自澳大利亞的電子郵件，一看，發信者是絲黛芬尼・彭斯，一位英國女雕塑家。我們十多年沒聯繫過了，她從其已故丈夫的基金會得知我的聯繫方式。她丈夫叫彼德・福勒(Peter Fuller)，英國著名藝術評論家。

十六年前的四月二十八日，彼德與絲黛芬尼和兩個孩子乘車去他們在蘇福克的別墅。開車的司機是絲黛芬尼的父親的專職司機，可是這位職業司機在駕駛座上睡著了。用美國著名藝術批評家格林伯格（Clement Greenberg）的話說，彼德・福勒像顆流星，從西方藝術的天空落下了，但是他的光輝，卻如閃電般奪目。

那年初夏我還在中國，絲黛芬尼寫信告訴我說，福勒離開我們了。當時我正準備去英國，到倫敦大學攻讀美術史和文化研究，福勒既是我的經濟擔保人，也是我在藝術和學術上的引路人。

引路人不同於指路人。引路人走在前面，或與你同行，而指路人是在你身後或身旁，走的不一定是同一條路，甚至還可以不走路，只是站著指點罷了。福勒原本在劍橋大學學習文學，然後在媒體任職，再後來成為自由撰稿人，寫作藝術評論，同時也在倫敦大學執教。他追隨十九世紀的約翰・羅斯金（John Ruskin）和二十世紀的約翰・伯傑（John Berger），視這兩位社會學派的藝術批評家為心靈導師。1987 年福勒在倫敦創辦《現代畫家》雜誌，刊名來自羅斯金的同名巨著。

福勒在政治上原先信奉馬克思主義，在藝術上主張社會政治批評，反對形式主義。到七十年代末，他轉向藝術心理學和倫理道德批評，寫出了《藝術與精神分析》。該書出版後，福勒被學術界視為藝術心理學之英國學派的後起之秀。福勒在西方藝術界的影響，不僅來自他的學術寫作，而且來自他的批評實踐，其藝術批評的最大特點，是不隨大流，反對藝術時尚，挑戰藝術權威。

我因翻譯《藝術與精神分析》而得以同福勒相知。他以自己的新著相贈，並郵來每期《現代畫家》雜誌。對我來說，福勒留下的遺產，一是不媚俗的批判精神，二是遠離迂腐的學究氣。他著文批評時髦的畫家和理論家，言辭犀利，毫不留情。福勒是格林伯格的晚輩，尊敬格林伯格，但卻旗幟鮮明地反對其形式主義藝術思想。格林伯格與福勒格格不入，可是也很敬重這晚輩的精神和人格，給其以極高評價。另一方面，儘管福勒的《藝術與精神分析》是一部非常學術的研究專著，但他寫的批評文章，卻既有羅斯金式的才情和詩性，又有伯傑式的深刻洞察和平易曉暢，甚至他辦的雜誌，也多邀藝術家、詩人、作家來為文評藝，為的就是避免學究式的迂腐。

十六年過去了，絲戴芬尼早已遠走澳洲，兩個孩子仍留在倫敦。女兒希爾維亞現在是時裝設計師，兒子勞倫斯還在上大學，學的是戲劇藝術。絲黛芬尼提醒我，下次去英國時，要記住到蘇福克走一趟。

四、啟蒙之師

其實，早年的啟蒙老師也如心靈導師一般。少時習畫，拜投李斗南老師。李老師是附近一所小學的算術老師，在當地畫壇小有名氣。那時還是文革時期，凡人純樸，求師不用付學費，只要語言相投就行。剛開始，李老師週末到我家教畫，見我家藏書不少，便不時借閱。那時，李老師二十多歲，正值閱壑難填之年。後來我到李老師家學畫，週末住在他家，他母親做的菜，也讓我慾壑難填。

李老師家在郊外小鎮，三十里路，不通班車，若搭不上便車，就得步行，或騎自行車。成都平原多雨，郊外是黃泥土路，雨中騎車，車輪沾滿膠泥，寸步難行。不得已，將車扛在肩上步行，路人見了，憨直地大笑，說是「車子騎人了」。我當時十二三歲，年少氣盛，發誓不再騎車。

週末的晚上，李老師和我趴在燈光下畫靜物寫生。李老師的畫法，接近自然主義，用筆用線很嚴謹。他在照相紙的背面作畫，紙質細膩，所畫的陶瓷靜物，講究高光和反光的質感。畫石膏像的時候，李老師強調主次遠近的虛實關係，強調灰調子的微妙變化，並一再說畫面的結構中只有塊面沒有線條，說輪廓是塊面的轉折，而非線條的勾勒。

大型靜物寫生的長期作業，要畫好幾天，要求紙張經得住鉛筆的反覆琢磨和刻劃。七十年代初，人們的月入也就五十多元人民幣，買專業的繪畫紙無疑是種奢侈，我便用普通紙代之。結果，李老師問起為何不用好紙，我只得搪塞。現在想來，李老師不是為紙品店做推銷，沒有什麼可搪塞的。

在李老師家畫石膏像，他有米開朗基羅的耶穌和米洛斯的維納斯。回家練習時，我只有領袖像和樣板戲人物的石膏像。李老師說這些都不能用來做模特，因為這些石膏像既非名家名作，五官結構也不精確，他讓我去買西方名作。我買不到，便說維納斯的捲髮是資產階級的，無處可買。李老師說，維納斯的時代資產階級還沒產生。

李老師畫靜物和石膏寫生時追求精細和嚴謹，到茶館畫速寫時卻放得開，他用簡潔的鋼筆線條來捕捉人物的神情和動態。我們也時常到戶外畫水彩風景，他看重色彩中的素描關係，但運筆卻相當率意。我想，文如其人、畫如其人，大概說的就是這種嚴謹中的率意。

所以，李老師對我的啟蒙，不僅在於繪畫，更在於心思。再者，週末的時候，他家總有同齡人聚會，主要是學小提琴和學寫作的。我對音樂一竅不通，聽他們議論某某曲子如何如何，如同看海，怎麼看也看不到海的深處。好在我對文學有興趣，聽他們談論托爾斯泰和屠格涅夫，談論魯迅筆下的阿Q，尤其是看他們手抄的外國作家小傳，如同一扇窗戶在我眼前打開。

隨李老師學畫兩三年，直到初中結束，遷居異地。後來也結交過別的繪畫老師，但他們或是父母的朋友，或是老師的朋友，我不能與之平等交談，只能仰視他們。唯有李斗南，我們亦師亦友。

五、敬畏自然

十九世紀中後期，英國維多利亞時代詩人史文朋（Algernon Swinburne）寫過一行著名詩句：「除了自己的心靈，便無引路之星」。與史文朋同時的英國小說家哈代（Thomas Hardy），用這行詩來描述自己的小說《無名的裘德》裏的男主人公。裘德想進劍橋大學求學，卻因出身卑微而不得其門，他沒有引路人，只能聽從自己的心靈。

我也一直在尋找引路之人。一九九八年到美國明州卡爾頓學院執教，那是一所全美頂尖的私立文理學院，地處一個民風淳樸的小鎮，學校像個大家庭，人與人之間距離較近。兩年後轉到紐約西郊，任教於新澤西州德魯大學。這也是一所私立文理學院，但在美國高校中排名很靠後，只因鄰近紐約，有地利之便，才得了人氣。我常在週末跑到曼哈頓，擠進人頭湧動的各美術博物館，找個僻靜處，默默地坐在自己喜歡的畫前。次年又遷居紐約北面的奧伯尼，任教於紐約州立大學。這是全美排名倒著數的公立大學，以學生酗酒滋事而聞名。週末我仍往紐約跑，到曼哈頓的美術館看畫。

美國的最後兩年是在麻州度過的，先是在一所有名的女子大學教書，然後到全美排名第一的文理學院威廉姆斯學院執教。那兩年中，紐約和波士頓的美術館幾乎看遍，新英格蘭和美東地區的著名美術館也都看遍。威廉姆斯學院旁，有著名的克拉克美術館，收藏了很多雷洛阿（Pierre Auguste Renoir）和其他印象派畫家的作品。

下班後我時常獨坐在雷洛阿的畫前，體會他那複雜的色彩和蓬鬆的筆觸。

美國六年的經歷，其實就是看世界，看頂尖的私立大學同最差的公立大學有何不同，看小鎮上的人同紐約的人有何不同。這些不同，猶如自省的鏡子，可作心靈的指點。再就是看畫看風景。紐約的大都會美術博物館，收藏有十九世紀中期畫家湯瑪斯・科爾（Thomas Cole）的風景畫《暴風雨過後》(1836)，描繪麻州西部和麗山（Mount Holyoke）的風景。我在和麗山住過，對那裏的風景有親切感，可以在畫中同畫家靜靜交談。科爾是當時「哈德遜畫派」(Hudson School) 的首席大畫家，信奉十八世紀英國美學家柏克 (Edmund Burke) 關於崇高與美的理論，在風景畫中表達他對大自然的敬畏。

敬畏是一種審美心境，西方美學中沒有中國的「意境」或「境界」之說，但對類似的審美經驗卻有所表述。十七十八世紀之交，德國有著名風景畫家弗雷德里克（Caspar David Friedrich），其學生卡魯斯（Carl Gustav Carus）在《關於風景的九封信》中，寫到過登高遠望時的心境，說是面對遠山長河，「你的內心會被無言所吞沒，當你失落於浩瀚的空間，你的整個生存體驗便淨化了。此時，你的自我已經消失，你變得無足輕重，唯有全能的神，無處不在」。這段內心體驗，與中國古人的「有我之境」和「無我之境」異曲同工，讓我想到唐代詩人畫家王維的「大漠孤煙直，長河落日圓」，以及王之渙「白日依山盡，黃河入海流」的名句。不用說，中國古代的山水畫家和西方的風景畫家一樣，都講究師法自然、師法心靈。

在美國的六年中我看得不算少，走遍了新英格蘭和東海岸的山山水水，也縱行了北美三國，更在「有我」與「無我」間追尋引路人。回到加拿大，仍在山水間徜徉，卻每每記起史文朋的詩句：

「除了自己的心靈，便無引路之星」。

二〇〇六年四月，蒙特利爾

人在旅途

一

童年時代常與同伴看螞蟻搬家。下雨前到草地上尋找蟻穴，然後頭頂頭圍成一圈，琢磨這搬家隊伍的來龍去脈，彷彿要在這忙忙碌碌的螞蟻行列中看出門道來，常常看得入迷，直到雨點落下才不捨而歸。不過，那時候從不會想像自己以後會不會也這樣搬來搬去，更不知自己的遷徙會循著一條什麼道。

少年時代讀西班牙小說《堂・吉訶德》，著迷於這位瘋狂騎士的遊俠故事。其時在商店站櫃臺，因沉浸於書中，顧客來時竟只給貨物不收錢，結果一個月的工資全賠了進去。於是只好騎上自行車，象騎士遊俠一樣到附近的村子裏尋找那顧客，結局自然是一無所獲。這一無所獲的追尋，像是一道宿命的符咒，預言了這一生的遷徙，茫無所終。

到了求學時代，從南方遷至北方，又從北方返回南方，然後再到加拿大和美國，從一個學校換到另一個學校。畢業以後工作，在北美高校執教，也從一個學校換到另一個學校，就這樣不停地遷徙，總是伴隨著茫無所終的感覺。

九年前離開加拿大到美國執教，前往一所著名的文理學院，地處名為「北地」的鄉下小鎮，在美國偏遠的中西部，類似於中國的甘肅或青海。我在地圖上沒找到這小鎮，只好憑地名來想像，眼前似乎看到一條彎曲的小路，在一片白雪茫茫的世界裏延伸，路上人跡罕至，自己就像文革時期的下鄉知青，即將前往茫無所知的北大荒。

北地的一個同事，教藝術史的，有次聊天，說自己從紐約來，老家在紐約西郊的莫里斯縣。我知道那是美國最富的三個縣之一，屬紐約的後花園。為了工作，這位同事放棄了紐約的生活，她丈夫也辭掉了紐約一大美術館的職務，陪她一路遷到這偏遠的北地，作了家庭婦男。在美國，工作比生活重要，沒有工作便無法生活。這道理很淺顯，但我卻常常很迷糊，辨不清究竟工作是為了生活，抑或生活是為了工作，只知道自己為了工作而年年遷居，且不知下一次將遷往何處。

二

也許有人天生就清楚自己未來的人生旅程，不過我不在其中。黑格爾的歷史哲學講究「目的論」，認為人類歷史的發展有著內在目的和方向，因此歷史發展是必然的，而非盲目的或偶然的。可是，我們的實際生活經驗卻與黑格爾理論相反，個人的旅程可以按著我們希望的方向前行，但不一定真能到達那希望的目的地，否則算命先生就沒飯吃了。我們只能回頭看自己走過的人生軌跡，卻不能像黑格爾那樣往前看到未來的路程。既然前人說路是人走出來的，所以我要說，尚未行走，何來道路？

當我回頭細看來路時，我看到到自己早年最重要的一次遷居。那次遷居不僅對我的生活經驗很重要，對我的寫作也很重要，因為它讓我有機會體驗一個完全不同的世界，既嚐到了生活的艱辛，也發現了生活的美好和寫作的美好。那時是七十年代中期，剛上中學，隨父母從四川遷往山西。坐了兩天火車，到了山西，才知道那是一個學大寨的地方。我很快就棄學就業，被單位派到大山裏的小村莊去挑水抗旱、去炸石頭修梯田。那日子苦歸苦，但有機會接近自然，見識了北方乾枯的大山，和日落時從大山背後泛出的紫色天光。

那透明的紫色天光給了我繪畫的激情，我用水彩和油畫畫了許多夕陽風景。然而意猶未盡，又開始寫詩，都是長城內外萬山紅遍之類的豪言壯語，一直寫到進大學後對詩歌倒了胃口。停下詩，轉而寫散文，模仿楊朔。那時學寫作，最有心得的是立意和結構的關係問題，也就是所謂「形神關係」問題。

散文結構緊湊，段落間的轉折十分講究，行文的走向，就象黑格爾的目的論，也如遷居，得知道遷往何處，得知道下一筆該怎樣落墨。現在的人寫散文，已經不說形神關係的老話題了，但我仍然認為，把握形神關係，將行走的文字串為一線，是寫作散文的關鍵。古人說文以載道，如果文而無道，只有豪言壯語或風花雪月，文章會單薄、零亂、漂浮，不知所終。就連范仲淹的應景之作，也講究先天下之憂而憂。儘管他沒去洞庭湖，也沒登岳陽樓，但因有道，其應景之作得以流芳百世。

這裏面有兩個問題，一是何為道，二是怎樣載道。前者涉及散文的選題立意，後者涉及散文的篇章結構。對散文之道，不能看得太狹隘，彷彿除了王道就是孔孟老莊。前幾年學術散文興起，其學術問題便是一種道。再如寫遊記，我力圖發掘漫遊之道，而道之於我，通常是藝理。所以，我也嘗試在寫作藝術評論時用散文筆法，更嘗試在散文中討論藝術問題。

散文因篇幅短小，講究謀篇佈局和形神關係，謂之「形散神不散」。照過去的說法，散文之散，看似天馬行空，卻猶風箏放飛，總被一根無形之線牽著。堂·吉訶德遊俠八荒，看似漫無目的，要麼與群羊為敵，要麼與風車大戰。但無論漫遊何處，這位騎士都以道義為追求，以除暴安良為己任，其所作所為，雖荒唐可笑，卻遵循著正義之道。寫散文也一樣，其形雖消散於長空，其神卻凝聚於一線。唯因此道，散文的風箏在翱翔之際才不會不知所終。

因為寫散文，進大學後便再不碰詩歌了，畫畫也少了，正所謂有所為有所不為。這也是一種遷居，從繪畫遷往詩歌，再遷往散文。一次次筆墨搬家，雖非理性思考和現實算計後的選擇，卻是追隨內心的呼喚。

三

蒙特利爾是一個浪漫的城市。所謂浪漫，就是不守規矩，就是寬容。例如大街上的行人可以闖紅燈，例如在市中心的商業區三步一崗都是討錢的流浪漢。在我浪跡過的歐美城市中，可與蒙特利爾之浪漫相比的，唯有美國首都華盛頓。冬天，白宮南草坪蓋上了一層厚厚的雪，流浪漢們就在草坪的鐵柵欄下刨個雪坑，再鋪上些硬紙板，便有了雪居的窩。不遠處的國會山莊，在大樓通風口和暖氣出口的附近，也有流浪漢們用紙箱做成的穴居。

每看到這些流浪漢，我總是心有戚戚焉。他們跟我的區別，僅在於他們搬家比我容易，而我跟他們的區別，也僅在於我比他們多了一張棲息的床。我們之間沒有區別的是，我們都不知下一次會遷往何方。

九年前遷居北地時，房東到機場接我。鄉下女人沒乘過飛機，她從小鎮駕車到了大城市的機場，立刻就懵了，不知東南西北。好在我同她早說好了接頭暗號，就象李玉和講的，左手戴手套。她開的是農用車，我的行李就放在後面的車鬥裏，半路上下雨，行李全淋透了。遷居並不浪漫，每次搬家都有損失，要麼扔掉傢俱，要麼賣掉舊書。

我的傢俱中值得一說的就是那張賴以棲息的床，那是從北地遷到紐約郊區後買的，並不貴，一千三百美元，發票至今還保存著。安裝床的時候，床兩頭的裝飾鐵欄，要用一個個螺絲釘擰到床架上去。次年搬家，又將螺絲釘一個個擰下來，然後遷入新居，再將這些螺絲釘一個個擰上去。如此這般周而復始，美國六年，換了五次工作，搬了六次家，每次這床欄都要擰上擰下，不勝其煩。結果，最後一次遷回會蒙特利爾時，我實在累了，因不知下次又得遷往何處，於是決計不再用螺絲釘，就將那床欄立在床頭，用席夢思將其頂在牆上。這是懶人應付搬家的辦法，但沒想到巫山雲雨時，那沒固定住的床欄便不停搖晃，在牆上撞得砰砰直響，也不知是否打攪了隔壁的好夢，或讓鄰居想入非非了。

搖晃的床欄象徵了不穩定的生活。傢俱乃身外之物，既是行者的負重，也是人生的羈絆，可人生又不能沒有這些安身立命之物。也許人生的羈旅原本就沒有邏輯和理性，原本就無道可言。

四

當年上大學後，從詩歌和繪畫遷移到散文寫作，同時也因所學專業為西方文學而轉向學術研究，畢業論文是分析美國作家海明威的《老人與海》。

海明威的語言冷靜、簡潔，甚至乾枯，他自稱為冰山一角或電報風格。那時是八十年代初，海明威剛被介紹到中國，其譯著只有那薄薄的一本《老人與海》。由於海明威以語言幹練著稱，而我的畢業論文，卻不能討論譯成中文的語言，於是便讀英文版的《老人與海》。那時自己的英文水平有限，讀了兩遍英文版，其中不少段落更是反覆揣摩，卻讀不出那語言的深厚和味道，唯讀到一頁頁簡短的大白話。我不想人云亦云地恭維海明威那種乾巴巴的語言，我覺得他的詞句像是太陽底下暴曬的蘿蔔乾。後來海明威的譯著出版得多了，見到不少作家和學者著文，對他的電報語言表現出深得要領的敬佩狀，真不知這些人是惺惺作態，還是故意蒙人。

畢業論文之所以寫海明威，是因為讀了他的傳記故事後，著迷於他那作為強者的人格力量，就像《老人於海》中桑提亞哥那不服輸的脾氣，你可以在肉體上打敗他，但無法在精神上戰勝他。

從解讀海明威的作品，我走上了治學之路，後來攻讀學位時研究十九世紀的英國小說家哈代，被其「性格與環境小說」的力量所打動。哈代是現代英語小說的先驅，他小說中的心理描寫、象徵意象、田園風光，無不貫穿了文明與自然的衝突，貫穿了道德的批判和人性的探索。為了寫作論文，我讀完了哈代小說的全部中譯本，那些尚未翻譯的重要作品，便讀英文原版。

哈代小說中最具有內在力量的是《卡斯特橋市長》和《還鄉》。前者寫一個性格悲劇，男主人公總是不服輸，他浪跡天涯，大起大落，最後失敗了，但他那堅強的性格，卻震撼人心。後者寫大自然的力量，正是這冥冥之中無處不在的力量，阻擋著個人的努力，使勇者的性格與威嚴的天意永無休止地相互衝突，使性格的悲劇在巨大的天幕背景下永不停息地演出。

閱讀哈代小說的英文原版，我窘迫於自己的外語水平，不得不用很多時間自修，並嘗試以翻譯為自修之道。於是，研究生畢業後，一邊執教，一邊翻譯，經歷了從寫作到翻譯的又一次筆墨搬遷。

五

在紐約西郊工作了一年，我遷往紐約上州，任教於紐約州立大學。又過了一年，再次上路，遷往新英格蘭的麻州小鎮，任教於一所女子大學。這一路遷移，眼前風景各異，時有誘惑，就象奧德賽在返回希臘的航程中，遇到歌聲迷人的海妖一般。

一個比我早一年到女校就職的同事告訴我，對女學生要多留個心眼。他現身說法，講一位學生因功課不好而到他辦公室懇談的故事。他說，那女生一臉渴求，緊張不安，手上不停撥弄翻轉一支鉛筆，那筆卻不時掉到地上，她便不時俯身去拾。每一彎腰，其單薄而寬鬆的衣領，都大泄春光。同事說，他知道那女孩子是要引誘他，想換得一份好成績。這種交換，互惠互利，何樂而不為？問題是，不知道那女生以後還會提出什麼要求，更不知那女生會不會在達到目的後反咬一口，告他個性騷擾。權衡之下，保住飯碗更要緊，不能因小失大。

別以為女子大學豔遇多，其實得熟視無睹才好。觀摩學生球賽或演唱之類集體活動，時見瘋狂的女生脫掉上衣，群魔亂舞。藝術系的學生，常在校園裏搞行為藝術，往往都是裸體造型之類。女子大學也是同性戀的高發區，傍晚時分，在校園的湖邊和樹林裏，不定就會撞見雙雙對對的女生摟抱接吻撫摸。那位同事熟視無睹的功夫，操練得真是了得。有次搭他的車上高速公路，他突然讓我替他看路牌。問他何故，竟說只見路牌，不見上面的字，在他眼裏路牌上一片空白。聞此言，我猛地出了一身冷汗，讓他趕緊停到路邊，我來開車。

英語裏有個搞笑的說法，叫「我什麼都能抗拒，除了誘惑」。我總在想，人生之路上的諸多誘惑，會不會讓人茫無所見、不知所終？

週末的時候，如果不去紐約或波士頓逛美術館和書店，我便在小鎮附近的鄉下騎自行車。這是鄉下生活的誘惑，我並不想抗拒。早上清風迎面拂來，騎車沿著田間小路漫無目的地前行，可以到湖邊看人釣魚划船，也可以到山上登高遠望。有次無意中到了一處養牛場，那戶農民自製的酸奶和霜淇淋味美無比。後來每騎車至此，都要到農場的小店裏歇息，品嘗一杯加了青桃和杏仁的酸奶。

鄉下生活的另一誘惑，是到農村的家庭小飯館吃地道的農家早餐。農村的早餐都比較晚，大約在半上午的十點前後，稱「早午餐」。所食並不複雜，通常是一個煎雞蛋和烤肉片，再加兩片抹了黃油的烤麵包和水果。當然，最重要的是一杯農家自製的咖啡，其味之醇厚香美，遠非星巴克之類連鎖店能比。農家飯館的食客都是當地常客，鮮有過路的陌生人，所以飯館裏充滿溫馨的家庭氣氛。週末的早午餐，實際上是一種聚會，就像哈代在小說中描寫的的鄉民聚會。

在麻州住了兩年，換了兩個大學任教，都是在山區的鄉下小鎮。這種安靜的地方適合退休人士居住養老，我卻寧願大城市的喧嚷，於是終於得了個機會遷回蒙特利爾，重新過起了嘈雜的都市生活。

六

都市生活的要義，在於鬧中求靜，從而能在一方稿紙上走筆天涯。當年從中國到北美，放棄了翻譯，遷回到寫作。北美時期的寫作，又從文學研究，轉移到藝術研究，多寫關於當代藝術的話題。這種遷徙，雖然發生在一方小小的稿紙上，但這一次次遷徙，都追尋著內心的筆墨之道。

寫作關於藝術的話題，起於介紹和闡釋當代西方繪畫，靈感通常來自閱讀和觀展。紐約有位抽象畫家叫布萊斯・馬爾頓（Brice

Marden），號稱當今美國十大畫家之一。馬爾頓的畫和書，我都讀過一些，知道其繪畫題材，來自中國唐詩。他的名作《寒山》系列，便是用抽象的線條，來闡述他對唐代佛門詩人寒山的理解。

馬爾頓在繪畫中感興趣的是大隱於市的禪宗之道，正如寒山詩雲「人問寒山道，寒山路不通」。馬爾頓畫面上繁複的線條，在我看來，就是在喧嚷的都市大街上尋找和探索退隱深山的禪宗之道。這東方之道，不知迷住了多少西方知識精英。十年前美國小說家查理斯・弗雷澤（Charles Frazier），辭去大學教職，與妻子一道退居山鄉，埋頭寫作處女作《寒山》。這部小說寫美國南北戰爭時期一個南方士兵尋路回家的故事，小說一出版便好評如潮，成為暢銷書。作者在小說的扉頁引了寒山的詩句「十年歸不得，忘卻來時道」。後來這部小說由好萊塢拍成轟動一時的電影，並很快作為大片而進入中國，被譯作《冷山》而非《寒山》。

顯然，電影《冷山》的譯者完全不知弗雷澤小說背後的唐詩典故，其無知真稱得上「不知來時道」。同樣，西方也有無知者，例如一位著名的美國藝術史學家，在自己的大部頭著作中，將馬爾頓的《寒山》繪畫系列，解釋成一組關於寒冷的山脈的繪畫，還說畫家的目的是要用抽象線條來描繪現實中的某座山。

歐美的抽象繪畫，興盛於二十世紀中期，現在早過時了。馬爾頓之所以在今天仍然重要，並不是因為他那純粹的抽象形式，而是因為他在作品中探討了東西方兩種文化的互動，這是馬爾頓的繪畫之道。我在寫作關於馬爾頓繪畫的文章時，試圖尋找一條有別於他人的闡釋之道。從畫面形式上說，馬爾頓的抽象線條，旨在進行探索，而非再現某座具體的山。從修辭手法上說，馬爾頓用了唐詩中寒山的典故，使作品別有一番意境。雖然意境是中國古典美學的概念，但卻可以用於解讀馬爾頓之類西方畫家的東方藝術。惟其如此，我們才有可能把握這位畫家探索禪宗精神的觀念所在。

在多年關於藝術的寫作中，我總在尋找一種方法，嘗試在形式、修辭、意境、觀念這四個層次上闡釋繪畫，希望用各類不同的藝術家及其作品作為試金石，來探索這四個層次上的闡釋之道。在我看來，這四個層次的貫通一體，是一件作品的本體存在方式，呈現了藝術的存在之道。我並不反對別人寫介紹畫家、評價展覽的泛泛文字，但我自己不會老寫這種缺乏學術深度的文章，即便是用散文語言來討論藝術，我也希望自己的文字多少能有點理論價值。

七

我相信，無論是什麼類型的文字，無論寫什麼題材，都講究某種道。虛構的小說、紀實的歷史、思辨的哲學，莫不以文載道。紙上走筆尤如人生遷徙，一路行來，留下的墨蹟，便揭示了文心之道。

說起文心之道，我就想到《南京大屠殺》的作者張純如，想到她從一個世界到另一個世界的遷徙。那年在北地，有幸聆聽她的演講，我現在仍能記得，她說好萊塢有製片人同她聯繫，打算根據她的書拍攝《南京大屠殺》的歷史片。她說，由於寫作這部書，她時常接到騷擾電話和威脅郵件，日本政府也將她列入不受歡迎者的名單，禁止她去日本採訪和收集史料。

沒多久，日本駐美國的一個外交官也到我們學校演講。有個中國留學生當面問他，為什麼日本政府拼命掩飾過去的戰爭罪行，而且拒不認錯。後來一個日語教師對我說，那學生太不禮貌。我只好直率地回應說，任何學生都有權提出這樣的問題，這並非不禮貌。

又過了幾年，張純如有新書出版。那時我已到麻州任教，正好她到我們學校推銷新書並作演講，於是我有機會再次聽她談論二戰時期的日軍罪行。沒想到，我遷回蒙特利爾不久，便得知她吞槍自盡的消息。據公開的新聞報導，張純如駕車外出，在公路邊扣動了手槍的扳機。那段時間，關於她的死因謠言四起，其中不乏污蔑她的內容。我相信，她因為調查日本的戰爭罪行而接觸了太多的血腥史料，心理上終於無法承受，不得不選擇一走了之。同時，日本右翼雇傭的打手對她進行死亡威脅，也是一個不可忽視原因。

兩次聆聽張純如演講，都折服於她不凡的氣質和高雅的風姿。在我眼中，她是一個浪跡天涯的俠女，一生行走，無論走在路上，還是走在紙上，都循著自己的道，象一陣風飄然直前。張純如吞槍時不足四十歲。曾讀到有人寫文章，說四十之所以不惑，乃因人生的前半已到此結束，四十過後該停下來歇息和享受了。可是我認為，對一個行者來說，若能不惑而得道，四十過後將開始新的生命。子曰「朝聞道，夕死可矣」。張純如吞槍並不是歇息，她為我們發出了再次上路的信號。

於是我又想到人稱獅子的海明威，想到他那一臉粗獷的風霜和一生在死亡邊緣的漫遊。海明威最後也是吞槍自盡，但那是勇者的選擇。

二〇〇七年四月，蒙特利爾

參考書目

一、重點書目

《詞話叢編》，唐圭章（編），北京中華書局，1993 年版。

《叢書集成》，王雲伍（編）臺北商務印書館，出版年代不詳。

《叢書集成初編》，北京中華書局，1985 年版。

《彊村叢書》，朱祖謀 （編），上海重印，1922 年版。

《全宋詞》，唐圭章 （編），北京中華書局，1995 年版。

《全宋詩》，傅璿宗、倪其心、孫欽善、陳新（編），北京大學出版社，1991 年版。

《全唐詩》，北京中華書局，1979 年版。

《詩話叢編》，臺北弘道公司編輯部，1971 年版。

《四部備要》，北京中華書局，1981 年版。

《四庫全書》

《四庫全書總目》，永瑢，北京中華書局，1965 年版。

《續修四庫全書》，上海古籍出版社，1995 年版。

二、中文及日文書目（中文以中文拼音、日文以羅馬字音序為序）

艾治平《婉約詞派的流變》，瀋陽：遼寧大學出版社，2000 年版。

青山宏《唐宋詞研究》，東京：Kyuko shoin，1991 年版。

青山定雄《宋代史年表（北宋）》，東京：Toyo bengu，1967 年版。

——《宋代史年表（南宋）》，東京：Toyo bengu，1974 年版。

費振剛等，《全漢賦》，北京：北京大學出版社，1993 年版。

蔡楨（蔡嵩雲）《詞源疏證》南京：金陵大學中國文化研究所，1933 年版。

蔡仲德《中國音樂美學史》，北京：人民音樂出版社，1995 年版。

——《中國音樂美學史資料注釋》，北京：人民音樂出版社，1990 年版。

昌彼德、王德毅、程元敏、侯俊德《宋人傳記資料索引》，臺北：鼎文書局，1974 年版。

陳爾冬等編《蘇軾詩選》，北京：人民文學出版社，1984 年版。

陳良運《中國詩學批評史》，南昌：江西人民出版社，1995 年版。

陳人之、顏廷亮編《雲謠集研究匯錄》，上海：上海古籍出版社，1998 年版。

陳鍾凡《兩宋思想述評》，北京：東方出版社，1996 年版。

陳穎傑編《詞品》，哈爾濱：北方文藝出版社，2000 年版。

陳應行〈吟窗雜錄〉，北京：中華書局，1997 年版。

鄧牧〈伯牙琴〉，見嚴一萍編《百部叢書集成》，臺北：益文印書館，1966 年版。

鄧喬彬〈論宋詞中的「騷」、「辨」之旨〉，《文學遺產》，2001 年第 1 期。

——《唐宋詞美學》，濟南：齊魯書社 2004 年。

鄧縈輝〈論姜白石詞「清空」的美學意蘊〉，《荊州師專學報 》，1994 年第 6 期。

丁傳靖《宋人軼事彙編》，北京：商務印書館，1966 年版。

丁放《宋元詞學研究》，北京：中國社會科學出版社，2002 年。

丁放、余恕誠《唐宋詞概說》，合肥：安徽教育出版社，2002 年。

方智範、鄧喬彬、周聖偉、高建中《中國詞學批評史》，北京：中國社會科學出版社， 1994 年版。

方智範、鄧喬彬、周聖偉、高健中《中國古典詞學理論史（修訂版）》，上海：華東師範大學出版社，2005 年。

復旦大學中國語言文學研究所主編《中國古代文論研究的回顧與前瞻——復旦大學 2000 年國際學術會議論文集》，上海：復旦大學出版社，2002 年。

高國藩《敦煌曲子詞欣賞》，南京：南京大學出版社，1989 年版。

——《敦煌俗文化學》，上海：三聯出版社，1999 年版。

高明　等編《兩漢三國文匯》，臺北：中華叢書編審委員會，1960 年版。

高辛勇《修辭學與文學閱讀》，北京：北京大學出版社，1997 年版。

郭茂倩等《樂府詩集》，北京：中華書局，1991 年版。

郭紹虞編《宋詩話緝佚》，北京：哈佛燕京研究所，1937 年版。

——《中國歷代文論選》，上海：古籍出版社，1979 年版。

——《中國文學批評史》，上海：古籍出版社，1979 年版。

韓經太〈清空詞學：關於宋人詩文化心理〉，《江海學刊》，1995 年第 5 期

韓林德《境生象外》，北京：三聯出版社，1995 年版。

黃霖《20 世紀中國古代文學研究史——文論卷》，北京：東方出版中心，2006 年。

——《20 世紀中國古代文學研究史——詞學卷》，北京：東方出版中心，2006 年。

波多野太郎《宋詞評釋》，東京：Okaede sha，1971 年版。

何文煥編《歷代詩話》，北京：中華書局，1992 年版。

侯紹文《唐宋考試制度史》，臺北：臺灣商務印書館，1973 年版。

胡雲翼《宋詞研究》，臺北：大行出版社，1990 年版。

——《中國詞史》，香港：益文出版社，1985 年版。

華東師範大學中文系古典文學教研室《詞學論稿》，上海：華東師範大學出版社，1986 年版。

——《詞學研究論文集（1911-1949）》，上海：古籍出版社，1988 年版。

——《詞學研究論文集（1949-1979）》，上海：古籍出版社，1982 年版。

黃鳴奮《英語世界中國古典文學之傳播》，上海：學林出版社，1997 年版。

黃瑞枝《張炎詞及其詞學之研究》，臺北：宏仁出版社，1986 年版。

霍然《宋代美學思潮》，長春：長春出版社，1997 年版。

賈志揚《宋代科舉》，臺北：大東圖書公司，1995 年版。

翦伯贊《中國史綱要》，北京：人民出版社，1979 年版。

蔣寅〈古典詩學中清的概念〉，《中國社會科學》2000 年第 1 期。

蔣寅、張伯偉 主編《中國詩學》，北京：人民文學出版社，2002 年。

蔣哲倫《詞別是一家》，上海：上海社會科學院， 2005 年。

金千秋編《全宋詞中的樂舞資料》，北京：人民音樂出版社，1990 年版。

金啟華《唐宋詞集序跋彙編》，南京：江蘇教育出版社，1990 年版。

金周生《宋詞音系入聲韻部考》，臺北：文史哲出版社，1985 年版。

康正果《風騷與艷情——中國古典詩詞的女性研究》，臺北：雲龍出版社 1991 年版。

河上光一《宋代 經濟生活》，東京：Yoshigawa hirobon kan，1977 年版。

孔凡理《宋詩紀事續補》，北京：北京大學出版社，1987 年版。

空海〈文鏡秘府論〉，見王利器編《文鏡秘府論校注》，北京：中國社會科學出版社， 1983 年版。

厲鶚編《宋詩紀事》，上海：古籍出版社，1983 年版。

李炳傑編《國文虛字釋例》，臺北：學生出版社，1976 年版。

李伯敬〈詞起源於民間說質疑〉，《文學評論》，1990 年第 6 期。

李劍亮〈論歌妓在詞體形成中的作用〉，《文學評論》，1995 年第 2 期。

李建中《古代文論的詩性空間》，武漢:湖北人民出版社，2005 年。

李康化〈從清曠到清空〉,《文學評論》，1997 年第 6 期。

——《明清之際江南詞學思想研究》，成都：巴蜀書社，2001 年版。

李銳清《滄浪詩話的詩歌理論研究》，香港：中文大學出版社，1992 年。

梁榮基《詞學理論綜考》，台灣國立大學博士論文，1976 年。

林梅儀《詞學考詮》，臺北：聯經出版社，1987 年版。

劉漢初《清空與騷雅——張炎詞初論》，臺北：第一屆中國古典文學（國際）研討會先秦至南宋)，1997 年版。

劉少雄《南宋姜吳典雅詞派相關詞學問題探討》，臺北：國立大學出版社，1995。

劉斯奮《姜夔張炎詞選注》，香港：三聯出版社，1982 年版。

劉揚忠〈南宋中後期的文化環境與詞派的衍變〉,《中國社會科學院研究生院學報》，1997 年第 6 期。

——《唐宋詞流派史》，福州：福建人民出版社，1999 年版。

劉堯民《詞與音樂》，昆明：，雲南人民出版社，1982 年版。

劉義慶《世說新語》，上海：古籍出版社，1982 年版。

劉尊明〈詞起源於民間說的重新審視與界說〉,《文學評論》，1993 年 1 期。

——《唐宋詞綜論》，北京：中國社會科學出版社，2004 年。

龍榆生《龍榆生詞學論文集》，上海：古籍出版社，1997 年版。

——《唐宋名家詞選》，香港：商務印書館，1979 年版。

龍榆生《詞學十講》，北京：北京出版社，2005 年。

陸心源《宋史翼》，臺北：文海出版社，1967 年版。

羅宗強編《古代文學理論研究》，武漢：湖北教育出版社，2002 年。

松尾肇子〈張炎「詞源」の清空說について〉，村上哲見編《中國文人の思考と表現》，東京：Kyuko shoin，2000 年版。

——《詞源と樂府指迷》，東京：日本中國學會報（37）1985：178-189.

——《宋末元初の詠物詩——詞源を中心に》，東京：岐阜經濟大學論集（32）1998：101-124.

梅應運《詞調與大麯》，臺北：新亞研究所，1961 年版。

孟元老《東京夢華錄》，上海：古籍出版社，1989 年版。

苗書梅《宋代官員選任和管理制度》，開封：河南大學出版社，1996 年版。

繆鉞《詩詞散論》，臺北：臺灣開明書局，1982 年版。

繆鉞、葉嘉瑩《靈谿詞說》，上海：古籍出版社，1987 年版。

莫礪鋒、童強《絕妙好辭：情運並美的宋詞》，瀋陽：遼海出版社，2001 年。

木齋《唐宋詞流變》，北京：京華出版社，1997 年版。

——《走出古典：唐宋詞體與宋詩的演進》，北京：中國社會科學出版社，2002 年。

村上哲見《唐五代北宋詞研究》，西安：山西人民出版社，1987 年版。

村越貴代美《北宋末の詞と雅樂》，東京：Jyuka sha，2002 年版。

——《詞と燕樂と雅樂》，お茶の水女子大學中國文學會報（15）1996 年。

——《姜夔「徵招」「角招」詞考》，東方學（90）1995 年。

——《姜夔の「淒涼犯」に見る犯調について》，お茶の水女子大學中國文學會報（20）2001 年。

聶安福〈兩宋詞壇雅俗之辨〉，《中國韻文學刊》1996 年第 1 期。

〈宋代詞學與儒學關係淺探〉，《中國韻文學刊》，1993 年第 7 期。

歐明俊〈宋詞雅化規範化之宏觀透視〉，《紹興師專學報》，1993 年第 1 期。

錢穆《論語新解》，香港：新亞研究所，1964 年版。

喬力〈論姜夔的創作心理與藝術表現〉，《詞學》，1992 年第 10 期。

秦寰民〈略論宋詞的復雅〉，《學術研究》，1985 年第 3 期。

邱鳴皋〈關於張炎的考索〉，《文學遺產》，1984 年第 1 期。

邱瓊蓀《歷代樂誌律誌校釋》，北京：人民音樂出版社，1999 年版。

邱世友〈張炎論詞的清空〉，《文學遺產》，1990 年第 1 期。

——〈周濟論詞的空實和寄託〉，《文學遺產》，1981 年第 3 期。

——《詞論史論稿》，北京：人民文學出版社，2002 年。

阮元《十三經注疏》，北京：中華書局，1980 年版。

饒宗頤《詞集考》，北京：中華書局，1992 年版。

任二北《敦煌歌辭總編》，上海：古籍出版社，1987 年版。

——《敦煌曲初探》，上海：文藝聯合出版社，1955 年版。

——《敦煌曲校錄》，上海：文藝聯合出版社，1955 年版。

沈家莊〈宋詞文體特徵的文化闡釋〉，《文學評論》，1998 年第 4 期。

史雙元〈論宋代詞人與佛道思想的聯系〉，《南京師大學報》，1991 年第 2 期。

司馬遷《史記》，北京：中華書局，1982 年版。

孫立〈張炎詞學理論的美學意義〉，《南京師大學報》，1992 年第 2 期。

孫維城〈隔境——一個重要的意境範疇〉，《文史知識》，1995 年第 6 期。

——〈晉宋人物與姜夔其人其詞〉，《文學遺產》，1999 年第 5 期。

孫星群《音樂美學之始祖：樂記與詩學》，北京：人民出版社，1997 年版。

譚德晶《唐詩宋詞的藝術》，上海：學林出版社，2001 年。

唐圭章《詞學論叢》，上海：古籍出版社，1986 年版。

——《全宋詞》，鄭州：中州古籍出版社，1996 年版。

唐圭章、潘君昭《唐宋詞論集》，濟南：齊魯書社，1985 年版。

陶爾夫〈論姜白石詞：音樂與歌詞〉，《文學評論》，1995 年 6 期。

陶爾夫、劉敬圻《南宋詞史》，哈爾濱：黑龍江人民出版社，1992 年版。

陶慕寧《青樓文學與中國文化》，北京：東方出版社，1993 年版。

陶秋英《宋金元文論選》，北京：人民文學出版社，1999 年版。

田玉琪《徘徊於七寶樓臺——吳文英詞研究》，北京：中華書局，2004 年。

王國維、佛雛（校）《新訂人間詞話，廣人間詞話》，上海：華東師範大學出版社 1990 年版。

王洪〈試論唐宋詞發展史上的五個里程碑及其詞史意義〉,《中國人民大學學報》1998 年第 2 期。

王季思〈白石《暗香》、《疏影》詞新說〉,《文學遺產》,1993 年第 1 期。

王夢鷗《古典文學論探索》,臺北:中正書局,1984 年版。

王水照〈日本的中國詞學研究述評〉,《學術月刊》,1988 年第 11 期。

王水照等編《首屆宋代文學國際研討會論文集》,上海:復旦大學出版社,2001 年版。

王水照《宋代文學通論》,開封:河南大學出版社,1997 年版。

王偉勇《南宋詞研究》,臺北:文史哲出版社,1987 年版。

王文寶《中國俗文學發展史》,北京:燕山出版社,1997 年版。

王曉路《中西詩學對話——英語世界的古代文論研究》,成都:巴蜀書社,2000 年版。

王易《詞曲史》,北京:東方出版社,1996 年版。

王運熙《中國古代文論管窺》(增補本),上海:上海古籍出版社, 2006 年。

王運熙、顧易生《中國文學批評通史》,上海:古籍出版社,1996 年版。

王兆鵬《唐宋詞史的還原與建構》,武漢:湖北人民出版社,2005 年。

吳惠娟《唐宋詞審美觀照》,上海:學林出版社,1999 年版。

吳梅《詞學通論》,香港:太平出版社,1964 年版。

吳濤《北宋都城東京》,鄭州:河南人民出版社,1984 年版。

吳小英《唐宋詞抒情美探幽》,杭州:浙江大學出版社,2006 年。

吳熊和《唐宋詞通論》,杭州:浙江古籍出版社,1989 年版。

吳則虞《山中白雲詞參考資料》,北京:中華書局,1983 年版。

夏承燾《姜白石詞編年箋校》,上海:古籍出版社,1981 年版。

——《唐宋詞人年譜》,上海:古籍出版社,1979 年版。

——《天風閣學詞日記》,杭州:浙江古籍出版社,1984 年版。

夏承燾、蔡嵩雲《詞源注、樂府指迷箋釋》,北京:人民文學出版社,1981 年版。

蕭馳《佛法與詩境》，北京：中華書局，2005 年。

蕭鵬《群體的選擇——唐宋人選詞與詞選通論》，臺北：文津出版社，1992 年版。

蕭慶偉〈論姜白石詞的復雅〉，《漳州師院學報》1992 年第 1 期。

謝桃坊〈姜夔事跡考辨〉，《詞學》，1990 第 8 期。

——〈南宋雅詞辨源〉，《文學遺產》，2000 第 2 期。

——〈新時期詞學述評〉，《社會科學年刊》，1989 年第 1 期。

——〈張炎詞略論〉，《文學遺產》1983 年第期。

——《中國市民文學史》，成都：四川人民出版社， 1997 年版。

許慎、段玉裁《說文解字注》，上海：古籍出版社，1981 年版。

許興寶《文化視域中的宋詞意象》，北京：中國青年出版社，2002 年。

徐復觀《中國藝術精神》，瀋陽：春風文藝出版社，1987 年版。

徐信義〈張炎詞源探究〉，《國文研究所集刊》1975 年第 19 輯。

徐中玉、蕭華榮編《劉熙載論藝六種》，成都：巴蜀書社，1990 年版。

楊海明《唐宋詞風格論》，上海：上海社會科學院出版社， 1986 年版。

——《唐宋詞論稿》，杭州：浙江古籍出版社，1988 年版。

——《唐宋詞美學》，南京：江蘇教育出版社，1998 年版。

——《張炎詞研究》，濟南：齊魯書社， 1989 年版。

——〈張炎家世考〉，《文學遺產》，1981 年第 2 期。

顏翔林《宋代詞話的美學研究》，長沙：湖南師範大學出版社，2003 年

葉程義《王國維詞論研究》，臺北：文史哲出版社，1991 年版。

葉嘉瑩《古典詩詞講演集》，石家莊：河北教育出版社，1997 年版。

——《迦陵論詞叢稿》，上海：古籍出版社，1980 年版。

——《迦陵談詞》，臺北：純文學出版社，1970 年版。

——《唐宋詞名家論稿》，石家莊：河北教育出版社， 1997 年版。

——《唐宋詞十七講》，石家莊：河北教育出版社，1997 年版。

——《王國維及其文學批評》，石家莊：河北教育出版社：1997 年版。

——《中國詞學的現代觀》，臺北：大安出版社，1988 年版。

——《葉嘉縈說詞》，上海：古籍出版社，1999 年版。

葉嘉瑩、陳邦炎《清詞名家論集》，臺北：中央研究院中國文學研究所籌備處，1996 年版。

葉朗《中國美學史大綱》，上海：上海人民出版社，1999 年版。

葉舒憲《閹割與狂狷》，上海：上海文藝出版社，1999 年版。

游國恩、王起、蕭滌非、季鎮淮、費振剛《中國文學史》，北京：人民文學出版社，1982 年版。

俞平伯《唐宋詞選釋》，北京：人民文學出版社，1979 年版。

于迎春〈雅俗觀念自先秦至漢末衍變及其文學意義〉，《文學評論》，1996 年第 3 期。

余傳棚《唐宋詞流派研究》，武漢：武漢大學出版社，2004 年 。

余英時《士與中國文化》，上海：上海人民出版社，1987 年版。

宇文所安《他山的石頭記》，南京：江蘇人民出版社，2003 年版。

袁濟喜《中國古代文論精神》，太原：山西教育出版社 ，2005 年。

張方《中國詩學的基本概念》，北京：東方出版社，1999 年版。

臧克和《說文解字的文化說解》，武漢：湖北人民出版社， 1995 年版。

曾慥《樂府雅詞》，上海：商務印書館（出版年代不詳）。

張伯偉《中國古代文學批評方法研究》，北京：中華書局，2002 年。

張方《中國詩學的基本觀念》，北京：東方出版社，1999 年版。

張澔《中國美學範疇與傳統文化》，武漢：湖北教育出版社，1996 年版。

張宏生《江湖詩派研究》，北京：中華書局，1995 年版。

——《清代詞學的建構》，南京：江蘇古籍出版社，1999 年版。

張蕙慧《嵇康音樂美學思想探究》，臺北：文津出版社，1997 年版。

張惠民《宋代詞學審美理想》，北京：人民文學出版社，1995 年版。

——《宋代詞學資料彙編》，汕頭：汕頭大學出版社，1993 年版。
張健編《南宋文學批評資料彙編》，臺北：成文出版社，1978 年版。
張廷傑《宋詞藝術論》，北京：研究出版社，2002 年。
《論南宋詞學審美之變異》，《文學遺產》，1997 年第 4 期。
張錫厚《敦煌文學》，上海：古籍出版社，1980 年版。
張炎《詞源》，香港：龍門書店，1968 年版。
——〈山中白雲詞（附錄，軼事）〉，《叢書集成初編》，第 182 卷，北京：中華書局，1991 年版。
——《山中白雲詞》，臺北：臺灣商務印書館，1968 年版。
——《山中白雲詞》，北京：中華書局， 1983 年版。
張毅《宋代文學思想史》，北京：中華書局，1995 年版。
張璋、黃畬編《全唐五代詞》，上海：古籍出版社，1986 年版。
張再林《宋唐士風與詞風研究：以白居易、蘇軾為研究》，北京：人民文學出版社，2005 年。
趙曉嵐〈也談「晉宋人物」、「文化人格」及姜夔〉，《文學遺產》，2000 年第 3 期。
鄭奠、麥梅翹《古漢語語法學資料彙編》，北京：中華書局，1964 年版。
鄭文卓《詞源構律》，（哈佛大學善本藏書），1890 年版。
鄭玄、孔穎達編《禮記正義》，北京：北京大學出版社， 1999 年版。
中國語文出版社《唐宋詞論文集》，北京：中國語文出版社， 1969 年版。
周密《齊東野語》，臺北：廣文書局，1969 年版。
——〈武林舊事〉，《百部叢書集成》，臺北：益文印書館，1966 年版。
——〈武林舊事〉，《叢書集成初編》，北京：中華書局，1991 年版。
——《絕妙好詞箋》，北京：中華書局，1957 年版。
周玉魁《詞的襯字問題》，《詞學》，1992 年第 10 期。
周振甫《周振甫講古代文論》，南京：江蘇教育出版社，2005 年。

朱東潤編《中國歷代文學作品選》，上海：古籍出版社，1979 年版。
朱歉之《中國音樂文學史》，北京：北京大學出版社，1989 年版。
祖保泉《中國詩文理論探微》，合肥：安徽人民出版社，2006 年。
莊子《莊子集釋》，北京：中華書局，1985 年版。

三、西文書目

Allen,Joseph R. In the Voice of Others: Chinese Music Bureau Poetry. Ann Arbor: University of Michigan, 1992.

Ames, Roger. Ed. Wandering at Ease in the Zhuangzi. Albany: State University of New York Press, 1998.

Baxter, Glen W. "Metrical Origins of the Tz'u." HJAS 16 (1953): 108-45.

Bickford, Maggie. Bones of Jade, Soul of Ice: the Flowering Plum in Chinese Art. New Haven: Yale University Art Gallery, 1985.

Birch, Cyril, ed. Studies in Chinese Literary Genres. Berkeley: University of California Press, 1974.

Birrell, Anne. Popular Songs and Ballads of Han China. London: Unwin & Hyman, 1988.

Bol, Peter K. This Culture of Ours: Intellectual Transitions in T'ang and Sung. Stanford: Stanford University Press, 1992.

Bonner, Joey. Wang Kuo-wei: An Intellectual Biography. Cambridge: Harvard University Press, 1986.

Bossler, Beverly. Powerful Relations: Kinship, Status, and the State in Sung China (960-1279). Cambridge: Harvard University, Council on East Asian Studies, 1998.

Bryant, Daniel. "The 'Hsieh Hsin En' Fragments by Li Yu and His Lyric to the Melody 'Lin Chiang Hsien'." CLEAR 7 (1985): 37-66.

-------. Lyric Poets of Southern Tang: Feng Yen-ssu, 903-960, and Li Yu, 937-978. Vancouver: University of British Columbia Press, 1982.

-------. "On the Authenticity of the Tz'u Attributed to Li Po." Tang Studies7 (1989):105-36.

Bush, Susan et al, eds. Theories of the Arts in China. Princeton: Princeton University Press, 1983.

Cahill, James. The Art of Southern Sung China. New York: Asian House, 1962.

Chaffee, John W. Branches of Heaven: A History of the Imperial Clan of Sung China. Cambridge: Harvard University Asian Center, 1999.

Cai, Zong-qi. The Matrix of Lyric Transformation: Poetic Modes and Self-Presentation in Early Chinese Pentasyllabic Poetry. Ann Arbor: Center for Chinese Studies, The University of Michigan, 1996.

Chan, Hol-lam. Legitimation in Imperial China: Discussions under the Jurchen-Chin Dynasty (1115-1234). Seattle: University of Washington Press, 1984.

Chang, Kang-i Sun. The Evolution of Chinese Tz'u Poetry from Late T'ang to Northern Sung. Princeton: Princeton University Press, 1980.

-------. "Gender and Canonicity: Ming-Qing Women Poets in the Eyes of the Male Literati." Paper presented on "The Hsiang Lecture Series," McGill University, April 9, 1999.

-------. The Late-Ming Poet C'hen Tzu-lun: Cries of Love and Loyalism. New Haven: Yale University Press, 1991.

-------. "Symbolic and Allegorical Meanings in the Yue-fu pu-t'i Poem-Series." HJAS 46 (1986): 353-387.

Chaves, Jonathan. Mei Yao-chen and the Development of Early Sung Poetry. New York: Columbia University Press, 1976.

Cheang, Alice Wen-chuen. "Poetry and Transformation: Su Shih's Mirage." HJAS 58 (1998): 147-182.

-------. "Poetry, Politics, and Philosophy: Su Shih as the Man of Eastern Slope." HJAS 53 (1993): 325-387.

Chen, Shih-chuan. "The Rise of Tz'u, Reconsidered." JAOS, 90, no.2 (April-June 1970): 232-42.

Chen, Yu-shih. Images and Ideas in Chinese Classical Prose: Studies of Four Masters. Stanford, California: Stanford University Press, 1988.

Cheng, Francois, trans. Chinese Poetic Writing. Bloomington: Indiana University Press, 1982.

Cherniac, Susan. "Book Culture and Textual Transmission in Sung China." Harvard Journal of Asiatic Studies 54 (1994) no. 1: 5-125.

Chia, Lucile. "The Development of the Jianyang Book Trade, Song-Yuan." Late Imperial China 17 (1996) no. 1: 10-48.

Chu, Madeline. "Interplay between Tradition and Innovation: The Seventeenth-Century Tz'u Revival." CLEAR 9 (1987): 71-88.

Davis, Richard. Wind against Mountain: the Crisis of Politics and Culture in Thirteenth Century China. Cambridge: Council on East Asian Studies, Harvard University, 1996.

De Bary, Wm. Theodore. Learning for One's Self: Essays on the Individual in Neo-Confucian Thought. New York: Columbia University Press, 1991.

-------. ed. The Unfolding of Neo-Confucianism. New York: Columbia University, 1975.

De Man, Paul. Blindness and Insight. Minneapolis: University of Minnesota Press, 1983.

DeWoskin, Kenneth. A Song for One or Two: Music and the Concept of Art in Early China. Ann Arbor: University of Michigan Press, 1982.

De Ven, Hans van. Warfare in Chinese History. Boston: Brill, 2000.

Duke, Michael S. Lu You. Boston: Twayne Publishers, Inc., 1977.

Eagan, Charles. "Reconsidering the Role of Folk Songs in Pre-T'ang Yueh-fu Development." T'oung Pao 86 (2000):47-99.

Easthope, Antony. Literary into Cultural Studies. London: Routledge, 1991.

Eberhard, Wolfram. A Dictionary of Chinese Symbols: Hidden Symbolism in Chinese Life and Thought. London: Routledge, 1986.

Edgrend, Soren. "Southern Song Printing at Hangzhou." Bulletin of the Museum of Far Eastern Antiquities 62 (1989): 1-212

Egan, Ronald. "The Controversy over Music and 'Sadness' and Changing Conceptions of the Qin in Middle Period China." HJAS 57 (1997): 5-66.

-------. The Literary Works of Ou-yang Hsiu (1007-72). Cambridge, England: Cambridge Univeristy Press, 1984.

-------. Word, Image, and Deed in the Life of Su Shi. Cambridge: Harvard-Yenching Institute, 1994.

Empson, William. Seven Types of Ambiguity. New York: New Directions, 1966.

Eoyang, Eugene Chen and Lin Yao-fu. Eds. Translating Chinese Literature. Bloomington: Indiana University Press, 1995.

Eoyang, Eugene Chen. The Transparent Eye: Reflections on Translation, Chinese Literature and Comparative Poetics. Honolulu: University of Hawaii Press, 1993.

Erickson, Keith V.. ed, Aristotle: the Classical Heritage of Rhetoric. Metuchen, N.J.: The Scarecrow Press, Inc. 1974.

Faure, Bernard. Rhetoric of Immediacy: A Cultural Critique of Can/Zen Buddhism. Princeton: Princeton University Press, 1991.

Fisk, Craig. "The Verse Eye and the Self-Animating Landscape in Chinese Poetry." Tamkang Review 8 (1977): 123-53.

Fong, Grace S. "Contextualization and Generic Codes in the Allegorical Reading of Tz'u Poetry." Tamkang Review 19 (1988-89): 663-79.

-------. Hsiang Lectures on Chinese Poetry. Montreal: Centre for East Asian Research, McGill University, 2000.

-------. "Inscribing Desire: Zhu Yizun's Love Lyrics in Jingzgiju qinqu." HJAS 54 (1994): 437-460.

-------. "Persona and Mask in the Song Lyric." HJAS 50 (1990): 459-84.

-------. Wu Wenying and the Art of Southern Song Ci Poetry. Princeton: Princeton University Press, 1987.

Frankel, Hans H. The Flowering Plum and the Palace Lady: Interpretations of Chinese Poetry. New Haven: Yale University Press, 1976.

Frye, Northrop. Anatomy of Criticism: Four Essays. New York: Atheneum, 1968.

Fuller, Michael A. "Pursuing the Complete Bamboo in the Breast: Reflections on a Classical Chinese Image for Immediacy." HJAS 53 (1993): 5-24.

Fusek, Lois. Among the Flowers: The "Hua-chien chi." New York: Columbia University Press, 1982.

Gadamer, Han-Georg. Truth and Method. New York: The Cross-Road Publishing Company, 1982.

Gernet, Jacques. Daily Life in China: On the Eve of the Mongol Invasion 1250-1276. Trans. H.M. Wright. Stanford: Stanford University Press, 1962.

Grant, Beata. Mount Lu Revisited: Buddhism in the Life and Writings of Su Shih. Honolulu: University of Hawaii Press, 1994.

Greenblatt, Stephen. Shakespearean Negotiation: The Circulation of Social Energy in Renaissance England. Berkley: University of California Press, 1988.

Hamilton, Paul. Historicism. London: Routledge, 1996.

Hansen, Chad. Language and Logic in Ancient China. Ann Abor: University Of Michigan Press, 1983.

Hartman, Charles. Han Yu and the Search for T'ang Unity. Princeton: Princeton University Press, 1986.

-------. "Stomping Songs: Word and Image." CLEAR 17 (1995): pp. 1-42.

-------. "The Yin-ch'uang tsa-lu Miscellaneous Notes from the Singing Window: A Sung Dynasty Primer of Poetic Composition." Paper presented on conference "Understanding Chinese Poetics: Recarving the Dragon," Prague, September 23-26, 2001.

Hearn, Maxwell. Cultivated Landscapes: Chinese Paintings from the Collection of Marie-Hellene and Guy Weill. New Haven: Yale University Press, 2002.

Heidegger, Martin. Being and Time. San Francisco: Harper and Row, 1962.

Hens-Piazza, Gina. The New Historicism. Minneapolis: Fortress Press, 2002.

Hervouet, Yves, ed. A Sung Bibliography (Bibliographie des Sung). Hong Kong: Chinese University Press, 1978.

Hightower, James R. and Florence Chia-Ying Yeh. Studies in Chinese Poetry. Cambridge: Harvard University Asia Center, 1998.

Hightower, James R. "The Songs of Chou Bang-yen." HJAS, 20 (1977): 233-72.

-------. "The Songwriter Liu Yung." Parts 1,2. HJAS 41 (1981): 323-76, 42 (1982): 5-66.

Hu, Pin-ching. Li Ch'ing-chao. New York: Twayne Publishers, Inc. 1966.

Jay, Jennifer. A Change in Dynasties: Loyalism in Thirteenth-Century China. Bellingham: Council for East Asian Studies, Western Washington University, 1991.

-------. "Memoirs and Official Accounts: The Historiography of the Song Loyalists." HJAS, 50 (1990): 589-612.

Kao Yu-kung and Mei Tsu-lin. "Meaning, Metaphor, and Allusion in T'ang Poetry." HJAS 38 (1978): 281-356.

-------. "Syntax, Diction, and Imagery in T'ang Poetry." HJAS 31 (1971): 49-136.

Ku, Tim-hung. "Man in Woman's Voice and Vice Versa: the Chinese and English Female-Persona Lyrics. A Response to Some Concepts in Feminist Criticism." Tamkang Review 1996 (Winter) pp. 183-207.

Langlois, John D. Jr. ed. China under Mongol Rule. Princeton: Princeton University Press, 1981.

Lee, Joseph J. Wang Chang-ling. Boston: Twayne Publishers, 1982.

Lee, Sherman E. and Wai-Kam Ho. Chinese Art under the Mongols: the Yuan Dynasty (1279-1368). Cleveland: Cleveland Museum of Art, 1968.

Legge, James. The Four Books: Confucian Analects, The Great Learning, The Doctrine of the Mean, and The Works of Mencius. New York: Paragon Book Reprint Corp., 1966.

Levis, John Hazedel. Foundations of Chinese Musical Art. New York: Paragon Print Corp, 1963.

Lian, Xinda. The Wild and Arrogant: Expression of Self in Xin Qiji's Song Lyrics. New York: Peter Lang, 1999.

Liang, Ming Yueh. "The Tz'u Music of Chiang K'uei: Its Style and Compositional Strategy." In Song without Music, ed. Stephen Soong, pp. 211-46.

Lin Shuen-fu. "Intrinsic Music in the Medieval Chinese Lyric." In The Lyrical Arts: A Humanities Symposium, a special issue of Ars Lyric, ed. Erling B. Holtsmark and Judith Aikin, pp. 20-54. Guilford: Lyrica Society, 1988.

-------. The Transformation of the Chinese Lyrical Tradition: Chiang K'uei and Southern Sung Tz'u Poetry. Princeton: Princeton University Press, 1978.

Lin Shuen-fu and Stephen Owen, eds. The Vitality of the Lyric Voices. Princeton: Princeton University Press, 1986.

Liu, James J.Y. Major Lyricists of the Northern Sung, A.D. 960-1126. Princeton: Princeton University Press, 1974.

-------. The Poetry of Li Shang-yin: Nineth-Century Baroque Chinese Poet. Chicago: University of Chicago Press, 1969.

Liu, James T.C.. The Art of Chinese Poetry. Chicago: The University of Chicago Press, 1962.

-------. China Turning Inward: Intellectual-Political Changes in the Early Twelfth Century. Cambridge: Council on East Asian Studies, Harvard University Press, 1988.

------. Ou-yang Hsiu: An Eleventh-Century Neo-Confucianist. Stanford: Stanford University Press, 1967.

Lo, Irving Yucheng. Hsin Ch'i-chi. New York: Twayne Publishers Inc., 1971.

Lu, Xing. Rhetoric in Ancient China, Fifth to Third Century B.C.E.: A Comparison with Ancient Greek Rhetoric. Columbia: University of South Carolina Press, 1998.

Makaryk, Irena R. Encyclopedia of Contemporary Literary Theory: Approaches, Scholars, Terms. Toronto: University of Toronto Press, 1995.

Miao, Ronald C. ed. Studies in Chinese Poetics. San Francisco: Chinese Materials Center, 1978.

McGrow, David R. "Yi kong wei zhong 以空為中: Interstanzaic Transition's Place in Soong Dynasty Lyrics." Journal of Sung-Yuan Studies 24 (1994): 145-164.

Mote, Frederic W.. Imperial China: 900-1800. Cambridge: Harvard University Press, 1999.

Murck, Alfreda. Poetry and Painting in Song China: the Subtitle Art of Dissent. Cambridge: Harvard University Asian Center, 2000.

Nelson, Robert S. and Richard Shiff. Critical Terms for Art History. Chicago: University of Chicago Press, 1996.

Ortis, Valerie Malenfer. Dreaming the Southern Song Landscape: the Power of Illusion in Chinese Painting. Leiden: Brill, 1999.

Owen, Stephen. The End of the Chinese "Middle Ages": Essays in Mid-Tang Literary Culture. Stanford: Stanford University Press, 1996.

-------. "The Formation of the Tang Estate Poem." HJAS 55 (1995): 39-60.

-------. The Great Age of Chinese Poetry: the High T'ang. New Haven: Yale University Press, 1981.

-------. "Poetry and Its Historical Ground." CLEAR 12 (1990): 107-18.

-------. The Poetry of Early T'ang. New Haven: Yale University Press, 1977.

-------. Readings in Chinese Literary Thought. Cambridge: Harvard University Press, 1992.

-------. Remembrances: The Experience of the Past in Classical Chinese Poetry. Cambridge: Harvard University Press, 1986.

-------. Traditional Chinese Poetry and Poetics: Omen of the World. Madison: University of Wisconsin Press, 1985.

Palumbo-Liu, David. The Poetics of Appropriation: the Literary Theory and Practice of Huang Tingjian. Stanford: Stanford University Press, 1993.

Peng, Edward. "The Interpretative Source: A Tentative Definition of Allusion in Classical Chinese Poetry." Tamkang Review 1996 (Summer) pp. 1-30.

Peterson, Indira. Design and Rhetoric in a Sanskrit Court: The Kiratarjuniya of Bharavi. Albany: State University of New York Press, 2003.

Pien, Rulan Chao. Song Dynasty Musical Sources and Their Interpretation. Cambridge, Mass.: Harvard University Press, 1967.

Propp, Vladimir. Morphology of the Folktale. Austin: University of Texas Press, 1968.

Ray Huang. China: A Macro History. Armonk, New York: An East Gate Book, M.E. Sharpe, Inc, 1988.

Rexroth, Kenneth. Women Poets of China. Rev. ed. New York: New Directions, 1982.

Richards, I.A.. The Philosophy of Rhetoric. New York: Oxford University Press, 1981.

Rickett, Adele Austin. Ed. Chinese Approaches to Literature from Confucius to Liang Chi-ch'ao. Princeton: Princeton University Press, 1978.

-------.Wang Kuo-wei's Jen-chien Tz'u-hua: A Study in Chinese Literary Criticism. Hong Kong: Hong Kong University Press, 1977.

Robertson, Maureen. "Voicing the Feminine: Constructions of the Gendered Subject in Lyric Poetry by Women of Medieval and Late Imperial China." Late Imperial China 13.1 (1992): 63-110.

Rossabi, Morris. Ed. China among Equals: The Middle Kingdom and Its Neighbors, 10th–14th Centuries. Berkley: University of California Press, 1983.

Rouzer, Paul. Articulated Ladies: Gender and the Male Community in Early Chinese Texts. Cambridge: Harvard University Press, 2001.

-------. "Watching the Voyeurs: Palace Poetry and the Yuefu of Wen Tingyun." CLEAR 11 (1989): 13-34.

-------. Writing Another's Dream: the Poetry of Wen Tingyun. Stanford: Stanford University Press, 1993.

Samei, Maija Bell. Gendered Persona and Poetic Voice: The Abandoned Woman in Early Chinese Song Lyrics. Unpublished Manuscript.

Sargent, Stuart. "Music in the World of Su Shi (1037-1101): Terminology." Journal of Sung-Yuan Studies 32 (2002): 39-81.

Saussy, Haun. The Problem of a Chinese Aesthetic. Stanford: Stanford University Press, 1993.

-------. "Repetition, Rhyme, and Exchange in The Book of Odes." HJAS 57 (1997): 519-542.

Scholes, Robert. Structuralism in Literature: An Introduction. New Haven: Yale University Press, 1974.

Shiba Yoshinobu. Commerce and Society in Sung China. Trans. Mark Elvin. Ann Arbor: Center for Chinese Studies, University of Michigan, 1970.

Shields, Anna. "Contending with Spring": The Poets and Poetic Practice of the Collection from Among thhe Flowers (Huajian ji). Diss. Indiana University, 1998. Ann Arbor: UMI microforms, 1998. 9907266.

Smith, Paul Jakov and Richard von Glahn, eds. The Song-Yuan-Ming Transition in Chinese History. Cambidge: Harvard University Asian Center, 2003.

So, Francis K.H. "Yuanqing Shuo (On Lyric Poetry)." Tamkang Review 1994 (Spring-Summer): 31-51.

Soong, Stephen C., ed. Song without Music: Chinese Tz'u Poetry. Hong Kong: The Chinese University Press, 1980.

Strauss, Claude Levi-. Structural Anthropology. Garden City: Anchor Books, 1967.

Sun, Cecile Chu-chin. Pearl from the Dragon's Mouth: Evocation of Feeling and Scene in Chinese Poetry. Ann Arbor: Center for Chinese Studies, University of Michigan, 1995.

Tillman, Hoyt Cleveand and Stephen H. West. Ed. China under Jurchen Rule: Assays on Chin Intellectual and Cultural History. Albany: State University of New York Press, 1995.

Tu, Wei-ming. Way, Learning, and Politics: Essays on the Confucian Intellectual. Albany: State University of New York Press, 1993.

Varsano, Paula M. "Getting There from Here: Locating the subject in Early Chinese Poetics." HJAS 56 (1996): 375-404.

-------. "The Immediacy and Allusion in the Poetry of Li Po." HJAS 52 (1992): 225-262.

-------. "The Invisible Landscape of Wei Yingwu (737-792)." HJAS 54 (1994): 407-436.

Von Glahn, Richard. Fountain of Fortune: Money and Monetary Policy in China, 1000-1700. Berkley: University of California Press, 1996.

Wagner, Marsha L.. The Lotus Boat: The Origins of Chinese Tz'u Poetry in T'ang Popular Culture. New York: Columbia University Press, 1984.

Waley, Arthur. The Analects of Confucius. New York: Vantage Books, 1989.

Wang, John C.Y.. ed. Chinese Literary Criticism of the Ch'ing period (1644-1911). Hong Kong: Hong Kong University Press, 1993.

Watson, Burton. Chinese Lyricism: Shih Poetry from the Second to the Twelfth Century. New York: Columbia University Press, 1971.

Wellek, Rene and Austin Warren. Theory of Literature. New York: Harcourt Brace Jovanovich, 1977.

Wen, Rumin. "Jingjie." Tamkang Review 1994 (Spring-Summer): pp. 99-113.

Wimsatt, W.K. Jr. The Verbal Icon: Studies in the Meaning of Poetry. New York: The Noonday Press, 1962.

Workman, Michael E. "The Bedchamber Topos in the Tz'u Songs of Three Medieval Chinese Poets: Wen T'ing-yun, Wei Chuang, and Li Yu." In Critical Essays on Chinese Literature, ed. William H. Nienhauser, Jr. Hong Kong: The Chinese University of Hong Kong, 1976.Pp. 167-86.

Wu, Fusheng. The Poetics of Decadence: Chinese Poetry of the Southern Dynasties and late Tang Periods. Albany: State University of New York Press, 1998.

Xiao, Chi. "Lyric Archi-Occation: Coexistence of 'New' and Then." CLEAR (15): 1993, 17-36.

Yang, Hsien-ching. Aesthetic Consciousness in Sung Yung-wu-tz'u (Songs on Objects). Ph.D. dissertation. Princeton University, 1987.

Yip, Wai-lim. Chinese Poetry: Major Modes and Genres. Berkeley: University of California Press, 1976.

-------. Diffusion of Distances: Dialogues between Chinese and Western Poetics. Berkeley: University of California Press, 1993.

Yeh, Chia-ying. "The Ch'ang-chou School of Tz'u Criticism." HJAS, 35 (1975): 101-32.

-------. "On Wang I-sun and His Yung-wu Tz'u." HJAS, 40:1 (1980): 55-91.

Yoshikawa, Kojiro. An Introduction to Sung Poetry. Trans. Burton Watson. Cambridge: Harvard University Press, 1967.

-------. Five Hundred Years of Chinese Poetry, 1150-1650: the Chin, Yuan, and Ming Dynasties. Trans. John Timothy Wixted. New Jersey: Princeton University Press, 1989.

Yu, Pauline. The Reading of Imagery in the Chinese Poetic Tradition. Princeton: Princeton University Press, 1987.

-------. Ed. Voices of the Song Lyric in China. Berkeley: University of California Press, 1994.

-------. Et al. eds. Ways with Words: Writing about Reading Texts from Early China. Berkley: University of California Press, 2000.

Yue, Daiyun. "Yan, Xiang, Yi (Word, Symbol, and Meaning)." Tamkang Review 1994 (Spring-Summer) pp. 115-125.

Zhang, Longxi. The Tao and the Logos. Durham: Duke University Press, 1992.

Ziporayn, Brook. "Temporal Paradoxes: Intersections of Time Present and Time Past in the Song Ci." CLER 17 (1995): 89-109.

Zoeren, Steven Van. Poetry and Personality: Reading, Exegesis, and Hermeneutics in Traditional China. Stanford: Stanford University Press, 1991.

國家圖書館出版品預行編目

詩學的蘊意結構：南宋詞論的跨文化研究 = The significant structure of poetics : a cross-cutural study of southern song lyric theory / 段煉著. -- 一版. -- 臺北市：秀威資訊科技, 2009.11
面； 公分. -- (語言文學類；PG0292)
BOD 版
參考書目：面
ISBN 978-986-221-317-9(平裝)

1. 宋詞 2. 詞論 3. 南宋

820.9305　　98019111

語言文學類　PG0292

詩學的蘊意結構

——南宋詞論的跨文化研究

作　　者／段　煉
主　　編／蔡登山
發 行 人／宋政坤
執行編輯／胡珮蘭
圖文排版／蘇書蓉
封面設計／蕭玉蘋
數位轉譯／徐真玉　沈裕閔
圖書銷售／林怡君
法律顧問／毛國樑　律師
出版印製／秀威資訊科技股份有限公司
台北市內湖區瑞光路 583 巷 25 號 1 樓
電話：02-2657-9211　　傳真：02-2657-9106
E-mail：service@showwe.com.tw
經 銷 商／紅螞蟻圖書有限公司
台北市內湖區舊宗路二段 121 巷 28、32 號 4 樓
電話：02-2795-3656　　傳真：02-2795-4100
http://www.e-redant.com

2009 年 11 月 BOD 一版
定價：360 元

讀　者　回　函　卡

感謝您購買本書，為提升服務品質，煩請填寫以下問卷，收到您的寶貴意見後，我們會仔細收藏記錄並回贈紀念品，謝謝！

1.您購買的書名：______________________

2.您從何得知本書的消息？

□網路書店　□部落格　□資料庫搜尋　□書訊　□電子報　□書店

□平面媒體　□ 朋友推薦　□網站推薦　□其他__________

3.您對本書的評價：(請填代號　1.非常滿意 2.滿意 3.尚可 4.再改進)

封面設計____　版面編排____　內容____　文/譯筆____　價格____

4.讀完書後您覺得：

□很有收獲　□有收獲　□收獲不多　□沒收獲

5.您會推薦本書給朋友嗎？

□會　□不會，為什麼？______________________________

6.其他寶貴的意見：____________________________________

____

____

____

讀者基本資料

姓名：________________　年齡：_____　性別：□女　□男

聯絡電話：______________　E-mail：________________

地址：____

學歷：□高中(含)以下　□高中　□專科學校　□大學

□研究所(含)以上　□其他____________

職業：□製造業　□金融業　□資訊業　□軍警　□傳播業　□自由業

□服務業　□公務員　□教職　□學生　□其他_________

請貼
郵票

To：114

台北市內湖區瑞光路 583 巷 25 號 1 樓

秀威資訊科技股份有限公司　　收

寄件人姓名：

寄件人地址：□□□

(請沿線對摺寄回,謝謝!)